회귀 경찰의
리셋 라이프

The Reset Life

회귀 경찰의 리셋 라이프 40

초판 1쇄 발행 2024년 11월 18일

지은이 ㅣ 한길
발행인 ㅣ 최원영
편집장 ㅣ 이호준
편집디자인 ㅣ 박민솔
영업 ㅣ 김민원 조은걸

펴낸곳 ㅣ ㈜ 디앤씨미디어
등록 ㅣ 2002년 4월 25일 제20-260호
주소 ㅣ 서울시 구로구 디지털로32길 30 코오롱디지털타워빌란트 1301-1308호
전화 ㅣ 02-333-2513(대표)
팩시밀리 ㅣ 02-333-2514
E-mail ㅣ papy_dnc@dncmedia.co.kr
블로그 ㅣ blog.naver.com/gnpdl7

ISBN 979-11-364-5797-4 04810
ISBN 979-11-364-2581-2 (SET)

※ 저자와 협의하여 인지는 붙이지 않습니다.
※ 이 책은 ㈜ 디앤씨미디어(파피루스)가 저작권자와의 계약에 따라 발행한 것으로 본사와 저자의 허락 없이는 어떠한 형태나 수단으로도 내용을 이용할 수 없습니다.

한길 현대 판타지 장편소설
Papyrus Modern Fantasy

회귀 경찰의
리셋 라이프
40

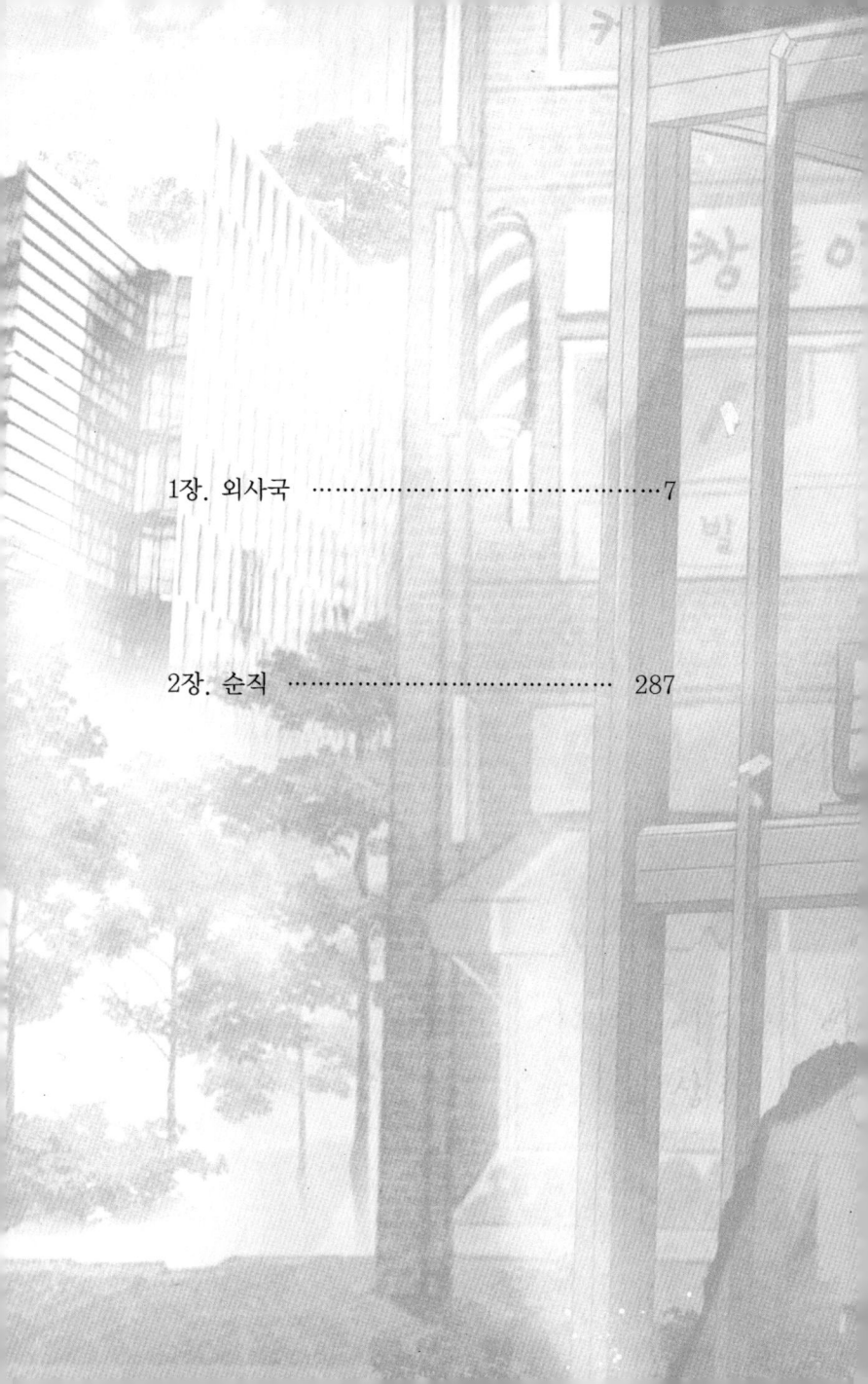

1장. 외사국 ……………………………… 7

2장. 순직 ……………………………… 287

1장. 외사국

외사국

"충성."

외사국장실. 종혁이 서류들이 벽처럼 쌓인 곳을 향해 인사를 한다.

그러자 서류의 벽 위로 손이 들어온다.

"미안. 거기 잠깐 앉아 있을래?"

"이번에 외사국의 부국장으로 발령받은 최종혁 경무관입니다."

"……5분만."

고개를 끄덕인 종혁은 소파에 앉아 외사국장실을 둘러보다 혀를 내두른다.

'뭔 놈의 서류들이…….'

여기도 서류, 저기도 서류.

마치 이사가 덜 된 집을 보는 것처럼 어지러운 풍경에

종혁이 옆에 쌓인 서류의 탑에서 하나의 서류를 빼서 살핀다.

'이건?'

2010년도 인터폴 흑색수배 명단이다.

8가지의 인터폴 수배 단계 중 하나로, 변사체에 관한 정보 습득했음을 알리는 단계.

8가지로 분류되는 인터폴의 수배 등급 중 가장 강력한 건 흔히 알려진 적색수배로, 수배자의 소재를 특정 및 체포하여 신병 인도를 하는 국제체포수배다.

적색수배가 내려지면 인터폴에 가입된 전 세계 사법 당국에 수배자의 정보가 공유되고, 수배자의 신병이 확보되면 곧장 본국으로 강제 송환시킨다.

인터폴 수배 등급 중 유일한 체포수배이기도 하다.

종혁은 다른 서류를 살폈다.

이번엔 실종자의 소재 특정 또는 신원 불명의 인물의 신원 확인을 요청하는 황색수배 명단이다.

'이런 타입인가······.'

눈앞에 자신이 원하는 정보가 있어야 안심을 하는 타입. 디지털보다는 아날로그를 더 좋아하는 타입이다.

종혁은 함경필 전남청장 이후 외사국을 맡게 된 인물에 대해 떠올렸다.

"아, 미안미안. 하아암."

하품을 크게 하며 서류의 벽을 나서는 장년인의 모습에 종혁은 순간 웃음을 터트릴 뻔했다.

마치 판다처럼 검게 죽은 두 눈에 피로가 덕지덕지 붙어 있는 얼굴.

 '진짜 판다처럼 생겼네.'

 "사무실이 좀 어지럽지? 손을 뻗으면 원하는 자료를 잡혀야 안심이 되는 타입이라서 말이야. 함 선배에겐 이야기 많이 들었어. 나 정동철이야."

 알고 있다. 판다 정동철.

 순경으로 시작해 이 자리까지 올라온, 그리고 후에 경찰청장이 되는 입지전적인 인물이다.

 "국장님에 대해선 말씀 많이 들었습니다. 처음 뵙겠습니다. 오늘부터 출근하게 된 최종혁 경무관입니다."

 "함 선배가 내 흉을 많이 봤지?"

 "정리 정돈만 잘한다면 최고의 경찰이라는 소리는 많이 하셨습니다."

 "그놈의 정리 정돈. 경찰하고 정리 정돈이 무슨 상관이라고……. 그리고 자기는 뭐 얼마나 깨끗하게 사는데? 쯧. 커피?"

 "감사히 마시겠습니다."

 "여기 커피 두 잔 가져다줘. 난 둘둘둘. 자기는?"

 "블루마운틴으로 부탁드리겠습니다."

 "……아, 맞아. 손님맞이용으로 그런 게 있었지. 들었지?"

 ─네, 국장님.

 내선전화기를 내린 정동철은 종혁을 가만히 바라봤다.

'최종혁.'

밖에서 말하길 이른바 재벌 경찰.

사건을 돈으로 해결하는 경찰.

그리고 경찰에 새로운 역사를 써 가는 어린 후배였다.

"부국장."

"예, 국장님."

"왜 외사국으로 온 거야? 아, 마음에 안 든다는 게 아니라 순전히 궁금해서 그래."

신임 경찰청장인 조오현에게 그런 큰 선물을, 그 어떤 파벌의 경찰들도 주지 못한 그런 선물을 준 종혁이다.

그래서 국장급, 청장급 인사들은 종혁이 경무인사국으로 갈 줄 알았다.

"아니면 감사국으로 갈 거라고 생각했는데 말이야……."

그동안 휘둘러졌던 칼춤들의 원인을 제공했던 종혁.

정동철 또한 소위 견찰이라 불리는 경찰들을 증오하기에, 내심 종혁이 감사국으로 가서 아직도 끈질기게 목숨을 이어 가고 있을 놈들의 목을 모두 쳐 주길 기대하고 있었다.

종혁은 그런 그의 말에 어깨를 으쓱였다.

"그래서 싫으십니까? 선물로 가져온 외사국 예산을 다른 부서로 가져갈까요?"

턱!

정동철이 종혁의 손을 잡는다.

"자기는 풀어놔야 제 능력의 200퍼센트를 발휘하는 타입이라며? 맘대로 해. 뒤는 내가 다 봐줄게."

그의 눈에서 순식간에 사라진 궁금증.

'이런 타입이었군.'

확실히 알겠다. 이 너저분한 국장실의 풍경과 달리 정동철 국장은 실리를 중시하는 타입이었다.

'좋네.'

자신에겐 너무도 좋은 일이었다.

종혁은 푸근히 웃었다.

"감사합니다."

똑똑!

문이 열리며 커피를 든 경찰이 들어왔다.

* * *

"그럼 인테리어 공사는 다음 주말에 시작하는 걸로 잡겠습니다."

부국장이 됐으니 이젠 외사국을 뜯어고칠 수 있었다.

"맘대로 해. 맘대로. 내 사무실만 건드리지 마. 아, 그리고 저녁 회식엔 낙곱새 어때?"

"숙취해소제도 준비하겠습니다."

"그래. 저녁에 봐."

손을 저은 정동철은 다시 서류의 벽 안으로 사라졌고, 종혁은 국장실을 빠져나왔다.

그러자 그 앞에 대기하고 있던 경찰 두 명이 벌떡 일어나 종혁에게 거수경례를 한다.

"충성. 경사 최재수."

"충성. 경위 강현석."

찌릿!

최재수의 옆에 서서 함께 인사를 하는 현석의 모습에 종혁의 전신에 전율이 내달린다.

"왔냐?"

"예. 왔심더."

회귀 전과 달리 키가 더 크고, 몸이 더 탄탄해진 강현석. 그런 현석이 드디어 자신의 팀으로 합류한 거다.

'참 길었어.'

회귀한 지 벌써 햇수로 15년.

정말 긴 시간이었다.

하지만 이렇게 다시 한 팀이 됐으니 됐다.

그렇게 생각하는 건 강현석도 마찬가지였다.

'참말로 길었데이.'

자신이 중학생이었을 때, 그 어시장에서 자신을 구원해 주고 일생의 목표를 세우게 해 준 종혁.

종혁 덕분에 경찰을 꿈꾸게 됐고, 또 이렇게 경찰이 될 수 있었다.

드디어 그런 종혁과 함께하게 된 거다.

현석은 종혁을 떨리는 눈으로 응시하며 주먹을 꽉 쥐었고, 종혁은 그의 어깨를 두드렸다.

"너희들은 앞으로 내 직속의 수사팀으로 내가 지시하

는 수사 및 업무를 돕는 역할을 맡게 될 거야."

원래는 청장급과 일부 국장급에게만 배정이 되는 수행비서 경찰들.

그러나 종혁은 조오현 경찰청장에게 이 둘을 수행비서로 달라고 요청했고, 조오현은 약간의 편법을 써 외사국에 새로운 수사팀을 신설, 둘을 배정한 것이었다.

"둘이 인사는 나눴지?"

"뭐, 인사를 나눌 게 있겠습니꺼?"

이미 서로에 대해 알고 있는 둘은 서로를 보며 씩 웃었고, 종혁은 흡족한 미소를 지으며 고개를 끄덕였다.

그때였다.

"부국장님!"

다급히 종혁을 향해 달려오는 한 경찰.

"무슨 일입니까?"

"중국에서 공안들이 왔습니다."

쿵!

"……쯧."

유생용을 데려가기 위해 찾아온 것 같다.

부국장 취임 첫날부터 골치 아픈 일이 생겨 버렸다.

* * *

"여기가 한국의 외사국이군요."

중국 공안 정복을 입은 경찰 두 명 중 젊은 공안의 눈에 비웃음이 스친다.

말로만 많이 들었던 한국.

'한강의 기적이랬던가.'

고작 수십 년 만에 이렇게까지 발전했다는 한국. 솔직히 인천공항과 다리는 봐줄 만했다.

그런데 인천공항을 나오고 나선 그저 그랬다. 중국의 대도시를 가면 흔히 볼 수 있는 그런 풍경이랄까.

이곳 경찰청도 마찬가지다.

건물이나 사무실 모두 그가 일하는 공안 19국 외사경찰국의 최신식 건물에 비할 바가 못 됐다.

"손님맞이도 형편없고요."

중국에선 응당 손님이 왔으면 그 장소의 가장 깨끗한 공간에서 차와 다과를 내놓는 법인데, 마치 창고를 연상케 하듯 번잡한 공간에 자신들을 앉혀 놓은 것도 모자라 물조차 내놓지 않고 있다.

중국이었으면 손님들이 자리를 박차고 나가도 할 말이 없는 행동이었다.

"이 부분을 들먹여서……."

"조용."

"왜 그러십니까?"

"밖에서 듣고 있을 수 있어."

"……하긴. 소국은 대국의 언어를 익힐 수밖에 없죠."

그들은 입을 다물며 자신들을 맞이할 주인이 오길 기다렸고, 이내 곧 종혁이 문을 열고 들어왔다.

그러자 몸을 일으키는 중국 외사경찰들.

종혁은 그런 그들을 보며 코웃음을 치며 영어로 말했다.

"주인이 짐도 풀지 않은 공간에 손님이 먼저 와서 엉덩이를 뭉개고 있다라……. 당신네들 나라의 예법은 그런 건가?"

움찔!

"不知道是什么意思. 请说中文.(무슨 말인지 모르겠습니다. 중국어로 말씀해 주십시오.)"

"오. 중국어로 말하라고? 당신네들 나라는 남의 집에서도 자기 집의 풍습을 강요하나 보지? 집주인의 체면을 무시하면서?"

움찔!

"……来这里不是我们的意思.(이곳에 온 건 우리의 뜻이 아니었습니다.)"

"뭐 잘 알아듣네. 영어로 말할래요, 한국어로 말할래요?"

"……영어로 대화하죠."

두 공안은 이를 악물었고, 종혁은 코웃음을 쳤다.

'하여튼 이 중국 새끼들은 진짜…….'

중국을, 자신들의 나라를 너무 사랑하는 나머지 중국 외의 모든 나라에서 중국어를 할 줄 안다고 착각을 하는 중국인들.

일반 인민들이야 그럴 수 있다.

외사국 〈17〉

하지만 그것이 앞의 공안처럼 국가의 녹을 먹는 사람들도 그렇게 생각을 한다는 게, 아니 정확히는 이쪽의 생각을 그렇게 의도하는 게 문제인 거다.

일종의 기선 제압이었다.

"최재수."

"예, 부국장님."

"녹차랑 담배, 씹을 거리 좀 가져와. 탕비실에 가면 녹차랑 중국 담배 있을 거야. 재떨이도."

"예, 알겠습니다! 강 경위님, 가시죠."

"예, 예. 알겠습니더."

강현석이 최재수를 따라가자 종혁이 둘을 가만히 바라본다.

그에 둘은 난처해했다.

'부, 부국장이라니!'

이렇게 젊은데 부국장. 엄청난 배경을 가진 엘리트 경찰이란 소리였다.

그런 경찰을 상대로 기선 제압을 하려고 들었으니 먹히지도 않는 게 당연했다.

이윽고 최재수와 강현석이 차와 다과를 들고 오자 종혁이 담배를 권했다.

"일단 한 대 피우고 이야기하죠."

'……곤란하게 됐군.'

첫 만남에서 앞으로 좋은 관계를 맺자는 뜻으로 상대방에게 담배를 권하는 중국의 풍습.

이렇게 되면 종혁은 상대방의 풍습을 이해하고 존중해 주는데, 자신들은 독선적으로 자신들의 풍습만 강요한 꼴이 되어 버리기에 곤혹스러울 수밖에 없었다.

"반갑습니다. 이번에 대한민국 경찰청 외사국의 부국장으로 임명을 받은 최종혁 경무관입니다."

"고, 공안…… 큼. 공안 19국의 2급 경사 린타이펑입니다. 부국장의 취임을 축하드립니다. 취임하신지 몰라 선물을 준비하지 못한 점 양해 부탁드리겠습니다."

"3급 경사 춘밍잉입니다."

한국으로 치면 경위와 경사 계급인 2, 3급 경사.

"외사경찰국의 팀장님이셨군요. 취임에 관한 건 아직 밖으로 알리지 않은 일이니 신경 쓰지 않으셔도 됩니다."

"……이해해 주셔서 감사합니다."

기선을 잡으려다 잡히게 된 둘은 고개를 숙였고, 종혁은 그들을 보며 다리를 꼬았다.

"피차 서로 바쁜 시간을 낸 거니 바로 본론으로 들어가죠."

본디 담배를 피우며 여러 이야기를 나누는 것이, 그렇게 친목을 쌓는 것이 서로에 대한 예의지만 졸지에 종혁의 체면을 박살 내 버린 그들로선 그저 고개를 끄덕이는 것 말고는 할 말이 없었다.

"일단 우리 한국 경찰의 입장을 말하자면…… 유생용은 넘겨줄 수 없습니다."

"지금 저희 중국과의 긴밀한 관계를 저버리겠다는 겁

니까?"

"범죄자 놈 하나 때문에 금이 갈 관계라……. 그걸 긴밀한 관계라 부를 수 있을까요?"

"부국장님!"

"그럼 귀국이 잡고 있는 한국의 범죄자들을 송환해 주시겠습니까? 이쪽도 마약이니, 그쪽도 마약사범을 넘겨주면 되겠군요."

정확히는 억울하게 운반책이 된 한국 국민들.

중국에서 사업을 하거나 유학을 간 한국인들 중 억울하게 범죄에 연루된 이들, 중국은 그런 이들 중 일부를 한국에 송환시키지 않은 채 중국에서 처벌하고 있었다.

"죄의 경중을 따져 100 대 1로 교환을 하면 어떻습니까?"

유생용 한 명에 억울한 피해자 100명.

린타이펑은 입을 떡 벌렸다.

"그, 그건 제 권한을 넘어서는 일입니다."

"그러면 권한을 가진 사람과 연결하세요."

"부국장님!"

"어떻게 한쪽이 일방적으로 주는 관계가 좋은 관계라고 볼 수 있겠습니까? 당신네들 나라는 그런 걸 좋은 관계라고 하는 겁니까? 미안하지만 이 나라에선 그런 걸 좋은 관계라고 말하지 않습니다. 호구라고 하지."

"끄응."

정말 한국을 호구로 보는 거냐는 압박에 할 말이 궁해

진 그들은 안절부절못했다.

상부에 연락을 하면 자신들은 정말 끝이다. 이런 간단한 일도 해결 못하는 무능한 경찰로 낙인찍힌다.

"부디 제 체면을 생각해 주십시오, 부국장님!"

결국 인정에 호소하는 것 말고는 답이 없어진 그는 고개를 깊이 숙였고, 종혁은 그제야 등받이에 묻은 등을 일으켜 세웠다.

"일단 유생용은 넘겨 드릴 수 없습니다. 난 그를 한국 법정에 세우겠다고 약속했습니다."

"끙. 약속……."

"대신 왕가정과 삼합회의 한국 지부 대방화학의 조직원들 100명을 넘겨 드리죠."

유생용과 마찬가지로 중국에서 범죄를 저지르고 한국으로 밀항을 한 왕 과장, 그리고 장 부장과 함께 마약 원료 거래 현장에서 붙잡은 삼합회 한국 지부의 조직원들.

그들 모두를 넘겨준다는 말에 깜짝 놀랐던 린타이펑은 이내 눈을 가늘게 떴다.

"제게 원하시는 게 있으시군요."

"100 대 200으로 합시다."

대방화학 조직원 100명과 중국이 억류하고 있는 억울하게 누명을 쓴 피해자 200명.

"아니, 그건……!"

린타이펑의 반발에 종혁이 갑자기 손목에 찬 시계를 풀어 내민다.

"오늘 처음 착용한 롤렉스 서브마리너입니다. 상부에 드릴 선물도 제가 따로 준비해 드리죠."

눈이 크게 흔들리는 린타이펑을 본 종혁이 옅게 웃었다.

"고민하실 시간이 필요하실 테니, 이 일에 대해선 내일 다시 이야기를 나누도록 하죠. 최재수."

"예, 부국장님."

"이분들 호텔신화로 모셔 드리고, 호텔 안에서 쓰는 비용은 모두 내 앞으로 청구하라고 해."

"예. 알겠습니다. Follow me.(따라오세요.)"

우물쭈물하던 중국의 외사경찰들은 이내 종혁에게 인사를 하곤 최재수를 따라나섰고, 강현석은 다 식은 차를 입에 가져가는 종혁을 보며 혀를 내둘렀다.

"가능하겠습니꺼?"

"일단 질러 보는 거지."

"예?!"

"하하. 농담이고. 무조건 가능하게 해야지."

돈이라면 돈, 범죄자라면 범죄자.

대한민국의 국민을 다시 데려오는 일인데 그 무엇이 아까울까.

종혁의 눈이 차갑게 가라앉자 현석은 심장이 떨리는 걸 느꼈다.

'역시 행님!'

현석의 눈에 존경심이 가득 들어차기 시작했다.

한편 약간의 시간이 흘러 호텔신화.

"이야기를 끝내 놨으니 이 호텔에서 제공하는 모든 서비스를 이용하실 수 있을 겁니다. 필요한 게 있다면 이 번호로 연락 주십시오. 그럼."

최재수가 고개를 숙이고 떠나자 남겨진 린타이펑은 멀어지는 최재수를 보며 핸드폰을 들었다.

"예, 국장님. 타이펑입니다. 방금 최종혁 부국장과의 만남을 끝내고 숙소로 왔습니다. 국장님께서 말씀하신 대로 최종혁 부국장이 저희를 맞이했습니다. 예. 그게……."

외사경찰국 국장의 밀명을 받고 한국으로 온 린타이펑의 눈이 흔들리고 있었다.

            * * *

"건배!"

채재쟁!

허공에서 술이 담긴 잔들이 경쾌하게 부딪친다.

신임 부국상 취임에 오늘 하루 2시간 일찍 업무를 끝낸 외사국. 당연히 얼굴들에 웃음꽃이 필 수밖에 없다.

하지만 모두가 그런 건 또 아니다.

아니, 제법 많은 숫자가 매콤한 낙곱새를 먹는 둥 마는 둥 한다.

"왜 그러십니까? 지금 맡고 계신 사건들 때문입니까?"

"아니……."

종혁이 이전에 외사국에서 근무했던 시절부터 지금까지 쭉 외사국에 남아 있는 경찰들이 종혁을 보며 입술을 달싹인다.

'종혁이가 왔는데!'

회식하면 기본이 소고기인 종혁.

그래서 잔뜩 기대를 했던 그들로서는 대창이 고소한 낙곱새가 마치 고무줄처럼 느껴질 뿐이다.

'종혁아! 부국장님! 지금이라도, 어?!'

그들은 간절히 쳐다봤고, 그 시선을 느낀 종혁은 슬그머니 모른 척했다.

"행님, 표정들이 영 꼬롬합니더. 무슨 일 있슴니꺼?"

"쉿. 모른 척해."

함경필 이후 외사국을 틀어쥔 국장이 메뉴를 정했다. 아랫사람으로선 따를 수밖에 없었다.

"부국장, 한마디 하지?"

"알겠습니다."

탕탕!

숟가락으로 테이블을 때리는 정동철 국장의 행동에 모두의 시선이 모인다.

그에 종혁이 몸을 일으킨다.

"자, 다들 잔에 술 채우십시오."

"오!"

뭘 하려는지 알아차린 사람들이 기대 어린 표정을 지으

며 각자의 술잔을 채운다.

종혁은 그런 그들을 가만히 둘러봤다.

'한결같네.'

외사국에 있을 때와 변함이 없는 모습들.

나이가 어린 상사가 왔음에도 얼굴에 구김살 하나 없이 반갑게 맞이해 주는 모습들이 참 기껍고 고맙다.

'이러니 경찰이 서로를 한 식구라고 하지.'

"술자리에서 상사가 말을 길게 하는 것만큼 꼴불견도 없으니 짧게 말하겠습니다. 저 돈 많습니다."

"응?"

그럴듯한 인사말을 기대했던 사람들이 눈을 동그랗게 떴고, 종혁이 미소를 지으며 말을 이어 간다.

"전용기도 있고, 해외에 부동산들도 있고, 나름 인맥도 많습니다."

"……우우!"

"자랑하십니까!"

"예. 자랑입니다. 자랑으로 여기십시오. 제가 외사국에 있는 동안 우리 외사국 식구들이 돈 없어서 수사를 하지 못한다는 말은 나오지 않게 할 테니까!"

쿵!

술집을 쩌렁쩌렁 울리는 종혁의 굳센 다짐에 그 뜻을 깨달은 경찰들이 주먹을 꽉 쥔다.

경찰, 형사들에겐 정말 지랄 맞은 존재인 예산.

'그렇지! 바로 이거지!'

이 말을 들으니 이제야 확실히 실감이 난다.

종혁이 다시 왔음을 온몸으로 깨닫는다.

종혁은 눈빛이 또렷해지고, 표정이 사나워지는 그들을 향해 잔을 높이 들었다.

"모두 이해하셨다면 잔들 드십시오!"

처처척!

"외사국을!"

"위하여-!"

"해외로 토낀 새끼들아-!"

"딱 기다려-!"

"으하하하핫!"

채재재재쟁!

"크아아!"

"좋구나! 사장님! 여기 낙곱새 추가요!"

"소주도 열 병 더 주십시오-!"

순간 후끈 달아오르는 분위기에 종혁은 만족스럽게 웃으며 자리에 앉았고, 정동철은 경찰로서 단 한 번도 듣지 못할 거라 생각했던 말을 태연히 내뱉는 종혁의 모습에 어이없다는 듯 웃었다.

하지만 그것이 허언이 아님을 알고 있음에 정동철은 이내 표정을 수습하며 의미심장한 미소를 짓는다.

"부국장, 이제 축하사도 끝났으니까……."

텅!

종혁은 술병을 테이블 위에 거칠게 내려놓는 정동철의

모습에 씩 웃었다.
"잔은 글라스로?"
"당연히 글라스지!"
누군가 한 명이 죽기 전엔 끝나지 않을 데스레이스가 시작됐다.

쿵!
마치 통나무가 넘어가듯 옆으로 쓰러지는 정동철을 모습에 혀를 찬 종혁이 주위를 둘러본다.
다들 뻘겋게 달아오른 얼굴들.
최재수도 오랜만에 만난 외사국 식구들과 달리는 바람에 마치 바람 속의 갈대처럼 이리저리 흔들린다.
종혁은 그런 그들을 일견하며 자신의 잔에 술을 따른다.
'흠.'
"무슨 문제 있습니꺼?"
"응? 아."
종혁이 검지와 중지를 입에 가져가며 식당을 빠져나가고, 눈이 뻘건 헌석이 재빨리 따라나선다.
찰칵! 치이익!
"후우."
"무슨 문젭니꺼?"
"아니, 아까 그놈들의 반응이 좀 걸려서 말이야."
"중국 공안예?"

"어."

전 세계 모든 경찰이 그럴 테지만, 경찰은 자국의 범죄자가 자국에서 처벌을 받길 원한다.

그리고 특히 중국은 이런 성향이 굉장히 강하다.

12억이라는 인구수에서 나오는 자부심.

약 200만 명이라는 공안 숫자에서 나오는 자부심.

그렇기에 웬만해선 타협하지 않는 게 바로 중국 공안들이다.

"그런데 유생용을 너무 간절히 바랐단 말이지?"

헤이룽장성에서 마약 조직의 간부로 지내다가 공안에게 도망쳐 한국으로 밀항한 유생용.

분명 중국에서 온갖 범죄를 저질렀을 거다.

그런데 그건 벌써 이십여 년 전의 일이다. 이렇게 연락도 없이 대뜸 찾아와 내놓으라고 할 정도는 아니었다.

"당시 유생용에게 당한 피해자 중 아직도 그 원한을 잊지 않고 있는 거물이 있는 게 아니고서야……."

종혁은 담배 연기를 길게 내뿜었다.

"이거 아무리 생각해도 내 생각보다 더 큰 놈들인 것 같단 말이지?"

종혁은 재밌다는 듯 웃으며 핸드폰을 들었다.

"예, 사장님. 호텔신화로 보내는 선물 말입니다. 수량을 좀 더 늘리도록 하죠."

종혁의 눈이 빛나기 시작했다.

* * *

 한편 그 시각, 고아한 클래식이 흘러나오는 한 고급 레스토랑.

 공안 19국 외사경찰국의 국장 가오쉰이 눈을 가늘게 뜬다.

 "100명 대 200명이라……."

 한국은 이놈들에 대한, 정확히는 대방화학에 파견된 삼합회 간부들에 대한 신원 조회를 요청한 적이 없었다.

 '그런데 갑자기 대방화학 놈들로 거래를 제안하다니…… 뭔가를 알아차린 건가?'

 가오쉰의 눈빛이 더욱 침잠해 들어간다.

 삼합회의 한국 지부, 그러니까 대방화학은 중국 대도시의 서기와 결탁하고 있어 가오쉰이 계속 쫓고 있던 놈들이었다.

 즉, 가오쉰이 노리고 있던 건 유생용이 아니라 그들과 연결되어 있던 대방화학, 그리고 그 뒤에 있는 시 서기였다.

 '유생용을 넘겨받으면 놈을 통해 대방화학을 쫓으려고 했건만…….'

 놀랍게도 이미 대방화학은 한국 경찰들에게 모두 검거된 상태였던 것이다.

 '최종혁…… 계속해서 눈에 거슬리는군.'

 현재 중국의 공안조차도 차용한 수사기법의 창시자이

자 범죄심리학의 권위자이며, 프로파일링의 대가인 최종혁.

그리고 이 중국 땅에서 감히 공안의 허가도 받지 않은 채 미국, 러시아 정보기관들과 검거 작전을 펼친 놈.

그 결과, 결국 경찰청장이라는 주인의 목을 물어뜯은 놈.

거기다 미국과 러시아의 비호를 받아 항의조차 할 수 없었던 빌어먹을 놈.

미간을 좁힌 가오쉰은 고개를 들어 맞은편에 앉아 있는 서글서글한 미소를 짓는 후덕한 덩치의 사내를 바라봤다.

'웨이훙 부국장.'

몇 년 전 당 서열 59위인 장쑤원을 실각시키는 데 지대한 공을 올리며 공안의 신성으로 급부상한 미친개, 아니 공안의 괴물 웨이훙.

계급은 3급 경감, 외사경찰국의 부국장이었다. 고작 삼십대 중반의 나이에 말이다.

웨이훙은 한국의 종혁 못지않은 괴물이었다.

'그것도 배경이 만만치 않은……!'

"생각은 모두 끝나셨습니까."

"아, 미안하군. 내가 생각에 **빠**지면 깊게 몰입해서 말이야. 그보다 자네, 한국 외사국의 최종혁 부국장과 만난 적 있었지?"

움찔!

"예. 다만 잠깐 인연이 있었던 것뿐이라서 지금은 절 기억하지 못할 겁니다."

웨이훙이 과거의 일을, 그리고 자신에게 날개를 달아 줬던 일을 떠올린다.

당시 당의 정치 서열 59위였던 장쑤원.

그를 때려잡을 수 있었던 건 모두 종혁의 덕분이었다.

정확히는 지금은 사라지고 없는 조직의 보스이자, 거물 정치인인 장쑤원의 배다른 형제인 장웨이를 검거했던 종혁.

장웨이가 검거되며 드러난 사실 덕분에 장쑤원과 대립하던, 웨이훙 자신이 모시는 어르신이 나서서 장쑤원을 잡아먹을 수 있었다.

그때 장웨이를 인도받으러 한국에 가며 잠깐 안면을 익힌 적이 있다.

"인상은 어땠지?"

"······맹수였습니다. 그것도 본모습을 감출 줄 아는 맹수."

말투는 치기 어렸다.

'그딴 범죄자에게 약속이라며, 목숨은 살려 주겠다는 약속을 했다니······.'

하지만 그렇게 말하며 가만히 쳐다보던 그 눈빛은 굉장히 깊었고, 또 섬뜩했다.

마치 닳고 닳은 베테랑을 보는 듯한, 아니 사람의 피를 수없이 들이켠 노회한 짐승을 보는 것 같았다.

"그리고 그 본모습은 국장님도 잘 아시는 모습이지만……."

범죄학의 대가.

그렇기에 더 오리무중이다. 그때 본 종혁은 결코 그런 부류가 아니었기 때문이다.

"자네가 그렇게 말할 정도란 말이지……."

그동안 수없이 범죄자들의 대갈통을 부숴 온, 든든한 뒷배가 아니라면 벌써 좌천당했을 공안의 미친개 웨이홍이 경계할 정도의 경찰.

"그런데 최종혁에 대해선 왜……."

"최종혁, 그놈이 삼합회의 한국 지부 놈들을 넘길 테니 한국인 범죄자, 아니 한국인 피해자 200명의 송환 및 석방을 요구하더군."

움찔!

"우리가 대방화학을 쫓고 있던 걸 알고 있던 겁니까?"

"그렇다고밖에 볼 수밖에 없는 상황이지."

사실 삼합회의 한국 지부 놈들이라고 한들, 공안들 입장에서 보자면 유생용과 다를 바 없는 한낱 범죄자들에 불과했다.

그러나 중요한 건 놈들이 시 서기와 연결되어 있다는 것이었다.

"유생용이 잡혔다는 이야기를 들었을 때 너무 빠르게 반응했던 게 실수였어."

분명 종혁은 의아할 정도로 빠르게 반응을 보이는 공안

의 모습에, 공안이 유생용을 통해 무언가 얻어 내려 했음을 짐작했을 터였다.

그리고 이내 대방화학까지 알아낸 것일 터.

"그리고 협상의 재료로 쓰기 위해 일부러 감춘 것일 테지."

대방화학의 존재를 알아치리지 못해서 신원 조회를 요청하지 않은 것이 아니라, 다 알면서도 모른 척하기 위해 신원 조회 요청조차 하지 않은 것이 분명했다.

"상부를 통해 압박을 가하실 생각은 없으신 겁니까?"

"은밀히 처리해야 할 문제니까."

정치적으로든 뭐든 수작을 부린다면 최종혁의 제안에 응하지 않고도 대방화학 놈들을 넘겨받을 수 있을지도 모른다.

하지만 그래서는 일이 커지며 외부에 노출될지도 몰랐다.

그 말에 웨이홍은 눈빛을 가라앉혔다.

"아직 시 서기 측에서 상황을 눈치채지 못한 거군요?"

삼합회 한국 지부의 뒤에 있는 시 서기.

그가 만약 상황을 파악했다면 벌써 무언가 움직임을 보였을 터였다.

"그것도 아니라면, 어쩌면 놈들이 시 서기에게 숨기고 있는 것일 수도 있겠지."

어차피 조직원들이 중국으로 송환되면 빼내거나 입을 막는 방법은 무궁무진할 테니 말이다.

"……어느 쪽이든 시간이 지날수록 불리한 건 이쪽이군요."

꼬리를 잘라 버리거나 대방화학의 입을 막아 버리면 놈들을 검거하기가 곤란해진다.

아마 종혁은 이런 자신들의 사정까지 알아차리고 이런 거래를 제안해 온 것이 분명했다.

"이거 어쩔 수 없겠습니다."

"그렇지. 어쩔 수가 없어."

가오쉰이 노리는, 아니 가오쉰이 아버지처럼 따르는 인물이 벼르고 있는 시 서기.

이번 기회를 놓치면, 그를 잡을 수 있는 기회가 언제 또 올지 몰랐다.

'흠. 그런데 그렇게 말하는 것치고는…….'

가오쉰의 입가에서 꿈틀거리는 미소는 무슨 뜻일까.

'마치 오랫동안 기다리던 연인을 만난 듯한…….'

지이잉! 지이잉!

"음?"

의아해하며 핸드폰을 확인한 가오쉰은 웃음을 터트렸다.

"푸하핫!"

"왜 그러십니까?"

"이것 좀 봐."

"……호?"

가오쉰이 보여 준 핸드폰 속 사진을 확인한 웨이홍이

어이없다는 듯 웃는다.

중국 관료들이 최고로 치는 롤렉스의 최고급 라인들을 비롯한 청나라 시대의 화병, 그림 등 정확히 100점의 보물이 호텔 침대 위에 놓여 있다.

짧은 시간 내에 개수를 세 번이나 확인한 웨이훙이 불쾌한 표정을 지으며 가오쉰을 봤다.

"이놈이 압박을 하는군요. 국장님의 생각이 맞았나 봅니다."

"그래. 제대로 당했어."

확실히 눈치를 챈 것 같다. 자신들이 그놈들을 원하는 이유가 범상치 않다는 걸 말이다.

이젠 외통수였다.

'젊은 친구가 협상할 줄 아는군.'

하지만 방식이 너무 거칠다.

'젊은 놈에게 끌려다닐 순 없지.'

눈빛을 서늘하게 가라앉힌 가오쉰이 다시 웨이훙을 본다.

"부국장."

"예. 제가 다녀오겠습니다."

어차피 한국인들을 데려가고, 또 대방화학을 데려오면 되는 일. 어려울 일은 없었다.

고개를 끄덕인 가오쉰은 박수를 쳤다.

"다 식었으니까 새로 가져와."

"예, 국장님."

멀어지는 웨이터를 일견한 가오쉰은 웨이홍을 보며 와인잔을 들었고, 둘의 잔이 허공에서 부딪쳤다.
챙!

* * *

중국! 누명을 쓰고 수감 중이었던 한국인 백여 명 석방! 갑자기 무슨 일?
한국으로 돌아오는 억울한 피해자들! 박명후 정부의 외교 승리?
중국, 1월에 총통 선거를 끝낸 대만을 의식한 건가?
건국 100주년을 맞이한 대만!
중국, 북한과의 외교 관계에 금이 간 건가!
작년 11월에 갑작스럽게 사망한 북한 지도자로 인해……

"쯧. 이번 일과 북한이 무슨 관계라고……"
중국과 친한 북한, 그리고 북한과 대립각을 세우는 현 대한민국 정부.
그걸 통해 삼류 소설을 쓰려는 것 같다.
고개를 저은 조오현 경찰청장이 신문을 덮으며 맞은편에 앉은 종혁을 바라봤다.
"아쉽게 됐어."
대방화학, 삼합회 한국 지부 조직원 100명을 넘기며 그 대가로 한국인 200명의 석방을 요구했던 종혁.

그런데 중국은 결국 그 요구는 받아들일 수 없다고 못 박으며, 일대일 비율의 교환을 역제안했다.

"어쩔 수 없죠. 그래도 백여 명은 구할 수 있었으니 만족해야겠죠."

말은 이렇게 했지만 솔직히 많이 아쉽다.

'분명 대방화학을 간절히 원하는 것 같았는데……'

저쪽에서 딱 잘라 나오니 그 생각도 흔들려 더 이상의 이쪽의 의지를 밀어붙일 수가 없었다.

판을 엎어 버렸으면 엎었지, 결코 끌려다니지 않는 게 중국의 공안.

자존심 하나로 먹고사는 놈들이니 더 이상 밀어붙였다간 자신들의 체면을 생각해 주지 않는다며 생난리를 피웠을 거다.

그렇게 되면 이후 공조 수사나 범죄자 송환에도 문제가 생길 수 있고, 또 중국으로 튀는 한국인 범죄자들이 많기에 이쯤에서 협상에 응할 수밖에 없었다.

"그래도 아쉬운 건 아쉬운 거지. 아, 그보다 괜찮아?"

조오현의 눈에 작은 걱정이 서린다.

외교의 승리? 헛소리다.

모두 종혁이 해낸 거다.

그런데 언론에선 외교 관계를 들먹이다 못해 외교부를 칭송하고 있다. 이번 일에 손 하나 보태지 않은 외교부로 모든 공이 쏠리고 있는 것이다.

게다가 그렇게 송환되는 국민들을 맞이하는 것도 외교

부였다.

후안무치라는 건 이런 걸 두고 하는 말이었다.

종혁은 그런 그의 말에 어깨를 으쓱였다.

"상관없습니다."

어차피 알 사람들은 다 아는 일이다. 언론에서 다루지 않는다고 공이 사라지거나 빼지는 일 따윈 없었다.

종혁은 그 말에 더 걱정 어린 표정을 짓는 조오현을 보며 푸근히 웃었다.

"정말 괜찮습니다. 어차피 이번으로 끝이 아닐 텐데요, 뭘."

"흐음?"

"또 중국 범죄자들을 잡으면 이번처럼 억울한 피해를 받은 국민들을 송환시킬 수 있지 않겠습니까?"

그때 전면에 나서 주면 된다.

"하핫!"

조오현은 웃음을 터트렸다.

다른 사람이었다면 허세라고 생각할 수 있겠지만, 종혁은 아니다. 이렇게 호언장담할 수 있는 능력과 배짱이 정말 대단했다.

종혁은 기분이 좋아진 그를 향해 미소를 지어 주었다.

"어떻게 두 번째 선물은 마음에 드셨습니까?"

"……최고야."

경찰청장으로 임명된 지 고작 한 달도 안 됐는데, 벌써 두 번이나 청와대의 전화를 받았다.

어디 그뿐인가. 경찰 예산도 추가 편성해 주기로 했고, 이번 일로 외교부에게 빚도 하나 얹어 두었다.

역시 종혁과 좋은 관계를 맺은 건 최고의 선택이었다.

"3일 후에 포럼에 참가한다고 했지? 자."

"……괜찮습니다만."

"받아. 가서 맛있는 거 사 먹고."

눈을 끔뻑이다 피식 웃은 종혁은 조오현이 내민 카드를 받아 들며 몸을 일으켰다.

"그럼 다녀오겠습니다."

"필요한 건 없어?"

대답 대신 고개를 숙이며 경찰청장실을 빠져나와 본청의 주차장으로 향한 종혁은 이제 각 부서로 찢어진 경찰대 48기 동기들과 외사국 경찰들을 보며 담배를 물었다.

찰칵! 치이익!

"후우. 갑시다."

기자들이 진을 치고 있을 인천공항이 아니라 김포공항으로.

빚을 지게 하려면 완벽하게 지게 해야 한다.

어차피 중국 공인도 김포공항을 요구했지만 말이다.

그들은 김포공항으로 향했다.

* * *

기이잉!

비행기가 뜨고 내리는 소리가 귓가에 울리는 김포공항의 활주로. 비밀 송환을 위해 활주로 안으로 들어선 종혁이 중국 국적기의 비행기에서 내려 이쪽으로 다가오는 공안들을, 그 선두에 선 공안을 발견하곤 어이없다는 듯 웃는다.

'웨이훙?'

공안의 미친개 웨이훙. 회귀 전 몇 번 공조 수사를 한 경험이 있는 위인이자 감히 한국 여성을 인신매매해 참혹한 범죄에 쓴 장웨이를 데려간 공안.

결코 저 후덕한 덩치와 서글서글한 미소에 속아선 안 될 인물이었다.

웨이훙도 종혁이 자신을 기억하는 것에 피식 웃으며 손을 내민다.

"이번엔 좋은 일로 만났군요, 최종혁 씨."

"늦었지만 영전을 축하드립니다, 웨이훙 씨."

'3급 경감.'

한국으로 치면 총경급이지만, 실상은 그보다 더 높은 권한을 가지는 계급. 거의 자신과 같은 부국장이라고 보면 된다.

분명 회귀 전보다 진급이 빨랐다.

"장웨이가 승차에 많은 도움을 줬나 봅니다. 장웨이는 어떻게 됐습니까? 사형을 당했습니까?"

"하하. 그놈들입니까?"

종혁의 말을 무시한 웨이훙의 눈이 공안이 나타나자 벌

벌 떠는 대방화학의 조직원들을 훑고, 종혁은 재밌다는 듯 웃으며 입을 연다.

'그때처럼 기싸움을 하시겠다?'

"예. 저놈들입니다. 이렇게 다시 만난 것도 인연인데, 어떻게…… 관광 좀 하시다 가시겠습니까? 서울 지리는 제가 빠삭합니다."

"죄송합니다. 호의는 감사하지만 바빠서 말입니다."

"흠. 모두 준비해 놨는데…… 이거 제 체면을 생각해 주시지 않는 겁니까?"

움찔!

"……정말 미안합니다. 저희의 사정이 급해서 말입니다. 부국장의 마음은 이곳에 깊게 간직하겠습니다."

"끙. 그렇게 말하시니 어쩔 수가 없군요. 다음에 저희 측에서 협조 공문을 보내면 잘 처리해 주십시오."

"……알겠습니다. 그렇게 하죠."

'됐으.'

어차피 관광 따윈 준비하지 않았기에 아쉬움은 없다.

대신 말 몇 마디로 협력을 약속받았으니 이번 만남에서 이득을 본 건 자신이었다.

히죽 웃은 종혁은 뒤를 향해 고개를 끄덕였고, 대방화학의 조직원들과 왕가정이 공안에게 넘겨진다.

"이리 와!"

"이 자라 같은 새끼들!"

철컥! 철컥!

한국 경찰들의 수갑이 풀리자 공안의 수갑이 거칠게 채워지는 놈들.

이놈들 때문에 그들의 상사가 하지 않아도 될 약속을 하게 됐으니 공안들로서도 짜증이 날 수밖에 없었다.

포승줄마저 모두 교체되자 웨이홍이 종혁에게 손을 내민다.

"그럼 다음에도 좋은 일로 봅시다."

"네, 그럽시다."

"我们走吧.(가자.)"

우르르!

공안들이 뒤도 돌아보지 않고 내렸던 비행기에 다시 오르자 입맛을 다신 종혁은 뒤를 돌아보며 브이를 그렸다.

"공안과의 협조를 이끌어 냈습니다. 앞으로 신원 조회 요청이건, 송환 요청이건, 공조 수사 요청이건 팍팍 보내십시오!"

체면에 죽고 사는 놈들이니, 이쪽에서 선을 넘지 않는 이상 꽤 오랜 기간 동안 거부하지 못할 거다.

"이야아……!"

"최고십니다, 부국장님!"

부국장으로 발령을 받자마자 외사국의 가장 큰 골칫거리 중 하나를 해결했다.

물론 저쪽이 소속된 부서 외에 다른 부서의 공안들에게선 이전과 마찬가지겠지만, 이것만 해도 어디인가.

그들은 희희낙락거리며 근처에 세워 둔 차로 향했다.

"으아아! 드디어 끝났네!"

"모두 수고했어!"

"다들 수고 많았드아―!"

사건의 인식부터 현재까지 거의 두 달여가 걸린 수사가 드디어 완벽하게 마무리됐다.

그들의 입가에 후련한 미소가 피어올랐다.

"종혁아! 아니, 최 경무관님. 오늘 회식해야죠!"

"그럴까요?"

꽉 막혔던 속이 뻥 뚫리는 후련함. 이럴 땐 시원한 맥주 한 잔을 마셔 줘야 했다.

종혁이 그렇게 예약을 위해 핸드폰을 드는 순간이었다.

지이잉! 지이잉!

"응? 철이?"

순철이의 전화다.

"어. 무슨 일이야?"

―형님, 순영 누나한테 연락이 왔습네다. 드디어 날짜를 잡았답네다.

탈북의 날짜를.

쿵.

종혁의 낯빛이 딱딱하게 굳었다.

* * *

리순영.

순철과 순희의 누나이자 북한의 사이버 보안 시스템을 구축한, 그리고 동생의 천재성을 감추고자 새로운 암호 체계를 발명한 천재를 넘어선 괴물.

그녀는 그 능력을 인정받아 백두혈통의 비자금 관리에도 관여했었다.

"이제야 감시가 풀린 거야?"

회식을 저녁으로 미룬 후 급히 본청으로 돌아온 종혁은 본청 건물 옆 정자에서 만난 순철에게 물었다.

그러나 종혁의 물음에도 온갖 걱정 탓인지 생각에 잠겨 대답이 없는 순철.

"철아."

"아, 예! 아, 아무래도 그런 것 같습네다."

북한의 2대 지도자가 열차를 타고 가던 중 급작스러운 심장마비로 사망한 지 벌써 두 달하고도 반.

한동안 요주의 인물들은 허튼 생각을 품진 않는지 감시가 이어졌었는데, 드디어 감시가 풀린 것 같다.

"후, 다행이군."

종혁이 넥타이를 풀어 헤치며 한숨을 길게 내쉰다.

리순영에게 2대 지도자의 사망 가능성을 언질해 주며, 그때가 기회일 것이라고 조언했던 종혁.

그러나 이미 후계자로서의 입지를 탄탄히 굳히며 세습한 현 북한의 지도자의 움직임이 종혁의 예상보다 한발 빨랐다.

아버지의 사망 소식이 전해지자마자 곧바로 보위부와

정찰총국을 동원, 국경과 해안선을 걸어 잠그며 요주의 인물들을 마킹한 것이다.

이러한 내부 사정까지는 회귀자인 종혁이라 할지라도 알 수 없었기에 꽤나 당황했었는데, 다행히 일이 잘 풀린 듯했다.

'정말 다행이야.'

자칫 잘못 움직였으면 끔찍한 일이 벌어질 뻔했다.

"그래서? 지금 순영 씨는 어떤 상황인 건데? 연락을 해 온 걸 보면 위험한 상황은 아닌 거 같은데."

"다행히 수령 동지가 사망하자마자 곧바로 후계자를 찾아가 비자금 서류를 바친 것이 제대로 먹힌 것 같습네다. 다만 더 곁에 둘 생각은 없는 것인지 보름 후부터 러시아에 있는 북한 식당을 총괄 관리하게 된다고 합네다."

"……완전히 좌천됐네."

왕이 바뀌면 선왕에게 충성하던 신하들은 물갈이될 수밖에 없고, 순영도 목숨만 건졌을 뿐 좌천을 당하게 된 것이었다.

그나마 본인이 관리하던 비자금 파일을 모두 가져다 바친 덕분에 목숨이라도 부지한 거라고 할 수 있었다.

하지만 이쪽에겐 호재, 아닌 의도한 결과였다.

"예?"

종혁은 깜짝 놀라는 순철을 향해 미소를 지어 주었다.

"내가 전에 말했잖아. 나한테 맡기라고."

이미 그때부터 순영의 탈북을 돕기 위한 플랜은 가동

중이었다.

'이런 상황에서 러시아?'

하늘마저 순영의 탈북을 돕고 있었다.

"그보다 실행 날짜는?"

"……곧 공화국에서, 아니 북한에서 미사일을 발사한다고 합네다. 그리고 이후 아주 중요한 성명을 발표한다고 했습네다."

미사일 발사의 결과에 따른 성명.

미사일 발사 결과가 어떻든 이 성명이 발표되는 날, 북한은 꽤 정신없을 거다.

그때가 제일 좋은 기회였다.

"확실히 새로운 수령으로서의 입지를 굳히기 위한 퍼포먼스를 하긴 해야지. 나이도 젊어서 지도력을 의심받을 테니까."

실제로 현재도 그의 지도력은 계속 의심을 받고 있는 상황이다.

'확실히 이맘때쯤 미사일을 발사하긴 했어. 근데 그거 실패로 끝나지 않았던가?'

종혁은 머릿속에서 떠오르는 쓸데없는 생각을 지우며 덜덜 떨고 있는 순철의 손을 꼭 잡았다.

"전에 SVR의 요원들이 순영 씨와 접선했다고 말했지?"

"……예."

"몇 달만 기다려. 곧 순영 씨와 부모님 모두 만나게 해 줄 테니까."

까득!

"부탁드리겠습네다."

"걱정 마."

무조건 구할 거다. 무조건.

"그리고 오늘은 출장계 내고 좀 쉬어. 너 이런 정신으론 범인 못 잡는다."

"……죄송합네다."

고개를 꾸벅 숙인 순철은 비틀거리며 본청 건물 안으로 들어갔고, 그 모습을 바라보던 종혁은 다시 담배를 물었다.

찰칵! 치이익!

"이제 얼마 남지 않았네."

종혁의 눈빛이 무겁게 가라앉기 시작했다.

* * *

송환된 한국인들 건강 이상 무!

검찰, 송환자들의 건강이 모두 회복되면 전면 재조사에 들어간다!

억울함을 주장하며 중국 교도소에 갇혔던 이들의 송환에 대한 뉴스가 이틀 내내 1면을 장식했지만, 정작 이 일을 성사시킨 외사국은 조용할 뿐이었다.

"오늘 출발이지?"

"예, 그렇습니다."

"흠. 앞으로 자주 자리를 비우겠군."

"아무래도…… 하하."

이런 포럼들뿐만이 아니다.

경찰대를 졸업하고 경위를 달았을 때부터 지금까지 연수를 제대로 가 본 적이 없다.

진급을 위해선 꼭 가야 하는 연수. FBI 연수를 제외하면 한 손에 꼽을 정도다 보니 그 밀린 연수들도 모두 참석해야 했다.

올해와 내년은 정신없이 바쁠 터였다.

"알았어. 나가 봐. 아, 맞아. 그런데 전용기는 한 대야? 오늘 외사수사과 4팀과 5팀도 인도네시아에 가 봐야 하거든."

해외에서 강력 범죄를 저지른 범죄자들을 인도네시아에서 인계받는다.

"……이달 내로 업무 파악을 마치도록 하겠습니다. 그리고 비행기도 두고 가겠습니다."

"아니야, 아니야. 한 대면 그냥 가져가."

"다녀오겠습니다. 충성."

인사를 마치고 국장실을 빠져나온 종혁이 볼을 긁적인다.

'세 대 정도 더 불러다 놓을까?'

바이 차이나, 바이 재팬 프로젝트로 인해 많은 이득을

본 러시아와 미국에서 많은 선물을 줬다.

그중에는 전용기들도 있었다. 다만 지금까진 쓸 일이 없어서 세계 이곳저곳에 흩어 놨을 뿐이다.

그렇게 하자고 고개를 끄덕인 종혁은 인천공항으로 향했다.

웅성웅성!

"aquí está, aquí!(여기요, 여기!)"

"Dónde está la puerta 3?(3번 게이트가 어디죠?)"

스페인의 바르셀로나 엘 프라트 국제공항.

"gracias.(감사합니다.)"

입국 게이트를 나선 종혁이 현석과 최재수를 기다린다.

"죄, 죄송합니다."

약간의 시간이 걸려서야 게이트를 빠져나온 둘.

운이 나쁘게도 둘 모두 영어를 잘 못하는 입국심사관에게 걸려 입국 심사가 늦어지고 말았다.

"괜찮아. 그래도 외사국에 있는 이상 스페인어 정도는 익혀 두는 게 좋을 거야. 영어와 비슷해서 익히기도 쉬우니까."

"죄송합니다······."

둘의 어깨를 두드린 종혁이 공항을 빠져나가며 핸드폰을 든다.

타타탁!

-택시로 이동할 겁니다.

차량을 준비했을 SVR과 CIA에게 오지 말라는 문자를 보낸 종혁.

뒤를 따르는 최재수와 현석이 공항 밖의 풍경을 보며 눈을 휘둥그레 뜬다.

주위를 돌아다니는 백인들과 라틴계 사람들.

그리고 한국과 완전히 다른 냄새의 공기가 낯설게 다가온다.

해가 저물어서 그런지 더 그렇게 다가온다.

"와, 외국 맞네. 행님, 따듯한데예?"

"한국보다 좀 따뜻하긴 하지. 어떡할래? 숙소에 가서 짐 풀고 밥 먹으러 갈래? 아님 밥 먹고 짐 풀래?"

"당연히 짐부터 풀고 밥 먹어야죠! 그래야 맘 놓고 술을 어? 크으!"

"오? 재수 행님, 똑똑한데예?"

"으흐흐."

피식 웃은 종혁은 고개를 끄덕였다.

"그러자 그럼. 아, 저기 택시 승강장 있네."

줄을 서서 택시에 올라탄 셋.

"Hola! Bienvenidos a Barcelona, la ciudad del fútbol!(안녕하세요! 축구의 도시 바르셀로나에 오신 걸 환영합니다!)"

"푸핫!"

종혁은 눈 밑에 축구공을 페인팅한 육십대 택시기사의 모습에 웃음을 터트리고 말았다.

축구의 나라, 스페인. 그리고 최강의 클럽이 있는 바르셀로나.

그곳에 왔음이 갑자기 확 와닿았다.

"여깁니다! 호텔 카사 미모사! 우리 바르셀로나의 자랑이죠!"

"덕분에 잘 왔습니다."

"늙은이가 너무 주절거리지 않았나 모르겠군요. 다시 한번 말하지만 당신의 발음은 참 좋습니다. 좋은 여행 되세요. 하나님의 은혜가 당신들과 함께하길 기도하겠습니다."

"저 역시 하나님의 은혜가 루카스 씨와 함께하길 기도하겠습니다."

"하하핫!"

부르릉!

제법 유쾌했던 택시가 멀어지자 종혁은 스페인어를 몰라 오는 내내 뻘쭘했던 둘을 보며 정면의 호텔을 가리켰다.

"오!"

"오오!"

높고 고급스러운 호텔 외관에 감탄하는 둘.

들어가기 전 담배 한 대 피우기 위해 주머니에 손을 넣던 종혁이 아차 한다.

"나 라이터랑 담배 사 올 테니까 먼저 올라가서 짐 풀고 씻어."

"어? 그럼 같이 가시죠?"

종혁은 됐다는 듯 손을 젓고는 근처 편의점으로 걸어갔고, 우물쭈물하던 둘은 이내 호텔 안으로 들어갔다.

"감사합니다."

"또 오세요!"

딸랑!

찰칵! 치이익!

"후우. 와, 이제야 좀 살겠네."

전용기를 놓고 오는 바람에 오는 내내 담배를 피울 수 없어서 죽는 줄 알았다.

온몸이 니코틴의 은총을 뒤집어씀에 몸을 약간 떤 종혁은 호텔로 향했다.

그 순간이었다.

"señor."

"응?"

고개를 돌린 종혁은 어느새 다가온 여성의 모습에, 헐벗다시피 다리와 가슴을 많이 드러낸 의상을 입은 어린 동양 여성의 모습에 눈살을 찌푸렸다.

"en la boca. 30 euros. disparar una vez. 60. ok?"

입으로 30유로. 한 번 싸는 데 60유로.

매춘부다. 그것도 이십대 이하일 정도로 어려 보이는.

그러나 그게 문제가 아니다.

'장애인?'

이쪽의 눈을 마주치지 못한 채 묘하게 허공을 이리저리 보는 여성.

그녀의 입에서 흘러나오는 말이 종혁의 머리카락을 쭈뼛 세우게 했다.

"여기 20유로. 여기 40유로. ok?"

입을 가리키고 20유로. 아랫배를 가리키며 40유로.

거기다 본래 스페인 사람이 아닌 것처럼 발음이 뭉개진다.

'이런 개……!'

종혁의 낯빛이 딱딱하게 굳었다.

원정 매춘이 아니다.

장애인이, 그것도 지적인 문제가 있는 장애인이 스스로 원정 매춘을 할 리가 없다.

이건 누군가 시킨 것임이 분명했다.

종혁의 숨이 뜨거워졌다.

"그, 그거 누구한테 배웠어요?"

"응? 여기 20유로. 여기 40유로. 비싸?"

"……이름이 뭐예요?"

"에바!"

해맑게 웃으며 대답을 하는 여성, 에바.

"몇 살이에요? 어디 살아요?"

"에바는 18살! 멀리 살아!"

고작 18살. 뒷목이 뻣뻣해진다.

"어느 나라에서 왔어요? 중국? 일본? 한국?"

"우웅?"

갑자기 말을 못 알아듣는다.

이로써 그녀가 스페인 출신이 아니라는 것에 신빙성이 더해진다.

"이봐!"

길 건너편에 세워져 있던 차에서 내린 커다란 라틴계 청년이 얼굴을 험악하게 굳히며 다가온다.

빡빡 민 대머리, 아니 스킨헤드 때문에 인상이 더 험악해 보이는 그.

"무슨 문제 있어? 나 얘 오빤데……."

콱!

"으읍?!"

"넌 지금부터 내가 묻기 전엔 아가리 열지 마."

한 손으로 놈의 입뿐만 턱까지 모두 움켜쥔 종혁이 에바를 본다.

"눈 감고, 귀 막아요."

"우음?"

"……뒤로 돌아요."

손짓까지 곁들이자 겨우 알아들은 건지 고개를 끄덕인 에바가 몸을 돌리자, 종혁이 그제야 사내를 바라보다 다급히 손을 놓고 물러선다.

샤악!

종혁의 손이 있던 자리에 그어지는 은색의 선.

"이 개자식! 너 오늘 죽었다! 내가 너 같은 놈 한두 명

본 줄 알아?!"

어느새 칼을 빼 든 사내는 금방이라도 찌를 듯 위협을 했고, 종혁의 눈에서 감정이 사라지기 시작했다.

"네 동생이라고?"

"그래! 그게 뭐!"

쿵!

순간 눈앞이 아득해진다.

진실이다. 저놈의 눈과 몸은 진실을 말하고 있었다.

'입양.'

그것도 꽤 나이가 든 상태에서 입양이 된 게, 그래서 말을 제대로 배우지 못한 게 분명했다.

"너 저 여성이 장애인인 거 알고 있지?"

"무슨 상관이야! 어차피 우리나라에서 매춘은 합법인데!"

"포주까지 합법은 아니지."

스페인에서 매춘은 합법이다. 그러나 포주 등의 행위로 돈을 버는 건 불법이다.

"하! 왕자님 납셨네! 이봐요, 선생님. 너 따위가 신경 쓸 일이 아니잖아요! 내가 내 동생 거리에 세우겠다는데 무슨 상관이냐고! 안 할 거면 썩 꺼져!"

한 점의 거짓이 없는 진심.

이놈은 인간 이하의 쓰레기였다.

순간 아득해지는 눈을 감았다 뜬 종혁은 그를 향해 발을 내디뎠다.

외사국 〈55〉

"그래, 죽자."

"죽어!"

감정이 완전히 사라진 종혁이 칼을 피하며 주먹을 들었다.

쩌어억!

뻐억! 뻑!

"컥! 아악!"

거리에 울려 퍼지는 비명. 그에 깜짝 놀라 몸을 돌린 에바가 파랗게 질리며 종혁의 팔을 붙든다.

"으아앙! 안 돼! 안 돼!"

쿠웅!

종혁이 기겁해 멈추며 에바를 본다.

'한국어……?'

종혁의 눈이 사정없이 떨린다.

"하, 한국 사람입니까?"

"아아아앙! 나쁜 사람! 나쁜 사람!"

맞다. 한국 사람이었다.

너무 어이가 없다 보니 몸에 힘이 쭉 빠져 버렸다.

"……미치겠네."

삐요오오옹!

"여기예요! 여기-!"

설상가상 저 멀리서 달려오는 경찰차와 그런 경찰차를 향해 사력을 다해 손을 흔드는 남성에 종혁은 얼굴을 구겼다.

* * *

"날 내보내 달라고-!"
"닥치지 못해?!"
'여기도 시끌벅적하네.'
한국이나 이 나라나 경찰서 풍경은 다 똑같은 것 같다.
"괜찮아? 아파?"
"아, 저리 좀 가."
종혁은 에바를 밀어내는 사내와 그런 사내의 곁에 찰싹 달라붙어 얼굴을 어루만지며 울상을 짓는 에바의 모습에 눈빛을 가라앉힌다.

'억지로 내몰린 게 아니란 건가······.'
장애인이라도 좋고 싫은 건 알고 있다. 저렇게 달라붙어 있다는 건 분명 에바에게 있어 사내는 좋은 오빠란 뜻이다.

'아니, 개소리지.'
마치 어린아이와 같았던 에바의 언행. 중증에 해당하는 지적 장애가 분명했다.

중증 지적 장애는 옳고 그름의 구분조차 하지 못하는 5세 수준의 정신 연령을 지니고 있다.

그녀는 그저 자신의 오빠에게 속고 있는 것에 불과했다.

끼기긱!

'음.'

종혁은 의자와 연결된 수갑이 비명을 지르자 이를 갈며 자리에 앉았다.

아쉽지만 경찰서까지 와서 사고를 칠 순 없었다.

타악!

"이 자식이?!"

"이봐요, 경찰관님! 왜 나한테만 그러는데!"

"그럼 네가 잘했다는 거야, 뭐야?!"

"대체 뭐가 문제인 겁니까! 학교도 제대로 못 다닌 장애인이 돈 벌 수 있는 일이 있는 줄 알아요?! 그것도 이런 동양인이?!"

'아.'

끼기긱! 끼기기긱!

방금의 생각이 무색해진다.

눈앞이 하얗게 변하며 머릿속이 저놈의 주둥이를 잡아 뜯어 버리라고 외친다.

주인을 잘못 만나 저딴 궤변이나 지껄이는 저 입을 찢어발기라고 소리친다.

"그리고 저 자식은 왜 감옥에 넣지 않는 겁니까! 외국인이라고 대우하는 겁니까?! 나 이렇게 맞았다니까요!"

"닥쳐, 이 개새꺄! 더 맞고 싶어?!"

"몰라! 좆까! 나 합의 안 해 줘! 알았어?! 거기 외국인! 듣고 있냐?!"

"그래, 진짜 죽자."

끼이이이익! 콰장창!

수갑에 연결된, 바닥에 고정된 의자가 뽑혀 나오는 순간이었다.

쾅!

"누구야! 누가 그분을 잡아 왔어!"

갑자기 그들이 있는 사무실의 문이 거칠게 열리며 한 장년인이 들어온다.

"헉!?"

그의 등장에 벌떡 일어나 거수경례를 하는 경찰들.

타이밍을 뺏겨 진정한 종혁은 그의 어깨에 걸린 견장을 보곤 눈을 빛냈다.

Comisario Principal. 한국으로 치면 총경, 즉 서장이었다.

도끼눈을 뜨며 사무실 안을 둘러보던 그는 종혁과 눈이 마주치자 기겁을 하며 다가왔다.

"오, 세뇨르! 당신이 이런 곳에 있다니요!"

마치 어디 다친 곳은 없는지 이곳저곳을 살피는 그의 모습에 종혁은 눈을 끔뻑였다.

"뭐하는 거야! 어서 수갑 안 풀어 드리고-!"

"절 아십니까?"

"알다마다요!"

범죄학의 젊은 천재, 현재 스페인에서도 차용하고 있는 수사기법을 발명한 세기의 천재.

외사국 〈59〉

더 위를 꿈꾸는 한 명의 경찰로서 종혁을 알지 못한다면 진급할 자격조차 없다고 할 수 있었다.

"3년 전 네덜란드의 포럼에 참가한 적이 있습니다."

"아, 반갑습니다. 최종혁입니다. 이런 불미스러운 일로 신세를 지게 돼서 죄송합니다."

"아, 아닙니다. 저희가 결례를 끼쳤습니다. 누구야! 누가 이분을 잡아 온 거야! 어?!"

종혁은 자라목이 되는 경찰들의 모습에 마주 잡은 서장의 손을 토닥였다.

"저분들은 본인들이 할 일을 하셨을 뿐입니다. 안 좋은 감정은커녕 바르셀로나의 치안이 이렇게 훌륭하다는 것에 감탄하고 있는 중이니 너무 화내지 않으셨으면 좋겠습니다."

"하하. 그렇습니까? 그런데 어쩐 일로 잡혀 오신 겁니까?"

"아, 그게……."

종혁은 사정을 설명했고, 종혁이 가리킨 사내와 에바를 바라본 서장은 얼굴을 구겼다.

"후. 못난 모습을 보여 드린 것 같아서 고개를 들 수가 없습니다."

"아닙니다. 괜찮습니다."

"저놈은……."

뭔가를 말하려다가 만 서장.

종혁이 의아해하자 서장은 아무것도 아니라는 듯 웃으

며 말을 잇는다.

"저놈은 저희가 잘 처리할 테니 세뇨르께선 이만 숙소로 돌아가셔도 됩니다. 그럼 내일 열리는 포럼에서 뵙겠습니다."

"……부탁드리겠습니다."

고개를 숙인 종혁은 에바에게 다가갔다.

종혁이 다가오자 깜짝 놀라 몸을 움츠리며 사내에게 기대는 에바.

종혁은 그 앞에 한쪽 무릎을 꿇고 앉으며 그녀의 손에 지갑에 있는 현금 전부와 키링에서 엄지 한 마디만 한 크기의 강아지 캐릭터 인형을 떼어 내 그녀의 손에 쥐여 줬다.

"무슨 일 있으면 이걸 꾹 눌러요. 그럼 그곳이 어디든 찾아갈 테니까."

혹시 모른다. 경찰서장이 약속을 했지만 어떤 안 좋은 일이 생길지.

"으으응."

종혁은 거부하려는 에바의 손에 인형과 현금을 쥐여 주곤 떨어지지 않는 걸음을 억지로 떼며 몸을 돌렸다.

"어? 어? 이봐요! 저놈 왜 그냥 가는 건데요!"

"닥쳐, 이 자식아!"

귀에 틀어박히는 개의 짖는 소리를 외면하며 경찰서를 나선 종혁이 담배를 문다.

찰칵! 치이익!

"……장애인복지센터 같은 곳으로 옮겨지겠지?"

만약 부모가 있다고 한들 달라질 건 없다.

아들이 제 딸을 거리에 매춘부로 세운 것을 몰랐을 리가 없을 터. 그들 역시 이 일의 공범이었다.

스페인의 법에 대해선 잘 모르지만, 그래도 에바는 나라의 케어를 받으며 지금까지의 고통을 점차 잊어 가게 될 것이다.

'그런 기억을 잊을 수 있겠냐마는……'

부디 그러기만을 바랄 뿐이었다.

나름 복지가 잘 만들어져 있는 나라 스페인. 종혁은 믿기로 했다.

"거지 같네, 진짜."

난생처음 온 바르셀로나에 온 첫날부터 좋지 못한 추억을 쌓게 됐다.

"택시."

종혁은 근처를 지나는 택시를 향해 손을 흔들었다.

* * *

"……."

"졸리면 그냥 자. 어차피 할 일 없으니까."

"아, 아입니더! 그럴 수는 없지예!"

직책은 부국장 직속의 수사팀이라지만 결국 비서다. 본분을 벗어던질 수 없었다.

거기다 이번 포럼은 종혁과 합류한 이후 첫 일감이 아닌가. 절대 허투루 임할 수 없었다.

"그란데요, 행님. 이건 어디 브랜드입니꺼? 라벨이 없네예?"

"그냥 테일러숍 제품이야."

"테일러숍? 아, 양복점 말하는 겁니꺼?! 와, 어느 동네 양복점 양복이 이리 잘 빠졌노!"

"푸핫! 야! 그거 한 벌에 2천만 원 넘어!"

"에이. 무슨 구라를 쳐도…… 참말이라예?"

종혁은 고개를 끄덕였고, 새된 소리를 낸 현석의 손길이 다급히 조심스러워진다.

"다, 다 됐심더. 이, 이야! 누구 아들이 이리 잘생겼노. 이제 결혼만 하믄 되겠네!"

"이 자식이?"

"으악!"

현석이 장난스레 도망치자 피식 웃은 종혁은 거울을 보며 마지막으로 옷매무새를 점검했다.

"여기 가방이요, 부국장님."

"땡큐. 그럼 가자."

"예!"

그들은 포럼이 열리는 장소로 향했다.

웅성웅성.

높다란 건물 안으로 양복을 입은 사람들이 들어간다.

도시라면 어디서나 볼 수 있는 흔한 풍경이지만, 한 가지 특별한 것이 있다면 건물 안으로 들어가는 사람들이 모두 중년 이상이라는 점이었다.

"이야, 다 아는 얼굴들이네."

이놈의 범죄학은 다 좋은데, 새로운 피가 잘 수혈이 되질 않는다.

"잘 봐 둬. 앞으로 부국장님 따라다니면 1년에 최소 다섯 번 이상씩은 볼 얼굴들이니까."

"진짜요?"

그래도 선배라고, 종혁을 따라다닌 지 오래됐다고 이것저것 가르치는 최재수를 일견한 종혁은 누군가를 발견하곤 환하게 웃으며 다가갔다.

"해리 교수님!"

영국 범죄학계의 권위자이자 영국 경찰의 자문인, 현대판 셜록 홈스이나 별명은 모리아티 교수인 해리 가드너 교수.

"오, 최! 이게 얼마만입니까!"

작년에 안식년을 가졌던 해리 가드너 교수.

"어흠. 난 안 보이나?"

"안드레 교수님."

미 범죄학계의 권위자인 안드레 교수. 그 옆에는 프랑스 범죄학계의 뤼옹 드 몽 교수가 있다.

종혁은 모여 있는 세 사람을 보며 눈을 가늘게 떴다.

"정말 앙숙이 맞습니까?"

"다른 머저리들보단 그래도 말이 통하니까 어쩔 수 없지."

"역시 역사가 없는 미국인답게 말투가 천박하군."

"하하. 엿이나 먹어라, 이 빵쟁아. 유럽의 중국 따위가 어디서 위대한 미합중국 사람에게 말을 걸어?"

"걸어오는 싸움은 마다하지 않는 편인데 말이야……."

장갑을 벗는 뤼옹 드 몽 교수와 안경을 벗는 안드레 교수.

해리 가드너 교수는 둘 사이에 손을 집어넣으며 심판을 자처한다.

그러다 그 행동에 기분이 상한 두 사람에게 언어 폭행을 얻어맞는 그.

"아하하."

본의 아니게 싸움을 붙여 버린 종혁은 슬그머니 물러났다. 어차피 저러다 말 것임일 알고 있기 때문이다.

또각또각!

귀에 꽂히는 구두 소리에 고개를 돌린 종혁은 환하게 웃었다.

"보스!"

"최."

미 FBI의 암사자, 캘리 그레이스다.

"이번에 워싱턴으로 가신다면서요. 영전을 축하드립니다."

FBI의 본부가 있는 워싱턴. 그동안 일개 팀장으로 현장을 지휘하던 그녀가 드디어 승진의 길에 올라선 것이다.

"1년 정도 본부에서 있다가 LA 지국의 부지국장으로 갈 예정이야."

즉, 승진을 위한 형식적인 인사이동이라는 뜻이다.

"오, 그게 돼요?"

"실적은 많이 쌓아 뒀으니까."

"확실히……."

안드레 교수와 버금가는 범죄학계의 권위자가 바로 캘리 그레이스다. 그녀가 원했다면 이미 FBI의 국장이 되고도 남았다.

"아, 벤과 드롭은 잘 지내죠? 이번에 갈 때 함께 간다면서요?"

"훗."

그녀는 대답 대신 그저 웃었지만, 그것이 종혁의 질문에 답을 해 주었다.

종혁은 마음속으로 벤과 드롭의 명복을 빌어 주었다.

"다시 한번 부국장이 된 걸 축하해, 최. 이번에도 새로운 역사를 썼네?"

"저야 뭐 총경으로 남아 있으려고 해도 주위에서 하도 진급하라고 하니까……."

"지금 내 앞에서 내숭을 떠는 거야?"

"으하하하핫! 아, 맞아. 이쪽은 제 직원인 최재수와 강현석이에요. 믿을 만한 친구들이죠."

그 말에 캘리 그레이스의 눈이 빛난다.

"반가워요. FBI의 캘리 그레이스예요."

"재, 재수 최입니다. 말씀은 많이 들었습니다. 만나 뵙게 되어 영광입니다."

"혀, 현석 캉입니다."

"모두 잘생기셨네요. 나중에 미국에 오면 연락해요."

"헉! 예, 예!"

종혁은 명함을 주는 캘리 그레이스의 행동에 눈살을 찌푸렸다.

"또 꼬드긴다, 또. 내 사람 꼬시지 맙시다, 거."

"호오? 벤과 드롭을 뺏어 가려고 했던 사람이 그런 말 하기야?"

움찔!

종혁은 슬그머니 고개를 돌렸고, 캘리 그레이스는 변하지 않았다며 고개를 젓는다.

그러다 돌연 눈빛을 가라앉힌다.

"그보다."

목소리마저 묵직해지는 그녀.

"이번 발표 제목이 마약 거래의 새로운 패러다임이었지? 대체 뭔데?"

마약 범죄 하면 결코 빼놓을 수 없는, 둘째가라면 서러울 미국. 당연히 그녀로선 예민하게 반응할 수밖에 없었다.

종혁은 그런 그녀의 모습에 옅은 미소를 지었고, 캘리

그레이스는 미간을 좁혔다.

"하하. 몇 시간 후에 들으시면 압니다."

"……쯧. 난 커피나 마시러 가야겠어. 최는?"

"전 저 세 분을 말려야 해서."

이젠 서로가 서로를 물어뜯는 걸 넘어 쌍욕이 터져 나오는 셋. 슬슬 말려야 했다.

"나이 먹고 저게 무슨 짓인지…… 쯧쯧쯧."

캘리 그레이스는 나중에 보자는 듯 손을 흔들며 멀어졌고, 여전히 쿨한 그녀의 모습에 종혁은 고개를 저었다.

그 순간이었다.

'응?'

저 멀리서 다리를 끌며 다가와 회장이 열리는 빌딩 건물 외벽에 등을 기대며 한숨을 내쉬는 어린 동양인 청년이 갑자기 종혁의 눈에 들어온다.

꾀죄죄한 옷차림에 얼마나 씻지 않은 건지 떡이 진 머리와 지저분한 얼굴. 홈리스다.

이제 고작해야 20살이나 됐을까. 저 나이에 홈리스가 된 게 안타깝지만, 지금은 그게 문제가 아니다.

청년의 얼굴이 종혁의 시선을 붙든다.

"……에바?"

어젯밤 만난 에바. 그 소녀가 청년의 얼굴에서 비치고 있었다.

종혁의 얼굴이 딱딱하게 굳었다.

'남매……?'

단순히 비슷하게 생긴 사람일 수도 있다.

하지만 왜인지 우연처럼 느껴지지 않았다.

종혁은 벽에 등을 기대며 '도와주세요'라는 피켓을 펼치려고 하자마자 달려온 경비원에게 쫓겨나는 청년을 향해 홀리듯 걸음을 옮겼다.

"어, 어디 가십니꺼?"

깜짝 놀란 현석의 말을 무시하며 뛰려는 순간, 한 무리의 사람들이 종혁의 앞을 스쳐 지나간다.

"大家都往这边来吧!(모두 이쪽으로 오세요!)"

"肚子饿! 什么时候吃饭啊!(배고파! 밥은 언제 먹어!)"

"腿好疼…….(다리 너무 아파…….)"

'이런 씨!'

타다닥!

종혁은 다급히 관광객 무리를 돌아서 걸음을 옮겼지만, 청년은 이미 시야에서 사라진 뒤였다.

종혁의 눈이 흔들린다.

"와 그럽니꺼?"

"잠깐만."

종혁은 손을 털며 다시 빌딩 입구로 향하는 경비원을 불러 세웠다.

"아, 예. 무슨 일이십니까?"

"방금 쫓아낸 노숙자, 아는 사람입니까?"

"글쎄요……. 저도 파견을 나온 거라서……."

"……예. 감사합니다."

외사국 〈69〉

입술을 깨문 종혁이 눈을 가늘게 뜬다.
'착각인가?'
지금보단 좋은 곳으로 가겠지만, 그래도 계속 마음이 쓰여서 무의식적으로 에바의 얼굴을 그린 것일지도 모른다.
하지만 털어내려고 해도 계속해서 마음 한구석이 찝찝하다.
"정말 와 그라시는데예? 뭐 범죄 현장이라도 목격했습니꺼?"
"……아니야."
'이따가 경찰서를 찾아가 봐야겠어.'
종혁은 어젯밤 만난 경찰서장의 얼굴을 떠올리며 주먹을 쥐었다.

* * *

"SNS의 유저가 나날이 증가함에 따라……."
닷새간 이어지는 포럼 중 오늘의 주제인 범죄 수법의 발전 현황.
현재 전 세계 수사기관들에게 있어 예민한 문제인 SNS가 거론되자, 종혁을 비롯한 오늘 포럼에 참석한 모든 사람들의 표정이 진중해진다.
'SNS의 발달로 전 세계의 사람들이 하나로 묶이게 되면서 범죄 조직의 영역도 점차 늘어나고 있지.'

더 쉽게 민간으로 파고들면서도 더 은밀해졌다.

하루에도 수억, 수십억 개의 정보가 떠돌아다니는 SNS. 수사기관이 그 모든 걸 감시한다는 건 사실상 불가능한 일이었다.

이뿐만이 아니다.

"확실히 SNS 때문에 범죄자들이 타깃을 물색하는 것도 쉬워졌지."

"그건 이미 채팅 시절부터 거론되던 문제였잖아요."

짝짝짝짝짝!

질의응답 시간과 잠깐의 쉬는 시간이 끝나자 종혁이 몸을 일으킨다.

"기대할게."

"하하."

캘리 그레이스의 빛나는 눈을 일견한 종혁은 소리 없이 '파이팅'을 외치는 현석과 최재수를 뒤로하며 단상으로 향했다.

그러자 모두 허리를 세우며 종혁을 뚫어져라 쳐다본다.

오늘은 무슨 주제를 들고 나왔을까.

결코 안주하지 않고 계속 노력하고 발전하는 천재, 최종혁.

그들의 눈이 호기심으로 빛난다.

종혁은 그런 그들을 보며 마음을 다잡는다.

"흠. 이 중에 제가 최종혁인 걸 모르는 사람이 있습니까? 그렇다면 다시 인사를 드리죠."

"하하하."

"모두 아시는 것 같으니 바로 본론으로 들어가겠습니다."

딱!

종혁이 손가락을 튕기자 회장의 조명이 살짝 어두워지며, 종혁의 뒤로 내려온 커다란 스크린에 하나의 단어가 떠오른다.

[던지기]

"던지기?"

"저건 뭐야?"

웅성웅성.

여러 나라의 언어로 번역이 된 상태지만, 바로 이해를 하지 못하는 사람들.

종혁은 그런 그들을 보며 입을 열었다.

"가칭 '던지기'. 얼마 전 한국에서 발견된 수법으로, 화단이나 우편함 등 사람들이 쉽게 접근할 수 있지만, 잘 살피지 않는 곳에 마약을 던지듯 숨겨 놓은 후 이미 결제를 끝마친 마약 구매자들이 스스로 찾아가게 하는 수법입니다."

'뭣?'

'호오?'

사람들의 눈이 동그랗게 뜨거나 눈빛을 가라앉힌다.

"아마 이 수법이 낯익은 나라도 있을 것이고, 그렇지 않은 나라도 있을 겁니다."

사람들이 미간을 좁힌다.

방식은 이해했다. 그러나 구태여 개방된 공간에서 거래를 하는, 저렇게 번거롭게 거래를 하는 의미를 알 수가 없었다.

그때 종혁이 그들을 향해 폭탄을 떨어뜨렸다.

"이것이 SNS와 결합됐습니다."

즉, 구매자가 판매자의 신원을 전혀 파악할 수 없는 거래 구조라는 의미였다.

이렇게 된다면 설령 마약 중독자를 체포한들, 그들에게 마약을 판매한 놈들을 쫓는 건 미궁 속에 빠질 수밖에 없었다.

SNS와 던지기의 조합. 그 파괴력을 깨달은 사람들이 경악하며 일어났다.

마약 거래의 새로운 패러다임.

종혁이 내세운 발표 제목은 정말 말 그대로의 의미였던 것이다.

그리고 이는 수사기관들에게 있어 끔찍한 지옥의 시작이었다.

* * *

포럼이 열렸던 회장 인근 카페의 테라스.

질문 시간이 모두 끝났음에도 사람들은 경악과 충격에서 벗어나지 못했다.

이는 즉, 마약의 유통을 막을 수 없다는 말이었기 때문이다.

특히 각국의 수사기관들 중에서도 마약의 유통을 막으려고 애쓰는 미국으로선 충격 그 자체였다.

"돈도 같은 방식으로 받는다면 정말 손쓸 방법이 없겠군."

마약을 숨겨 둔 장소에, 마약을 챙겨 가며 대금을 똑같이 숨겨 두는 거다.

안드레 교수의 말에 사람들이 고개를 끄덕이며 말을 덧붙인다.

"페이퍼 컴퍼니를 중간에 세우는 방법도 있겠지."

그럴듯한 페이퍼 컴퍼니를 만들고 없애고를 반복하며 흔적을 남기지 않는 것도 가능했다.

"그런데 정말 민간인에게 배달을 시키기도 하는 건가?"

"조직원이 직접 마약을 운반하는 게 안심은 되겠지만, 자신들도 모르게 경찰의 미행이 붙었을 때를 대비하는 거죠."

실제로 마약 조직의 존재를 알고 있음에도 증거가 부족할 때는 미행을 붙였다가 거래 현장을 급습하는 것이 놈들을 잡아들이는 방식 중 하나다.

놈들은 정말 일말의 가능성마저 배제하지 않고 어둠 속

에 숨으려 하는 것이었다.

"……빌어먹을이군."

프랑스의 귀족으로서 품위를 지켜야 하는 뤼옹 드 몽의 입에서도 쌍욕이 터져 나온다.

수사기관이 마약 조직을 감시한다고 해도 막을 방법이 없기 때문이다.

"내가 이래서 SNS를 반대한 거야. 사람에게 하등 쓸모가 없는 물건이니까!"

쿵!

테이블을 내려친 해리 가드너 교수.

뤼옹 드 몽과 안드레 교수, 캘리 그레이스의 얼굴도 새빨갛게 달아오른다.

"그러니 이놈들이 마음 놓고 거래할 수 있는 창구를 만들어 줘야죠."

"음?"

네 사람이 종혁에게로 몰린다.

종혁은 먹고 있던 샌드위치를 옆으로 치우며 담배를 꺼내 물었다.

찰칵! 치이익!

"뒤가 구린 놈들만이 이용할 수 있는 SNS를, 인스턴트 메신저 프로그램을 제작해 유포하는 겁니다."

쿠웅!

"뭣?!"

상상조차 할 수 없었던 수사 방식에 그들이 격한 반응

을 보이자, 종혁은 캘리 그레이스를 응시했다.
 '훗날 FBI에서 써먹는 수법이지.'
 어느 정신 나간 언론사와 내부자의 폭로만 아니었다면 거의 영원히 드러나지 않았을 프로젝트였다.
 '어쩌면 벌써 운영 중일 수도 있고.'
 "호오…… 그래 왜 이 방법을 생각하지 못했을까."
 "역시 현장의 시선은 다르다는 건가?"
 제법 심각하게 고민하는 그들.
 "흠. 딥 웹을 통해 유포하면 되겠군."
 "정보국이 좋아할 일이겠어."
 "아니지. 이 물건이 정보기관으로 들어간다면, 웬만한 일이 아닌 이상 현장에 정보가 제공되지 않을 거야."
 "그럼 현장 사람들의 입을 믿자고? 술에 취해 다 불어 버릴 수도 있는데?"
 "정보기관이라고 다를 것 같아? 정보요원들도 사람이야."
 다시 생각의 나래를 펼치는 그들에게서 시선을 뗀 종혁은 입을 떡 벌리며 쳐다보고 있는, 그러면서도 눈은 하늘의 별똥별보다 더 빛나는 최재수와 현석을 보며 씩 웃어 줬다.
 "꿈 깨라. 우리나라에선 불가능한 일이다."
 "아, 왜요!"
 "함정 수사를 말하는 겁니꺼? 우리는 그냥 판만 깔아 놓는 것뿐이잖습니꺼."

"시민단체들이 가만 있겠냐?"

그리고 이 프로그램을 운영할 부서도 문제다.

경찰청장이 바뀌면 요직에 앉아 있는 인사들도 모조리 물갈이된다. 그중 누가 불어 버릴지 모른다.

'말은 이렇게 했지만, 비밀리에 진행시켜야지.'

운영부서는 경찰에서 가장 비밀스런 부서인 정보국.

그리고 국정원.

이 둘이 서로 연계해 움직이게끔 해야 한다. 그래야 비밀이 지켜진다.

"부국장님, 이참에 시민단체들 싹 쓸어버리는 건 어떻습니까? 그 새끼들 털면 터는 대로 먼지가 떨어질 텐데 말입니다."

"또 정치인들, 언론사들과 싸우자고?"

"……."

종혁은 입을 다무는 최재수를 보며 내심 웃음을 지었다.

'언젠가는 털긴 털어야지.'

하지만 쳐들어가기 전에 준비할 것이 있다.

온 국민이 인정해 줄 명분.

그것을 만들기 위한 스텝을 밟아야 한다.

담배를 다 피운 종혁은 아직도 대화에서 빠져나오지 못하는 네 명을 일견하며 옆으로 치워 뒀던 샌드위치를 다시 입으로 가져갔다.

그 순간 그들이 앉은 테라스 곁으로 한 청년이 스쳐 지나간다.

오랫동안 씻지 않은 사람이 풍기는 고약한 냄새를 흘리며 지나가는 청년.

"어?"

'저 사람은?'

아까 아침의 그 노숙자다.

종혁은 몸을 벌떡 일으켰다.

"저기요!"

* * *

"Tot el camp És un clam!(온 경기장이 사람들로 가득 차 있네!)"

곰팡내를 비롯해 온갖 냄새가 풍기는 뒷골목.

새벽부터 술에 취한 주정뱅이가 부르는 응원가가 울려 퍼지는 건물 속, 동양인 청년의 눈이 파르르 떨린다.

여기저기 해진 얇디얇은 이불을 뒤집어쓴 채 잠들어 있는 청년.

'춥다……'

춥지만 따뜻하다.

청년은 더 몸을 웅크렸지만, 주변의 소리가 그를 현실로 끄집어낸다.

웅성웅성.

"나초! 일어나! 아침이야! 돈 벌어야지!"

결국 잠에서 깨고 만 청년. 눈곱이 가득해 잘 떠지지 않는 눈을 비빈 청년이 자신을 깨운 15살 어린 소년을 본다.

"세스크."

"일어나. 다 일어났어."

"……알았어. 하암."

기지개를 컨 청년이 자신이 있는 방 안을 둘러본다.

이불처럼 허름한 2층 침대들과 그 아래에서 움직이는 3명의 청년. 누군가는 왼손이 없고, 또 누군가는 얼굴의 절반이 화상을 입었다.

부탁드리겠습니다, 도와주세요 같은 글귀가 적힌 피켓을 들고 방을 나서는 청년들.

이제는 간지럽지도 않은 몸을 벅벅 긁은 청년도 침대를 빠져나와 침대 옆에 세워 둔 피켓을 들고 방을 빠져나간다.

절뚝! 절뚝!

한쪽 발을 끌며 나가니 청년을 깨운 소년이 따라붙는다.

"난 캄프 누로 갈 생각인데, 나초는 어디 갈 거야?"

바르셀로나의 자랑 FC 바르셀로나의 홈구장 Camp Nou.

"글쎄……."

대충 시간을 보내다 캄프 누에 갈 생각이었다.

오늘 경기 결과가 어떻게 될지는 모르겠지만, 이긴다면 꾸레들의 주머니가 가볍게 열릴 거다.

운이 좋으면 맥주나 음식을 얻어먹을 수도 있었다.

"그럼 마리나역 근처로 가봐! 어제 오면서 봤는데, 거기서 무슨 행사 같은 게 열리는 것 같더라!"

"그래? 고마워. 돈 많이 벌면 저녁에 먹을 거 사 줄게."

"뽈로 알 아히요 사 줘!"

껍질을 벗기지 않은 마늘을 올리브 오일에 튀겨 맛을 내고 닭고기 조각을 함께 구워 낸 요리, 뽈로 알 아히요.

그들의 주머니 사정으로는 며칠을, 운이 나쁘면 2주 넘게 구걸해야 벌 수 있는 가격의 음식이었다.

"접수. 그럼 저녁에 보자."

손을 흔든 청년은 힘들게 다리를 끌며 세스크가 알려 준 마리나역 근처로 향했다가 살짝 놀랐다.

'와.'

정장을 입은 사람이 많다. 그것도 또래보다 지갑이 쉽게 열리는 나이가 많은 사람들이.

눈을 빛낸 청년은 건물로 걸어가 적당한 곳에 자리를 잡았다.

하지만······.

"이봐, 여기서 그러면 안 돼."

다급히 달려와 청년을 제지하는 경비원.

"하, 한 번만 봐주면 안 될까요? 너무 힘들어서 그런데, 잠깐만 앉아 있다 갈게요."

"그 피켓을 부숴 버리는 수가 있어."

"······쳇."

'지옥에나 가 버려라!'

속으로 저주를 퍼부으며 건물을 끼고 돈 청년은 다시 건물을 끼고 돌며 골목 안으로 들어갔다.

그리고 골목에 세워진 쓰레기통의 뒤에 몸을 숨기며 주저앉았다.

'일단 점심까지 버텨 봐야지.'

무슨 행사인지 모르겠지만, 분명 행사 참석자들도 점심을 먹기 위해 밖으로 나올 거다.

그때까지 기다리면 된다.

'2유로라도 벌면…….'

빵에 물 정도로 배를 채울 수 있다.

꼬르륵!

주린 배를 움켜쥐며 몸을 웅크린 청년은 그렇게 잠시 잠을 청했다.

웅성웅성.

'역시 나왔어!'

다시 빌딩을 나서는 사람들.

눈을 빛낸 청년이 적당한 곳, 경비원에게 방해를 받지 않을 곳을 찾아 걸음을 옮긴다.

그 순간이었다.

"저기요!"

"어?"

한국어. 한국어다.

자신의 모국어.

다급히 고개를 돌린 청년은 카페의 테라스 난간을 넘어 달려오는 거구의 사내, 종혁을 발견하곤 그대로 굳어 버렸다.

그건 종혁도 마찬가지였다.

'한국어에 반응했다!'

종혁의 마음이 급해졌다.

"한국인입니까?"

"……예, 뭐. 한때는요."

지금은 스페인 사람일 뿐이다.

못마땅한 표정을 짓는 청년의 모습에 종혁은 조심스럽게 말을 꺼냈다.

"그러면 혹시 에바란 이름의 소녀를 압니까? 당신과 흡사하게 생겼는데 말입니다."

움찔!

"미, 민정이요?! 민정이를 보셨어요?!"

"……민정이?"

"예! 내 동생 민정이! 우리 민정이! 어디서 보셨는데요—!"

종혁은 멱살을 붙잡으며 통곡하는 청년의 모습에 눈앞이 깜깜해졌다.

* * *

언제나 소리를 치며, 자신이 하는 모든 행동을 싫어했

던 부모님.

어딜 가든 손 한 번 잡아 준 적 없는 부모님.

하지만 단 한 번도 부모님을 원망하지 않았다.

자신이 남들과 다르게 태어난 것이 잘못이라고, 이런 자신을 키워 주는 것만으로도 감사해야 한다고 여겼다.

그러나 시간이 흘러, 처음부터 자신에게 장애가 있었던 것이 아님을 알게 됐다.

술김에 모든 것을 이야기해 준 부모님.

자신이 갓난아기일 때 그들의 실수로 다리를 크게 다치며, 그때부터 이렇게 됐던 것이라고 말이다.

힘이 잘 들어가지 않는 오른쪽 다리는 그에게 무거운 짐이었다.

어딜 가더라도 동정 어린 시선을 받았고, 때로는 다리 병신이라고 놀림을 받았다.

그 모든 것이 자신이 이렇게 태어난 탓이라고 생각했건만, 그게 아니었던 것이다.

그때부터 청년, 민호는 부모님, 아니 세상 모든 것을 원망하기 시작했다.

그러던 와중에 민정이가 태어났다.

그 집안에서 유일하게 진심으로 웃어 주던 동생, 민정이.

세상 사람이 지어 주던 웃음과 다른 미소를 지어 주던 여동생.

집이 떠나가라 울다가도 자신이 다가가면 방긋 웃으며

울음을 멈췄다.

꼬물거리며 자신의 손을 꼭 잡던 그 손이 아직도 기억이 난다.

언제나 소리치고, 때론 때리는 부모님 때문에 작은 소리에도 놀라던 그에게 여동생은 구원의 빛이었다.

그런데 여동생은 태어나기부터 남들과 다르게 태어났다.

2살이 지나도 말을 제대로 하지 못했다.

"3살 때야 겨우 오빠라고 했어요."

엄마, 아빠보다 오빠를 먼저 말한 여동생.

덕분에 화가 난 부모님께 맞고, 팬티만 입은 채 쫓겨났지만 그때의 감동은 잊지 못한다.

"나쁜 부모님이라도 민정이에게 관심이 있었던 걸까요."

3살이 돼도 말 한 마디 제대로 못하는 민정이의 모습에, 부모님은 민정이가 다섯 살이 돼서야 병원에 가서 검사를 받았고 결국 지적장애 2급의 판정을 받았다.

단순한 행동과 의사소통 정도만 가능한, 성인이 될 때쯤에야 초등학생 저학년 수준의 정신 연령에 도달하는 등급.

이후 민정은 자신보다 더한 처지가 됐다.

울면 맞았다.

그 전까지는 울면 자신보고 달래라고 했지만, 장애 판정을 받은 이후엔 그냥 때렸다.

밥을 거부해도 때렸고, 씻지 않아도 때렸고, 옷을 입지 않아도 때렸다.

"본인들의 기분이 나빠도 때렸어요."

까드득!

생판 남임에도 분노해 주는 종혁을 향해 고맙다고 웃어 준 청년이 담배 연기를 길게 뿜는다.

"전 민정이를 보호하기 위해 학교를 잘 나가지 않았고요."

등교를 했다가도 민정이가 걱정되어서 돌아왔다.

그래도 좋았다. 민정이만이 유일하게 웃어 줬으니까.

많은 걸 가르쳤다. 이런 상황에선 이렇게 하면 된다, 이런 상황에선 이런 걸 하면 안 된다.

가르쳐 줘도 돌아서면 까먹는 민정이었지만 계속 가르쳤다.

그렇게 민정이가 10살이 되던 해였다.

"갑자기 부모님이 여행을 가자고 하더라고요."

무슨 일일까. 무슨 꿍꿍이일까.

그런데 부모님은 여태껏 자신들이 잘못했다며 자신들의 손을 잡고 울었다.

바보같이 그 눈물을 믿어 버렸다.

"이젠 정신을 차렸구나."

이미 포기해 버린 자신과 달리, 최소한 민정이에게는 좋은 부모로 기억되어 주겠구나 생각했다.

그렇게 바르셀로나에 오게 됐다.

처음이었다.
무언가를 물었을 때 대답을 해 준 게.
어떤 암초를 만났을 때 서로 상의하며 돌파구를 찾으려고 했던 게.
술을 마셔도 때리지 않던 게.
딱 3일의 행복이었다.
"나흘째 되던 날, 레알 광장에 갔어요."
그곳에서 맛있는 빠에야를 먹었다.
계산을 하고 나왔을 때, 부모님은 잠시 화장실 좀 다녀오겠다고 자신과 민정을 놓고 건물 안으로 들어갔다.
자신은 바보같이 아무것도 모른 채 광장 분수대에 앉아, 분수를 보며 좋아하는 민정을 구경하며 부모님을 기다렸다.
"그런데 돌아오지 않았어요."
1시간이 지나도, 2시간이 지나도.
그때까지도 희망을 놓지 않았다.
건물 화장실을 다 찾아보았음에도 부모님이 보이지 않았지만, 어렵사리 숙소로 돌아가 보자 이미 체크아웃이 되어 있었지만 그래도 미련을 놓지 못했다.
그러나 마지막으로 공항을 찾아간 순간, 그제야 깨달았다.
자신들이 버려졌음을.
아니, 애당초 버려지고 말고 할 관계조차 아니었음을.
"제가 부모님에 대해 아는 게 없더라고요."

부모님의 이름도, 전화번호도 아무것도 아는 게 없었다.

엄마, 아빠라고 불러 왔을 뿐 정말 아무것도 몰랐다.

"······대사관이나 영사관을 찾아가 보진 않으신 겁니까?"

"그땐 그런 게 있는 줄도 몰랐어요."

당시 자신은 너무 어렸고, 경찰조차 찾아갈 볼 생각을 하지 못한 채 민정이를 데리고 어두운 골목에서 잠을 청했다.

"그때······."

까드득!

민호의 얼굴이 일그러진다.

"그 사람들이 접근했어요."

"그 사람들?"

"저희 양부모들이요. 그 악마들이······."

후안과 마리아.

그땐 그들이 천사 같았다.

"부모님께 버려졌다면 자신들과 함께 가겠냐, 자신들의 집엔 저희와 같은 처지의 아이들이 있다고."

한국 드라마를 좋아한다며 한국어를 조금 할 줄 알았던 마리아가 내민 손을 잡고 말았다.

그리고 그 집에 가서야 깨닫게 됐다. 이곳이 결코 정상적이지 않음을.

자신들을 보는 둥 마는 둥 했던 남매들.

외사국 〈87〉

언제나 우울한 표정을 짓던 그들.

"전 나초를, 민정이는 에바란 이름을 받게 됐어요."

과자 이름과 같아서 싫었지만 그땐 어쩔 수 없었다.

그렇게 일주일 만에 영주권이 나왔고, 그들의 호적에 오르며 정식으로 가족이 됐다.

"일주일 만에 영주권이 나왔다고요?"

말도 안 된다. 미성년자 외국인이 영주권을 발급받으려면 굉장히 까다로운 절차를 거쳐야 한다.

"……거짓말이었어요."

후에 안 사실이지만 자신보다 훨씬 오래전에 있다가 사망한 두 사람의 인생을 덮어쓴 것뿐이었다.

"지원금……."

"네. 그 빌어먹을 지원금이요."

그래서 사망 신고조차 하지 않은 거다.

그렇게 열아홉 살이 됐을 때, 민호는 쫓겨났다.

더 이상 키워 줄 수 없다고, 이젠 네 살길을 찾아가라고.

"받아들일 수밖에 없었죠. 어차피 제게 선택권이 있던 것도 아니고요."

그래도 민정이만큼은 이곳에 남아 있을 수 있으니 그걸로 됐다고 생각했다.

그런데…….

"어느 날 민정이를 보려고 찾아갔더니, 팔아 버렸다고 하더라고요."

이성의 끈이 끊기며 달려들었다.

그리고 맞고 버려졌다.

"경찰에 신고를 안 해 본 것도 아니고, 도움을 요청할 수 있는 곳은 다 요청해 봤어요."

그런데 후안과 마리아는 언제나 무사했다.

그리고 그들은 민호에게 이렇게 협박했다.

"나초라는 이름마저 사라진 불법 체류자 따위가 되고 싶냐고."

"아."

민호의 이가 악물어진다. 그의 눈이 흔들리기 시작한다.

"그, 그러면 영원히 민정이를 찾을 수 없게 되는 거잖아요!"

불법 체류자로서 한국으로 송환되어 버리면 정말 민정이를 잃어버리게 되는 거다.

그래서 어쩔 수 없이 고개를 숙이고 말았고, 이후 거리를 돌아다니며 민정을 찾고 있는 것이었다.

다리 병신인 동양인 따위를 써 줄 곳은 어디도 없기에 거지로 생활을 하며.

"민정이를 어디서 보셨어요?! 민정이는 지금 어디에 있는데요!"

민호가 다시 종혁의 멱살을 잡는다.

"제발! 제발!"

뿌드드드득!

"걱정 마세요. 곧 찾을 테니까."

눈물을 줄줄 흘리는 최재수와 현석에게 민호를 맡긴 종혁은 핸드폰을 들었다.

"예, 헨리. 지금 GPS 추적 가능합니까?"

에바, 아니 민정에게 쥐여 줬던 작은 강아지 인형.

그것은 GPS 장치가 부착된 위기신호 발신기였다.

종혁은 자리를 박차며 뛰어갔다.

부우웅!

"멈춰 있다고요?"

-예. 기록을 다시 확인해 보니 어젯밤부터 계속 멈춰 있었습니다.

"……알겠습니다."

"말씀해 주신 곳이 저곳입니다만……."

"저 앞에서 세워 주세요, 루카스 씨!"

"예, 알겠습니다!"

이동을 위해 택시를 잡으려고 하는데 우연히 만난 어제의 유쾌한 택시기사 루카스.

끼익! 탁!

"잔돈은 됐습니다!"

택시에서 내린 종혁이 다급히 위치로 뛰어간다.

부우웅! 빵빵!

차들이 쌩쌩 지나다니는 거리.

'차 안에 있나? 아니면…….'

불길한 생각을 애써 털어 버리며 빠르게 주변을 훑던 그대로 멈춰 버린다.
 "아."
 하수구 근처의 땅바닥을 굴러다니는 강아지 인형.
 "아아! 아아아!"
 겨우 잡았던 희망의 끈이 끊겨 버림에 민호는 무너졌고, 이를 악문 종혁은 몸을 돌렸다.
 이것이 아니라도 찾을 수 있는 방법이 있다.
 빵! 빵!
 "타요! 어디로 가면 됩니까!"
 "경찰서요!"
 종혁은 민정과 함께 갔던 경찰서로 향했다.

 * * *

 "뭐, 뭐라고요?"
 "부모가 와서 데려갔다고 말했습니다만……."
 종혁이 장애인 복지관 직원의 말에 뒷목을 잡는다.
 "부모는 무슨 개소리야! 그 자식늘이 어떻게 부모야!"
 민호가 눈을 뒤집으며 직원에게 달려들자, 종혁이 그를 떼어 내 현석에게 안겨 준다.
 그리고 직원을 죽일 듯 노려봤다.
 "제 오빠란 놈의 손에 의해 거리에서 성을 팔던 아이입니다. 그런데도 당신들은 그 불쌍한 아이를 다시 그들의 품에 인계했다고요? 경찰에게 아무 말도 듣지 못한 겁니까?"

"아, 아니 그게……."

쿵!

직원의 표정을 본 종혁이 어이없다는 듯 웃는다.

"뭐야, 알고 있었네?"

"흡?!"

종혁은 하얗게 질리는 직원을 무시하며 장애인 복지 시설의 건물을 둘러봤다.

딱히 둘러볼 것도 없이 열악한 시설.

알 것 같다. 왜 민정을 돌려보냈는지.

이런 시설은 대부분 명당 얼마의 지원이 아니라 1년에 얼마의 지원금이 내려온다. 그 예산이 부족해질 것 같자 잘못된 것을 알면서도 그냥 보내 버린 거다.

종혁은 직원의 멱살을 움켜쥐며 그녀의 쇄골에 엄지를 걸었다.

"이번 일 각오하는 게 좋을 거야. 당신은 지금 대한민국의 국민을 범죄자의 손에 넘긴 거니까."

"꺄아악! 꺄아아아아아아악!"

쇄골이 바깥으로 당겨지는 끔찍한 고통에 몸부림치는 직원.

종혁은 그런 그녀를 무심히 내려보며 눈을 가늘게 떴다.

'그냥 끊어 버릴까?'

그러면 앞으로 이 여자는 평생 왼팔을 쓰는 데 장애가 생길 거다.

여타 다른 뼈들에 비해 쉽게 골절되는 쇄골. 그러나 이 뼈가 담당하는 역할은 너무도 컸다.

스읔!

"최."

"행님."

"부국장님."

캘리 그레이스와 현석, 최재수가 종혁의 손을 잡으며 고개를 젓자 종혁은 혀를 차며 멱살을 푼다.

"민호 씨, 그 양부모란 놈들의 집이 어딥니까?"

그곳에 가면 알 수 있을 거다.

지금 민정이 어디에 있는지를 말이다.

하지만······.

"모, 몰라요······."

"민호 씨, 이건 민호 씨 혼자서 어떻게 할 수 있는 일이 아닙······."

"저, 정말 모른다고요······. 이사를 갔단 말이에요······."

자신이 자꾸 찾아가자, 맞는 게 누려워 주변을 얼쩡거리자 그게 거슬렸는지 어느 날 감쪽같이 사라져 버렸다.

"그냥 돈을 많이 벌어서 더 좋은 집으로 이사를 갔는지도 모르고요."

"그 집 출신의 형제들과는 연락이 되지 않는 겁니까?"

민호는 고개를 저었다.

"몇 명 알고 있기는 한데……."

안타깝게도 자신이 아는 형제들은 모두 바르셀로나를 떠났고, 연락처도 모르는 상태다.

'돌겠네.'

얼굴을 쓸어내린 종혁이 생각에 잠긴다.

"최, 어떡할 거야? 우리 FBI가 나설까?"

"무슨. FBI가 국제수사를 할 수 있다지만, 이런 사건은 개입할 수 없지 않나, 그레이스. 최, 차라리 안토니오 카사스 교수에게 부탁해 보는 게 어떻겠습니까?"

"맞아. 카사스 교수가 있었지? 지금 바로 연락해 보지!"

종혁의 반응이 심상치 않자 따라온 캘리 그레이스와 해리 가드너, 뤼옹 드 몽, 안드레 교수가 머리를 모은다.

종혁은 현석과 최재수를 봤다.

"너흰 일단 외사국에 연락해서 여기로 수사 의뢰 공문부터 보내라고 해."

"알았심더!"

"내가 전화하고 있어! 예, 과장님. 특별외사수사팀의 최재수 경사입니다. 지금 이곳에서 사건이 하나 발생했는데……."

종혁은 최재수를 일견하며 걸음을 옮겼다.

"어디 가는 거야?"

뭘 알고 움직이냐는 듯한 캘리 그레이스의 시선에 종혁은 고개를 끄덕였다.

"어제 제가 잡혀 있던 경찰서의 서장을 만나려고요."

다시 생각해 보니 어젯밤 경찰서장의 반응이 심상치 않았다.

그를 만나 봐야 할 것 같았다.

* * *

"강아지……."

무섭고 나쁜 사람이 준 강아지.

그러나 민정은 아까 떨어트린 강아지가 계속 생각난다.

울상을 지은 민정이 주위를 둘러보다 움츠린다.

난생처음 와본 낯선 곳.

아무도 없는 불 꺼진 방.

민정은 이곳이 무섭다고 느꼈다.

'토순이…….'

자신의 친구 토순이가, 언제나 자신을 지켜 주는 친구가 보고 싶었다.

민정의 얼굴이 일그러지는 순간이었다.

벌컥!

문이 열리며 빛이 쏟아진다.

"야! 거기서 뭐해! 얼른 안 나와!"

"앗! 엄마! 아빠!"

마리아 엄마, 후안 아빠.

환하게 웃은 민정은 빠르게 둘에게 다가가 안기려고 했지만, 눈앞을 스치는 마리아의 거친 손길에 멈출 수밖에 없었다.

"그럼 안녕히 계세요. 호호."

"다음부터는 조심하세요."

"네. 그럼."

　민정을 끌고 나온 둘은 차에 올랐고, 뒷좌석에 앉은 민정은 앞에 앉는 둘을 보며 엉덩이를 들썩인다.

"엄마! 아빠! 집 가?!"

　언니와 오빠들이 있는 집. 다 같이 모여서 밥을 먹는 집.

"조용."

"응……."

　저 말이 들리면 말을 해선 안 된다.

　말을 하면 엄청 아프다.

　여러 번의 경험을 통해 그걸 깨달은 민정은 입술을 내밀다 차창 밖을 바라봤고, 그들은 곧 바르셀로나의 한 뒷골목으로 향했다.

"내려."

'집 아닌데…….'

"앗! 훌리오 오빠다!"

　아까 막 무서운 사람들만 가득했던 곳에서 헤어진 훌리오 오빠.

　민정은 나쁘고 무서운 사람한테 맞아서 많이 다친 오빠

에게 다가가 아픈 곳은 나았는지 물었다.

"이런 쌍……."

"훌리오! 얘 관리 똑바로 안 해?"

"……알았다고요! 얼마 드리면 되는데요?"

"천 유로!"

"뭐가 그렇게 비싼데! 얘 빼 오는 데 100유로도 안 들었겠구만!"

"쟤 데리러 오가며 쓴 기름값은 생각 안 하니?! 우리가 이 나이 먹고 독립한 자식 놈 뒤치다꺼리를 해야 해?!"

"……빌어먹을. 알았어요. 지금은 현금이 없으니까 내일 계좌로 보내 드릴게요."

"흥! 내일까지야! 알았어?!"

콧방귀를 뀐 마리아와 후안은 민정을 쳐다보지도 않고 돌아섰고, 민정은 집에 가는 거 아니라고 울상을 지으며 그런 둘에게 허리를 숙였다.

콱!

"악?!"

"따라와."

"아파. 아파."

"닥쳐. 더 처맞기 전에!"

"으응."

입을 다문 민정은 머리채가 잡힌 채 끌려갔고, 이윽고 칠이 다 벗겨진 허름한 문 안으로 던져진다.

쿠당탕!

"아악! 아아아앙!"

너무 아파 결국 터져 버리고 만 울음.

훌리오는 그런 민정을 노려보다 콧방귀를 뀌곤 문을 닫고 나갔고, 민정은 너무 서러워 하염없이 울었다.

"오빠! 오빠! 어허엉! 오빠아!"

진짜 오빠. 민호 오빠.

민정은 다 낡아 한쪽 귀가 떨어진 토끼 인형을 꼭 끌어안으며 울다 지쳐 잠들었다.

언젠가 찾아올 오빠를 기다리며.

* * *

포럼이 열렸던 빌딩의 인근 카페.

"또 뵙는군요, 최."

자신을 찾아올 걸 알고 있었다는 듯 종혁의 갑작스러운 등장에도 여유롭게 커피잔을 기울이는 경찰서장.

그는 종혁의 곁에 있는 인물들을 천천히 훑으며 눈을 가늘게 떴다.

'그레이스 요원, 가드너 교수, 드 몽 교수, 안드레 교수.'

하나같이 범죄학계의 권위자들이었다.

내색하진 않았지만 존경하는 이들이 한자리에 모여 있으니 그의 심장은 떨리지 않을 수 없었다.

"이렇게 될 줄 알고 계셨나 보군요."

"불쾌하군요."

달그락!

거칠게 커피잔을 내려놓은 그가 종혁을 노려보다 이내 한숨을 내쉬었다.

"……이럴 가능성이 높다고는 생각했습니다."

태양의 나라, 스페인.

그는 자신의 나라에 자부심을 느꼈지만, 그만큼 현실도 잘 파악하고 있다.

도처에 넘쳐 나는 소매치기와 관광객에게 물건을 강매하는 날강도들.

주요 관광 명소에 가만히 앉아만 있어도 그런 놈들을 수없이 볼 수 있지만, 그냥 방치되는 이유가 뭐겠는가.

잡아들여 봤자 대부분 훈방 조치로 끝낼 수밖에 없고, 이런 이들을 전부 체포하여 구금시킨다면 도리어 인력, 비용적인 측면에서 손실이 크기 때문이다.

하지만 포주는 그러한 현실적인 문제 때문에 뿌리 뽑히지 않는 것이 아니었다.

해가 떠 있든, 날이 저물었든 언제나 거리에 있는 매춘부들.

물론 스페인에서는 포주가 불법일 뿐, 매춘은 합법이다.

그러나 문제는 대부분의 매춘이 포주들에 의해 조직적으로 이루어지고 있다는 점이다.

그리고 이렇게 포주들이 불법임에도 사실상 거의 대놓

고 매춘 사업을 벌일 수 있는 건, 모두 뇌물을 먹은 경찰들이 봐주고 있기 때문이었다.

"그래도 형식상 체포됐을 때 면피를 위해 저마다 알리바이 정도는 만들어 두는 거죠."

가장 흔한 수법은 매춘부를 셋방에 들어 사는 사람으로 위장을 하는 거다.

"세입자가 월세를 벌기 위해 매춘을 하는 것처럼 꾸민다?"

"그리고 포주는 그런 임차인에게 월세를 받기 위해 근처에 있었다는 방법이죠."

종혁뿐만 아니라 캘리 그레이스들도 입을 떡 벌린다.

정말 기가 막힌 수법이었다.

"이러면 법적으로 아무런 문제가 없게 되어 버립니다. 그리고…… 개중엔 어제의 에바 양과 같은 방식도 있습니다."

고아를 입양하여 매춘부로 만드는 수법.

빠득!

얼굴이 일그러지는 종혁들을 본 서장이 씁쓸히 웃으며 쐐기를 박는다.

"미성년 매춘을 피하기 위한 가장 확실한 방법이죠."

남자든 여자든 어린 것을 좋아하는 건 마찬가지기에 미성년 매춘은 수요가 굉장히 높다.

그러다 잡히면 명품, 노트북, 용돈 등을 위해 매춘을 하는 거라고 꾸미는 거다.

그러면 몇 번이나 검거되지 않는 이상 경찰은 훈방 조치로 내보내 버린다. 혹여 교도소에 간다고 해도 1년 이상의 징역형은 받지 않는다.

"그저 십대의 일탈이니까요."

포주가 잡혀도 마찬가지다. 동생이나 자식의 간곡한 부탁을 거절하지 못해, 혹여 위험에 빠질까 주위에 있었다고 하면 경찰로서 처벌을 하기가 힘들어진다.

이래서 어제 망설였던 것이다.

"이런 건 저희 스페인의 치부니까요……."

그의 말이 끝나자 종혁과 캘리 그레이스들이 눈을 감는다.

너무도 처참한 이야기.

아마 이런 문제는 정치인이나 기자들도 잘 알고 있을 거다.

'그럼에도 다루지 않는 건 나라에 고아가 많은 것보다는 차라리 입양아가 많은 게 낫기 때문이겠지.'

담배를 찾던 종혁이 한숨을 내쉬며 입을 연다.

"그렇다면 민정, 아니 에바는 마피아의 관리하에 있는 거겠군요."

흠칫!

서장이 깜짝 놀라 종혁을 본다.

"입양이란 게 그렇게 쉽게 될 리가 없잖습니까."

분명 입양 관련 부서의 공무원도 이 일에 얽혀 있는 것이고, 공무원에게 뇌물을 쑤셔 넣을 정도면 마피아가 아니고서야 힘들다고 봐야 했다.

"그것까진 잘 모르겠습니다. 돈은 눈이 없으니까요."

입양 가정 지원금을 노리고 입양아를 늘리는 사람들도 많기 때문이다.

이것 역시 마피아의 수입원인지는 아직 파악하지 못한 상태다.

"흠. 알겠습니다. 감사합니다."

종혁이 몸을 일으키자 서장이 낯빛을 굳힌다.

"최, 당신은 바르셀로나의 경찰이 아닙니다."

"걱정 마십시오. 에바만 찾을 생각이니까요."

'일단은 말이지.'

"아, 이것도 막으실 겁니까? 지금쯤이면 바르셀로나 경찰청에 한국의 수사 의뢰 공문이 전해졌을 겁니다."

"……."

고개를 숙인 종혁은 몸을 돌렸다.

"어떻게 찾을 생각입니까! 당신은 그놈들이 어디서 매춘을 하는지도 모르잖습니까!"

"괜찮습니다. 그런 건 전문가에게 물어보면 되니까요."

종혁은 어느새 카페 안으로 슬그머니 들어와 귀를 기울이고 있는 택시기사 루카스를 보며 싱긋 웃었다.

* * *

부스럭!

몸을 일으킨 민정이 어둠으로 가득한 방 안을 멍하니 바라본다.

"……쉬 마려."

몸을 일으켜 방 한구석으로 걸어가 양동이 위에서 치마를 걷어 올리는 민정.

쫘아아아아!

"으히히."

오늘도 재밌는 소리에 민정의 입가에 미소가 피어난다.

벌컥!

"에바! 일어…… 났네?"

"파니 언니!"

붉은색 긴 생머리의 여성을 향해 호다닥 달려간 민정이 그녀를 힘주어 끌어안고, 여성 파니가 놀라 그런 민정의 등을 토닥인다.

"오줌 마려워서 깬 거야?"

언제나 자신이 깨우기 전까지 잠들어 있는 민정.

"응! 응!"

"배는? 안 고파?"

"……고파. 배고파, 파니 언니."

"알았어. 밥 먹고 씻자."

"으으응."

씻기 싫다. 하지만 안 씻으면 훌리오 오빠가 아프게 하기에 민정은 입술을 내밀며 파니를 따른다.

그렇게 방을 나서니 기다란 복도에 나 있는 문들이 민정의 눈 속으로 파고든다. 열려 있는 문도 있고, 닫혀 있는 문도 있다.

"언니들은?"

"먼저 가 있어."

그들은 복도 끝의 방으로 향한다.

문을 열고 들어가자 민정을 반기는 고소한 냄새와 기다란 식탁에 앉아 밥을 먹고 있는 언니들. 한쪽 눈에 문신이 있는 여성도 있고, 배나 목에 문신이 있는 여성도 있다.

"루이사 언니! 아나 언니!"

식탁에 앉은 여덟 명의 여성들의 이름을 일일이 부르며 그녀들에게 안기는 민정.

여성들은 푸근히 웃으며 민정의 등을 토닥였다.

"에바, 빨리 일어났네?"

"쉬야!"

"오줌 마려워서 일어났대."

"아…… 어쩐지."

이 잠꾸러기가 왜 이렇게 빨리 일어났나 싶었다.

그런 그녀들의 반응을 이해하지 못한 민정은 그녀들을 둘러보며 의아해했다.

"암파로 언니랑 파벨 언니는?"

움찔!

"둘은 자. 어제 늦게 자서 깨우지 말래."

일어나자마자 마약을 하고 있어서 그냥 놔두고 와 버렸

다는 걸 민정에게 말할 순 없었다.

어차피 이해도 하지 못할 테니 말이다.

"힝. 암파로 언니랑 파벨 언니는 매일 늦잠 자."

"얼른 와서 밥 먹어."

"응!"

테이블에 앉으니 그녀의 앞에 감자를 넣은 스페인식 오믈렛 요리인 또르띠야 데 파따타 한 조각과 빵, 토마토 스프가 놓인다.

"우왕! 계란이다!"

"쓥!"

"아!"

민정은 다급히 양손을 모으며 눈을 감는다.

식전 기도. 솔직히 식전 기도가 뭔지 모르지만, 언니들이 이렇게 하지 않으면 밥을 주지 않기에 민정으로선 어쩔 수가 없다.

"하나님께 감사드립니다."

아멘을 하며 슬그머니 눈을 떠 언니들의 눈치를 살피는 민정.

언니들이 흐뭇하게 웃으며 고개를 끄덕이자, 민정이 활짝 웃으며 빵을 스프에 푹 담가 입에 가져간다.

"우아아!"

"쓥. 입 열지 말고."

"응!"

오늘도 맛있는 요리에 민정은 발을 동동 굴렸고, 여성

들은 그런 민정을 보며 안쓰러워하고 또 민정을 매춘부로 만든 이 조직에 분노를 드러낸다.

하지만 그녀들은 민정을 구할 수가 없다.

겨우 5살 정도의 지능을 가진 민정.

구해 준다고 한들 이 험한 세상에서 정신이 온전하지 않은 민정이 살아가기도 힘들거니와…….

"이 개 같은 년이-!"

"……우와."

갑자기 터진 고성에 귀를 막은 민정이 눈을 껌뻑이자 여성들은 한숨을 내쉬며 부엌을 나서 복도를 본다.

하나의 방문을 열고 그 안을 보며 이를 갈던 훌리오가 안으로 들어가 한 여성의 머리채를 잡고 나온다.

"내가 영업 시간 전에 약하지 말라고 했지-!"

"헤헤. 헤헤헤."

끌려 나오면서도 아프지 않은 건지 헤픈 웃음을 흘리는 여성.

"응? 응?"

이미 눈과 귀가 가려진 민정이 의아해하고, 화가 잔뜩 난 훌리오는 복도에 선 여성들을 보며 얼굴을 구긴다.

"뭘 봐! 구경났어?! 아니면 너희들도 이년 따라갈 거야?!"

움찔!

고개를 숙인 그들이 다시 부엌 안으로 들어간다.

도망치다 들켜도 저렇게 된다.

어디로 끌려가는지는 모른다.

하지만 저렇게 끌려간 동료치고 다시 본 사람은 단 한 명도 없었다.

'아마도……'

변태들의 소굴에 던져지거나 섬에 팔려 가거나 원양어선에 팔려 가는 게 아닐까 싶다.

'아니면 장기가 모두 뜯기든가.'

뭐든 지금보다 더한 지옥일 거다.

입술을 깨문 그녀들은 음식을 입안으로 욱여넣었다. 이 식사만이 하루 중 유일하게 그녀들에게 허락된 식사이기에.

그녀들은 모래를 씹는 것 같으면서도 억지로 먹어 치운다.

"잘 다녀와."

"빠빠이!"

표정이 펴지지 않는 여성들에게 손을 흔든 민정이 훌리오의 차에 오른다.

"으흐응."

"닥쳐. 시끄러워."

"으응……"

아무래도 훌리오 오빠가 많이 화난 것 같다.

입을 꾹 다문 민정은 눈을 굴리며 훌리오의 눈치를 보다가 이내 안절부절못한다.

'심심해.'

"후, 훌리오 오빠. 나 책……."

"책 뭐!"

"채액……."

"아니, 씨발! 말을 좀 배우라고!"

"힉!"

화났다.

재빨리 귀를 막은 민정은 눈마저 꼭 감았고, 훌리오는 그런 민정을 보며 손을 들었다가 이내 내려놓는다.

"……읽어."

"응!"

얼른 글러브 박스를 연 민정이 작은 그림책을 꺼내 든다.

솔직히 책 안에 적힌 글자들의 뜻은 모른다. 하지만 토끼가 여행을 가는 그림이 민정의 눈을 사로잡는다.

자신의 친구, 토순이의 여행이다.

부우웅! 끼익!

"내려."

"앗!"

"처맞기 전에 내려."

"으응."

'토순아, 나중에 봐?'

책을 다시 글러브 박스 안에 넣은 민정이 훌리오가 가리킨 방향을 본다.

"저기 가서 시작해. 너 또 어제처럼 개소리 지껄였다가는 찢어 버린다."

"응? 응!"

훌리오의 말을 반도 이해하지 못한 민정은 훌리오가 가리키는 방향으로 달려가 섰고, 훌리오는 그런 민정을 보며 혀를 찼다.

"빌어먹을. 어제 거기가 최곤데."

바르셀로나에 출장을 오거나 여행을 오는 이들, 돈 있는 놈들이 많이 머무는 최고급 호텔 인근. 당연히 팁도 두둑하게 주기에 하루에 서너 번만 해도 거의 이틀 버는 돈을 벌 수 있다.

하지만 어제 그 외국인 때문에 갈 수가 없었다.

"빌어먹을. 그렇다고 여길 가라고 하냐."

훌리오가 담배를 물며 주위를 둘러본다.

가로등 불빛도 희미하고, 고약한 냄새의 쓰레기가 여기저기 널려 있는 거리.

변태들이 많아 웬만해선 매춘부를 잘 데려오지 않는 거리지만, 또 가끔씩은 그런 변태들 때문에 잭팟이 터지기도 하는 거리다.

그리고 오늘 출근 전에 약을 하다가 걸려 치워 버린 매춘부가 담당하던 거리였다.

찰칵! 치이익!

"후우. 저년은 이런 곳에 올 필요가 없는데……."

보통 이런 거리는 매춘부들 가운데서도 마약에 중독된

막장들이나 말을 듣지 않는 매춘부들의 정신 교육을 위해 오는 장소.

여길 한 번 제대로 겪으면 누구나 고분고분해지기에, 지금 숙소에 있는 매춘부들 모두 여길 거쳤기에 자주 이용하는 장소다.

"그년이 마지막 경고만 무시하지 않았어도…… 쯧. 응? 저 새끼는?"

민정에게 접근하는 한 남성의 모습에 훌리오의 낯빛이 굳는다. 그건 거리에 서 있는 다른 매춘부들도 마찬가지였다.

그들은 타깃이 된 민정을 향해 동정 어린 표정을 지었다.

'무, 무셔…….'

밤보다 더 어둡고, 냄새가 나고, 무섭게 생긴 낯선 언니들도 있다.

'히잉.'

훌리오가 근처에 없었더라면 울어 버렸을 민정.

그녀는 주먹을 꽉 쥐며 차오르는 눈물을 참는다.

뚜벅뚜벅! 탁!

"아가씨."

"아!"

고개를 든 민정의 눈에 점잖게 생긴 사십대 남성이 비춰진다.

"입으로 30유로. 한 번 싸는 데 60유로. OK?"
"처음 보는 아가씨네. 이름이?"
"안녕하세요! 에바입니다!"

해맑게 웃으며 배꼽 인사를 하는 민정의 모습에 살짝 당황했던 남성은 이내 눈을 가늘게 뜬다.

"그래, 에바. 60유로 말고 더 벌 생각 없어?"
"돈? 얼마?"
"만 유로."

민정이 눈을 껌뻑인다.

"하나, 둘, 셋…… 응?"

모르는 숫자다. 민정은 당황해 훌리오를 찾았지만, 보이지 않는 훌리오.

주변의 무서운 언니들도 금방이라도 울 듯한 얼굴로 쳐다보다 눈이 마주치자 얼른 고개를 돌린다.

울상이 된 민정은 이내 남성을 보며 고개를 끄덕였다.

"으응……."
"큭! 그래."

순간 눈이 충혈된 남성이 민정의 손목을 잡으며 몸을 돌렸다.

그 순간이었다.

"민정아!"

움찔!

고개를 돌린 민정이 저쪽에서 달려오는 민호를 발견하곤 눈을 동그랗게 떴다.

"오빠아!"

남성의 손을 뿌리친 민정이 달려가 민호에게 몸을 날린다.

"흐어어엉! 어디 갔었어! 왜 이제 와! 민정이가 얼마나 기다렸는데-!"

무서웠다. 정말 무서웠다.

민호 오빠가 사라지자 자신을 훌리오 오빠에게 데려다 준 마리아 엄마와 후안 아빠도 무서웠고, 자신을 때리던 훌리오 오빠도 무서웠다.

그리고 매일매일 자신을 아프게 하던 아저씨들도 무서웠다.

너무 무섭고, 보고 싶었다.

"미, 미안해! 오빠가 정말 미안해!"

이 말밖에 할 수가 없다.

만나면 많은 이야기를 하고 싶었는데, 울어 버리는 민정을 보자 아무런 말도 떠오르지 않는다.

미안하고 또 미안했다.

"흐어어엉! 나빠! 오빠 나빠-!"

"거기!"

고개를 돌린 민호의 낯빛이 하얗게 질린다.

훌리오가 씩씩거리며 달려오고 있었다.

"넌 또 뭐야!"

진짜 어제오늘 왜 이러는지 모르겠다.

훌리오는 당황해 멀어지는 변태 자식을 일견하며 민호

를 노려봤다. 그러다 고개를 모로 기울였다.

"……응?"

왜인지 낯이 약간 익다. 분명 처음 보는 동양인일 텐데 말이다.

"훌리오?!"

다급히 민정을 뒤로 숨기는 민호.

눈을 껌뻑이던 훌리오는 이내 입을 벌리며 고개를 끄덕였다.

"나초……? 뭐냐? 동생 찾으러 온 거냐?"

"훌리오, 네가 어떻게-! 민정이는 네 남매였어!"

"……푸하하하하핫! 무슨 개소리를 하는 거야. 너 같은 칭크랑 내가 형제일 리 없잖아."

"훌리오-!"

"됐고. 장사해야 하니까 그년이나 얼른 내놔. 아니면 돈 주고 사 가든지. 참고로 1시간에 60유로다."

뚝!

"야, 야 이 개자식아-!"

이성의 끈이 끊긴 민호는 그대로 주먹을 날렸고, 그 느릿한 주먹에 웃음을 터트린 훌리오는 가볍게 피하며 발을 들어 올렸다.

그 순간이었다.

부왁!

'어?'

순간 눈앞에 나타난 커다란 무언가. 아니, 주먹.

쩌어어억!

머리가 터져 나가는 충격과 함께 훌리오의 눈앞이 검게 물들었다.

커다란 바위가 갈라지는 소리와 함께 사람이 180도 돌아 바닥에 처박히는 걸 본 거리의 사람들이 입을 떡 벌린다.

쿵!

"씨발 새끼가 어딜."

침을 뱉은 종혁은 굳어 버린 민호와 민정을 본다.

"힉!"

다급히 민호의 뒤에 숨는 민정.

"오빠. 오빠. 무서운 아저씨."

"아, 아니야. 괜찮아. 무서운 아저씨 아니야."

민호가 민정을 달래며 종혁을 향해 죄송하다는 표정을 짓고, 종혁이 그의 이마를 쥐어박는다.

빠악!

"끄악!"

"위험하게 무슨 짓입니까."

"죄, 죄송합니다. 민정이를 보니까 아무것도 안 보여서……."

지난 몇 년간 바르셀로나 전역을 뒤지며 찾았던 여동생이다.

꿈에서라도 찾길 원했던 여동생.

그런 여동생을 발견하게 되자, 웬 남자의 손에 잡혀 끌려가는 여동생을 보자 아무것도 보이지 않았다.

그저 구해야 된다는 마음뿐이었다.

"앞으론 그러지 마세요."

"네, 흐윽! 네."

터져 나오려는 눈물을 억지로 누른 민호가 민정의 얼굴에 조심스레 손을 가져간다.

'아.'

손끝에 닿는 온기가 정말 여동생임을 말해 주고 있다.

그러나 너무 커 버려 이젠 숙녀가 된 여동생.

또 그러나 옛날의 얼굴이 많이 남아 있는 여동생.

"미, 민정아……."

"이이잉!"

금방이라도 울음을 터트릴 것 같은 오빠의 얼굴에 민정의 얼굴 또한 일그러진다.

"민정아!"

민호는 민정을 꼭 끌어안으며 이것이 현실임을 다시금 깨닫는다.

'하나님. 감사합니다. 정말 감사합니다.'

"아아아아앙!"

드디어 어미를 만난 아기 새의 울음소리가 골목을 울렸다.

"훌쩍! 오빠, 이제 어디 안 갈꾸야?"

"안 가. 절대로."

이젠 그럴 일 없다.

절대 다시는 혼자 놔두지 않으리. 이 손을 놓치지 않으리.

민호는 다시 차오르는 눈물을 꾹 참으며 민정의 손을 힘주어 잡았다.

그러다 아차 한다.

"가, 감사합니다."

여동생을 찾아 준 종혁에게 감사 인사부터 했어야 했는데 경황이 없어 그러지 못했다.

"아닙니다. 해야 할 일을 했을 뿐입니다."

"형사님……. 아, 교수님들도 정말 감사합니다."

종혁과 함께 여동생을 찾아 준 캘리 그레이스와 해리 가드너 교수, 안드레 교수, 뤼옹 드 몽 교수에게도 인사를 하는 민호.

그들 넷이 푸근히 웃으며 고개를 젓는다. 종혁이 말한 것처럼 당연히 해야 할 일을 했을 뿐이다.

이렇게 가족을 찾아 다행이었다.

어깨를 토닥이는 손길에 다시 눈물이 차오른 민호는 민정을 바라봤다.

"가자."

집으로. 한국으로.

한국에도 집이 없는 건 마찬가지지만, 앞으로 먹고살 길이 막막하지만 그래도 이곳 바르셀로나보다는 훨씬 나을 거다.

"진짜? 집에 가는 거야? 파니 언니랑 아나 언니도 가는 거야?"

쿵!

"……뭐?"

"루이사 언니랑……."

민정의 입에서 나오는 여자 이름들에 민호의 눈이 파르르 떨린다.

"훌리오, 이 개자식아!"

"웃챠!"

종혁은 아직도 바닥에 쓰러져 있는 훌리오를 향해 달려드는 민호를 막았다.

"비켜 주십시오!"

"진정하시고요. 무슨 일인데 그럽니까?"

발버둥 치던 민호가 입술을 깨문다.

"파니와 아나, 루이사……."

모두 그 집에 있었던 남매들이다.

마리아와 후안의 집에 있던 남매들.

쿵!

얼굴을 구긴 종혁은 훌리오의 뺨을 거세게 후려쳤다.

쩌어억!

* * *

웅성웅성!

"꺄악!"

"거기 서!"

어둠이 짙어지는 저녁, 카를레스 부이가스 광장의 몬주익 분수.

촤아아악!

"우와!"

"와아아!"

하늘을 향해 솟구치는 붉고 파란 물줄기에 몬주익 분수 앞을 가득 메운 사람들이 잠시 걸음을 멈춰 세우며 미소를 짓는다.

노년의 부부는 서로의 어깨를 끌어안으며 그동안 수고했다 말하고, 젊은 커플은 서로의 입술을 찾으며 사랑을 확인하고, 천진난만한 아이들은 형형색색으로 물드는 분수에 잠시 넋을 놓는다.

그러나 카를레스 부이가스 광장의 한구석에 서 있던 파니는 그 모습을 심드렁히 쳐다보다가 약간 멀리 떨어진 곳에 서 있는 루이사에게 다가간다.

그녀를 향해 걸어가는 동안 스치는 다른 매춘부들.

파니가 메고 있던 작은 핸드백에서 담배를 꺼내 루이사에게 권한다.

"내일은 뭐 해 먹을까?"

"빠에야 해 먹을까?"

"감바스 알 아히요도 먹으면 안 돼?"

"요새 새우가 비싸서……."

"칫! 우리가 벌어다 주는 돈이 얼만데!"

저벅, 저벅, 저벅!

투덜거리던 파니는 이쪽을 향해 다가오는 한 남성을 발견하곤 얼굴을 구겼다.

"왜요?"

"왜 또 붙어 있는데? 똑바로 안 해?"

"분수 터지는 동안은 손님 없는 거 몰라요?"

"그게 무슨 상관인데?"

"……알았어요. 이것만 피우고 자리로 갈게요."

"쯧."

감시역의 남성이 다시 왔던 길로 돌아가자 파니는 중지를 치켜세운다.

그러다 돌연 한숨을 내쉰다.

"그나저나 에바는 괜찮겠지? 오늘 그 골목에 갔을 거잖아."

오늘 끌려간 동료가 있던 구역. 그녀들도 한 번씩 거친 구역.

욱신!

루이사가 갑자기 통증이 일어나는 왼쪽 눈을, 문신이 가로지르는 눈을 감싼다.

"괘, 괜찮을 거야. 그 변태 새끼가 매일 출몰하는 것도 아니고……."

하얗게 질리는 루이사의 모습에 파니가 씁쓸히 웃으며 허벅지를 문지른다.

외사국 〈119〉

"후우. 나 갈게."

"그래. 이따가 심심하면 갈게."

그렇게 돌아서는 순간이었다.

뚜벅! 뚜벅!

루이사와 파니, 아니 광장에 있는 모든 이들의 시선을 잡아끄는 두 동양인이 그녀들을 향해 다가오고 있었다.

얼핏 봐도 190센티는 넘어 보이는 거대한 키에 떡 벌어진 어깨, 그리고 그 몸을 감싼 명품의 향연들.

그 옆에 있는 청년도 온몸을 명품으로 감싸고 있다.

그런데 파니와 루이사는 그들이 걸치고 있는 명품보다도 한 모습에 신경이 쏠려 있었다.

바로 170센티 정도 키의 청년, 그가 다리를 다친 듯 한쪽 다리를 끌면서 걷고 있는 모습이었다.

그녀들에겐 꽤나 낯익은 모습.

둘은 동시에 한 사람을 떠올린다.

'나초……?'

둘은 이내 피식 웃었다.

그들이 아는 남매, 나초는 저보다 더 삐쩍 마르고, 저런 명품을 입을 만큼 대단한 사람이 아니었다.

자신들처럼 자기 부모에게 버려진 동양인 남매.

'드라마도 아니고.'

현실은 그런 판타지가 아니었다.

그사이 다가온 거구의 사내가 파니와 루이사 앞에 선다.

"둘이 친구?"

서로를 보며 눈을 빛낸 파니와 루이사가 얼른 사내를 본다.

"그런데요?"

"우리도 친구거든. 오늘 놀래?"

"흐응. 우린 좀 비싼데……."

"알아. 얼마 주면 될까? 오늘 하루 해서 4천 유로 어때?"

'헉!'

4천 유로면 거의 일주일은 벌어야 하는 돈이다.

"한 명당이요?"

"한 명당. 여기 이놈……."

파악!

"악!"

종혁에게 등을 얻어맞은 민호가 몸을 불판 위의 오징어처럼 꼬고, 종혁이 파니와 루이사를 보며 씩 웃는다.

"동정을 떼 줘야 하거든. 이 나이 먹도록 동정이지 뭐야. 그런데 곧바로 침대로 가면 좀……. 무슨 말인지 알지?"

윙크를 하는 종혁의 모습에 다시 눈을 빛낸 둘은 배시시 웃었다.

'식사까지!'

가끔 이런 사람들이 있다. 곧장 침대로 가는 것보다는 그 전에 마치 연애를 하듯 분위기부터 만드는 부류의 사람들이.

동양인 중에서는 주로 일본인이 이렇다.

그렇지 않아도 슬슬 배가 고파졌던 파니와 루이사로서는 결코 거부할 수 없는 제안이었다.

"알았어요. 화장 좀 고치고 갈게요."

"이건 선불. 우린 저기에 있을게."

종혁이 500유로를 먼저 건네자 더욱 눈을 빛낸 둘은 근처의 화장실로 향했고, 그녀들의 감시역이 슬그머니 뒤를 따랐다.

"뭔데?"

"한 명당 4천 유로에 하루 데이트. 일본인 같아요."

파니는 그렇게 말하며 선불로 받은 500유로 중 400유로를 감시역에게 넘긴다.

"이건 우리 몫이에요."

정확히는 그녀들에게 허락된 하루 한 번의 식사에 쓸 비용. 그래도 돈이 남을 때면 화장품이나 속옷, 생리대 같은 걸 산다.

"흠. 알았어. 허튼수작 부리면 알지?"

"……그딴 건 걱정 마요. 어차피 갈 곳도 없으니까."

"흥."

콧방귀를 뀐 감시역은 지켜보고 있다는 제스처를 취하며 돌아섰고, 얼른 화장실로 들어가 화장을 손본 그녀들은 광장의 입구에 서 있는 종혁과 민호를 향해 다가갔다.

"많이 기다렸죠?"

"전혀. 호텔 레스토랑 괜찮지?"

"어디든!"

"택시 잡으려면 저쪽으로 가야 해요!"

"괜찮아. 차를 가져왔거든."

종혁은 근처에 세워진 차를 가리켰고, 독일 명품 승용차에 눈을 빛낸 루이사와 파니는 자연스럽게 종혁과 민호의 팔짱을 꼈다.

탁! 탁!

"출발해 주세요."

"예! 출발하겠습니다!"

부우웅!

그렇게 차가 출발하자 뒷좌석, 파니와 루이사 사이에 앉은 민호가 떨리는 눈으로 둘을 부른다.

"파니, 루이사."

움찔!

"누, 누구……."

순간 반사적으로 겁을 먹었던 파니와 루이사가 민호를 보며 눈을 부릅뜬다.

"나초?! 너 정말 나초였어?!"

"이, 이게 무슨……."

혼란에 빠지는 둘.

보조석에 앉은 종혁이 뒤를 보며 입을 연다.

"경찰입니다. 늦어서 죄송합니다."

쿠웅!

"……아."
뻣뻣하게 굳어 버린 둘의 눈에서 눈물이 흘러내렸다.

* * *

식사를 어떻게 했는지 생각조차 나질 않는다.
띵! 스르릉!
갑작스러운 상황에 머릿속이 정리가 안 되어 계속 멍하니 있다가, 호텔 엘리베이터 문이 닫히는 소리에 그제야 정신을 차린 파니가 눈살을 찌푸리며 입을 연다.
"저기요……."
"예, 파니 씨."
"정말 우리를 구해 주려는 건가요?"
약간 날이 선 그녀의 말투에 종혁이 파니를 본다.
그에 파니는 입술을 깨문다.
"정말 감사하지만, 저흰 시간 되면 돌아갈게요."
"파니!"
민호가 기겁해 쳐다봤지만, 파니는 그저 종혁을 빤히 응시한다.
"흠. 무슨 문제가 있는 겁니까?"
당연히 있다.
그곳에 있는 다른 자매들, 그리고 다른 매춘부들.
자신들이 사라진 것을 알게 되면, 다비드가 어떤 짓을 저지를지 모른다.

"다비드?"

"우릴 데리고 있는 파밀리아의 보스예요."

"……마피아란 말이군요."

"정확히는 조르디 파밀리아 산하의 매춘 조직일 뿐이지만요."

바르셀로나를 주름잡는 마피아인 조르디 파밀리아.

"조직원의 숫자는요?"

"다비드 파밀리아는 여섯 명뿐이에요."

하지만 그 여섯 명이 연락할 수 있는 사람이 수백 명이다.

친구나 가족, 또 그 친구와 가족, 그리고 다비드 파밀리아에게 뇌물을 먹는 경찰들까지 수백 명이 눈에 불을 켜고 바르셀로나 전역에 뒤지고 다닐 거다.

"도망을 치려면 결국 바르셀로나를 벗어날 수밖에 없는데, 그렇게 되면……."

"흠. 그 이야기는 잠시 후에 나누도록 하죠."

띵! 스르릉!

엘리베이터의 문이 열리자 종혁이 그들을 복도 가장 안쪽의 스위트룸으로 이끈다.

띵동!

-암호.

"문 열어, 인마."

-흐흐. 알겠심더.

그렇게 현석이 열어 주는 문 안으로 들어가자…….

"파니! 루이사!"

"아…… 나? 마, 마벨?!"

 눈을 부릅뜬 파니와 루이사가 종혁을 보고, 종혁은 푸근히 웃어 주었다.

"일단 자매들과 동료들 문제는 해결됐군요."

"다, 당신……."

"파니 언니-!"

"……에바-!"

 이쪽을 향해 다급히 달려오는 민정을 발견한 파니와 루이사는 다시 눈물을 흘린다.

 가장 걱정이 됐던 민정.

 '맞아. 에바가 가장 먼저 구해졌을 건데…….'

 그렇다면 정말 구해진 거다.

 정말 자신들도 구함을 받은 거다.

 매일 아침, 잠이 청할 때마다 간절히 바랐지만 시간이 지나자 포기하게 돼 버렸던 구원을.

 다리에 힘이 풀려 주저앉은 그녀들을 펑펑 울었다.

* * *

"흐어엉!"

"아아앙!"

 서로를 끌어안은 채 우는 그녀들의 모습에 종혁이 이를 악문다.

'저 여성들도 문신이 있네.'

흉터를 가리기 위한 문신들.

처음 루이사의 눈에 있는 문신을, 그것에 가려진 흉터를 보고 얼마나 놀랐던가.

절로 이가 갈리는 모습이었다.

정말 구하길 잘했다.

고개를 저은 종혁은 얼굴이 발갛게 달아올라 있는 해리 가드너 교수들에게 다가갔다.

"수고하셨습니다."

"허허. 아닙니다."

첩보 영화를 방불케 했던 이번 작전. 좋은 경험이었다.

"마치 젊었을 때로 돌아간 것 같아서 아직도 심장이 뜁니다."

"그거 부정맥 아니야?"

"좀 닥쳐."

"뭐라고?"

종혁은 순식간에 아옹다옹하는 해리 가드너와 안드레 교수를 일견하며 캘리 그레이스를 봤다.

어쩔 수 없이 레즈비언이 돼야 했던 그녀.

"수고하셨어요, 보스."

"뭐, 이 정도야……."

한창 현장을 뛸 땐 이보다 더한 위장도 많았다.

"최, 그보다 이제 어떡할 거야?"

"……아쉽지만 여기서 마무리해야죠."

저들을 바르셀로나, 아니 스페인 밖으로 빼돌리는 것 말고는 할 수 있는 일이 없다.

 수사 권한이 없기 때문이다.

 '시간도 없어.'

 파니와 루이사의 경우엔 하루의 시간을 샀으니 그 시간 동안은 문제가 없겠지만, 아무래도 모든 여성에게 하루를 제안했다면 놈들이 낌새를 알아차릴 수 있기에 그럴 수 없었다.

 즉, 한두 시간 내에 놈들에게 돌아가지 않으면 놈들이 움직이기 시작할 터였다.

 '그 안에 공항까지 가야······.'

 "만약 수사 권한이 있다면?"

 움찔!

 종혁이 캘리 그레이스의 고요하게 가라앉은 눈을 가만히 응시한다.

 "그렇다면야 당연히······."

 감히 한국의 국민들을 대상으로 범죄를 저지른 놈들이다.

 저렇게 애꿎은 사람들을, 억울한 피해자들을 지옥 속에서 살게 한 놈들이다.

 당연히 찢어발겨야 했다.

 "역시······."

 종혁이라면 그렇게 말할 줄 알았다.

 입술을 비튼 그녀는 스위트룸에 있는 하나의 방문을 열

어쩟힌다.

"나와요."

"오, 이제 내가 등장할 차례인가?"

"카사스 교수님!"

스페인 범죄학계의 권위자이자 바르셀로나 대학의 교수인 안토니오 카사스 교수.

카사스 교수의 영향력을 익히 알고 있는 종혁은 그의 등장에 놀란 것도 잠시, 이내 주먹을 불끈 쥐었다.

종혁의 눈에 살의의 불똥이 튀었다.

* * *

"HOLA!"

허름한 꽃무늬 셔츠에 아무렇게나 맨 넥타이, 그리고 하얀 린넨 바지까지.

'패션 센스는 여전히 괴악하네.'

그의 별명처럼 괴짜답다.

하지만 이런 그의 겉모습만 보고 판단해선 안 된다.

젊은 나이에 교수가 되어 지금까지 제자만 수천 명을 배출한 범죄학계의 거물.

안토니오 카사스 교수는 바르셀로나 경찰청의 수사 자문이자 검찰, 심지어 판사까지 그 인맥과 영향력이 대단한 사람이었다.

즉, 그의 말 한마디면 바르셀로나의 수사기관과 사법기

관이 움직인단 소리였다.

"여기 아리따운 아가씨의 부탁을 외면할 수 없어서 이렇게 찾아왔네! 대가는 데이트지! 하하하!"

"흥! 누구 맘대로?"

캘리 그레이스를 향해 윙크를 한 노인 안토니오 카사스가 이내 낯빛을 굳힌다.

"사정은 들었네. 고약한 놈들을 상대하려는 것 같더군."

"아, 조르디 파밀리아에 대해 아실 수밖에 없겠군요."

바르셀로나를 주름잡는다는 조르디 파밀리아이니 그가 모를 리 없었다.

"그럼. 알다 뿐일까."

'응?'

순간 그의 눈을 스치는 기묘한 감정에 종혁이 미간을 좁힐 때, 안토니오 카사스 교수가 히죽 웃는다.

"그래, 수사 권한이 필요하다고?"

"예."

정확히는 검거다. 다비드 파밀리아를 검거해 처벌받게 할 수만 있다면 뭐든 상관없었다.

'기왕이면 조르디 파밀리아까지!'

"그러니 경찰들을 동원해 주실 수 있습니까?"

"경찰? 으하핫! 그보다 더 멋진 것을 동원해 주지!"

"더 멋진 것?"

안토니오 카사스 교수는 의미심장한 미소를 지었다.

* * *

바르셀로나 어느 골목의 한 아파트 안.

찰칵! 치이익!

FC 바르셀로나의 재방송 경기가 하프타임에 접어들자 시거에 불을 붙인 대머리 중년인, 다비드 파밀리아의 보스 다비드가 고개를 뒤로 젖히며 나른하게 웃는다.

"오늘은 운이 좋군."

데리고 있는 매춘부들 모두 롱타임 데이트를 하고 있다. 거의 일주일 매출이었다.

'매일이 오늘 같았으면 좋겠군.'

저벅저벅!

"다비드."

삼십대 사내가 다가와 그의 즐거움을 깨트린다.

"무슨 일이야?"

"훌리오가 연락이 안 됩니다."

"훌리오?"

그들 다비드 파밀리아에게 여자를 공급해 주는 마리아와 후안의 입양아. 다비드 파밀리아에 일하고 싶다고 해서 받아 줬던 어린놈이다.

다비드의 미간이 좁혀진다.

"또 경찰에 잡힌 거야?"

"아직 경찰에서 연락이 오진 않았지만……."

다비드가 힐끔 벽에 걸린 시계를 본다.

"아니면 자고 있겠지. 돌아오면 손가락 하나 끊어 버려."
"예, 알겠습니다."

사내가 물러나자 다비드는 훌리오가 관리하고 있는 민정을 떠올린다.

'장애인······.'

솔직히 모험이었다. 쓸 만한 년들만 많았다면 구태여 지적 장애인까지 사진 않았을 것이었다.

그런데 의외로 제법 괜찮은 매출을 올리고 있었다.

다른 매춘부들처럼 반항 어린 시선을 보내는 것도 아니고, 딱히 길들이지 않아도 되는데 말이다.

정신은 모자라지만 몸뚱이 하나는 튼튼 민정.

또 동양인이지만 어리고 외모도 반반해서 수요가 제법 있었다.

매춘 조직의 보스로서 이보다 더한 매춘부는 없다.

'문제는 이런 애가 지극히 적다는 건데······.'

마리아와 후안에게 말해 놨지만, 아직까지도 연락이 없는 걸 보면 정말 구하기 힘든 매물이긴 한 것 같다.

"······안 되겠군. 바르셀로나 외에도 둘러봐야겠어."

상부 조직에 상납하고, 또 조직원들 월급이나 생활비 주다 보면 정작 남는 건 얼마 없어서 그동안 미뤄 뒀지만, 이젠 투자를 해야 할 것 같다.

"뭐?!"

다비드의 고개가 방금 전 대화를 한 사내에게로 돌아간다.

"아, 알았어. 고마워! 이 은혜 꼭 갚지!"

다급히 통화를 종료한 사내가 다시 다비드를 향해 외쳤다.

"다비드! 누가 훌리오를 데려갔다고 합니다!"

"그걸 왜 이제 말해! 누가 데려갔는데! 또 언제!"

"모, 모르겠습니다. 웬 동양인들이라고 했는데……."

너무 연락이 안 되기에 혹시나 하는 마음에 오늘 훌리오가 간 구역에서 영업하는 다른 매춘 조직의 아는 사람에게 연락해 봤던 그.

"그 장애인 년도 함께 데려갔다고 합니다. 아무래도 가족인 것 같다고……."

"빌어먹을! 애들 모아!"

가족이고 뭐고, 무슨 상관이란 말인가.

조직의 조직원이 끌려갔고, 매춘부도 함께 끌려갔다. 복수를 하면서 매춘부도 되찾아와야 했다.

"다른 정보는 없어?"

"태, 택시! 택시를 타고 움직였다고 합니다!"

"바르부에게 연락해!"

바르셀로나에서 택시 회사를 운영하며, 택시노농조합의 간부인 바르부 파밀리아의 바르부.

"예!"

철컥!

권총을 점검한 다비드가 밖으로 나서는 순간이었다.

철컥! 철컥! 철컥!

외사국 〈133〉

안에서 사람이 나오자 다급히 총구를 겨누는 검은 옷의 무장 경찰들.

헛숨을 삼킨 다비드에게 한 경찰이 다가선다.

Comisario Principal.

총경. 작은 매춘 조직을 이끄는 다비드로서는 감히 쳐다볼 수도 없는 계급의 경찰이었다.

"오우. 나가게? 이 시간에?"

"무장경찰이 왜 우릴……."

"그러게. 나도 왜 우리가 출동했는지 모르겠다. 그래도 교수님의 부탁이니 어쩔 수 있나."

바르셀로나 경찰청의 수사 자문이자, 바르셀로나 국가 경찰에 수없이 많은 제자를 두고 있는 안토니오 카사스 교수.

"다비드 아사스 외 떨거지. 너희를 협박 및 상해, 감금, 불법 성매매 알선 혐의로 체포한다. 이의 없지?"

"……빌어먹을."

다비드는 고개를 푹 숙였고, 그건 모처에서 잠을 자고 있던 마리아와 후안도 마찬가지였다.

"놔! 놔아아! 우리가 뭘 잘못했는데-!"

경찰에게 제압되어 땅바닥에 팽개쳐진 마리아와 후안은 발버둥을 치며 절규했다.

한편 마리아와 후안의 집 인근.

민호가 떨리는 눈으로 경찰차에 태워지는 마리아와 후

안을, 반항을 하던 중 맞은 건지 축 늘어진 두 사람을 응시한다.

"오빠, 마리아 엄마랑 후안 아빠 어디 가?"

"응. 멀리 가."

이제 더 이상 만날 수 없을 둘.

'안녕히……'

하늘 아래 둘도 없을 나쁜 사람들이었다.

하지만 그 의도가 어찌 됐든 그들이 내밀었던 손길은 민호 자신과 민정의 목숨을 구했다.

"에바는?"

민호는 자기를 안 데려간다며 뿔이 나는 민정의 머리를 쓰다듬으며 종혁을 봤다.

"감사합니다. 정말로……."

정말 이 말밖에는 할 수 있는 말이 없다.

종혁은 부들부들 떠는, 홀가분해진 그의 모습에 미소를 지었다.

"마리아와 후안은 인신매매 및 신분 위조, 사기로 처벌받게 될 겁니다."

어느 나라든 인신매매와 신분증 위조는 중범죄다.

여기에 그동안 둘이 매춘부로 팔아 치운 입양아들과 지원금을 노린 사기 행각까지 합하면 최소 20년은 사회의 공기를 맡을 수 없을 거다.

'그리고…….'

마리아와 후안의 보호 아닌 보호 아래에 있다가 사망한

입양아들. 이들의 사망에 둘이 관여한 증거가 발견된다면 최소 무기징역, 어쩌면 사형까지 선고받을 수도 있다.

"아……."

민호는 멀어지는 경찰차를 멍하니 응시했고, 종혁은 그런 민호를 일견하며 옆에 선 안토니오 카사스 교수를 바라봤다.

"무리하신 거 아니에요?"

'무장 경찰을 동원하다니!'

한국으로 치면 SWAT를 동원한 거다.

아니, 언제 어디서 총알이 날아올지 모르는 스페인이기에 무력적인 측면에서만 보자면 오히려 SWAT를 능가한다고 볼 수 있었다.

그들을 고작 전화 한 통으로 움직인 거다.

새삼 안토니오 카사스 교수의 영향력이 와닿는다.

"무리는 무슨. 아마 최가 부탁을 했다고 하더라도 스페인 경찰은 지원해 줬을 거야."

종혁이 창시한 수사기법을 도입하면서 검거율이 얼마나 뛰었던가. 스페인 경찰에게 있어 종혁은 은인이나 다름없었다.

'물론 마피아와 연관된 일이니 부탁을 다 들어주진 못했겠지만…….'

손을 저은 안토니오 카사스 교수는 눈을 빛냈다.

"이제 어떡할 생각인가?"

"마음 같아선……."

찰칵! 치이익!

"후우우."

다 쓸어버리고 싶다.

민정을 구한 그 더러운 거리에 서 있던 매춘부들.

움푹 들어간 눈매나 푸석한 피부, 서늘한 날씨임에도 땀을 흘리던 모습을 보면 마약에 중독된 게 분명했다.

그리고 그런 여자들을 감시하던 몇 개의 시선들.

다비드 파밀리아 외에 다른 매춘 조직들의 감시역이었을 거다. 파니와 루이사를 데려온 광장에도 그런 감시역들이 깔려 있었다.

"조르디 파밀리아, 아니 바르셀로나의 모든 마피아들을."

꾸드득!

거세게 쥐어지는 종혁의 주먹을 본 안토니오 카사스 교수가 고개를 젓는다.

"무리야."

"압니다."

이들이라고 마피아를 쓸어버리고 싶지 않아서 쓸어버리지 못했을까. 온갖 이권에 인맥이 얽혀 있어서 건드리질 못한 거다.

물론 방법은 있다.

'아주 과격한 방법이라는 게 문제지만······.'

"이쯤에서 만족해야죠, 뭐."

아쉽지만 이쯤에서.

종혁은 씁쓸히 웃으며 몸을 돌렸다.
"술 어뗘…… 아, 드시면 안 되는 나이구나."
"……하. 백 년은 일러, 애송이!"
"죄송합니다. 지인 관짝에 못질하는 취미는 없어서요."
"뭐라고?!"
둘이 아웅다웅하는 소리가 어두운 거리를 울렸다.

* * *

짹짹짹!
희미하게 새 울음소리가 울리는 호텔의 침실.
번쩍 눈을 뜬 민호가 다급히 옆을 살핀다.
없다. 분명 어제 같이 잠들었던 여동생이 없다.
어젯밤의 일은 꿈이었던가.
'아, 아니야!'
"아닐 거야!"
그는 헐레벌떡 문을 박차고 나갔다.
"민정아!"
스위트룸을 쩌렁쩌렁 울리는 외침. 그는 정신 나간 사람처럼 문 들을 열어젖히며 민정을 찾는다.
그때였다.
삐리릭!
스위트룸의 현관 쪽에서 들려온 문 열리는 소리.
민호는 다급히 달려갔고, 이내 그토록 찾았던 사람을

찾을 수 있었다.

"민정아!"

"오빠!"

양손에 들고 있던 두툼한 봉지를 집어 던진 민정이 민호에게 달려가 안긴다.

품을 가득 파고드는 여동생의 온기가 이것이 현실임을 깨닫게 한다.

"어디 갔었던 거야……."

"어딜 가긴 어딜 가. 에바에게 필요한 거 사러 갔다 왔지! 남자 따위가 여자에게 필요한 게 뭔지 알겠어?!"

흠칫!

"……파니?"

파니뿐만이 아니다. 루이사 등 어젯밤 구한 남매들과 그곳에서 매춘이란 지옥을 겪으면서도 민정을 챙겨 줬던 여성들이 양손 한가득 무언가를 든 채 들어온다.

그 뒤로는 어제, 그제처럼 명품을 쫙 빼입은 종혁과 현석, 최재수가 함께 들어온다.

톡톡!

"응?"

"오빠!"

민호의 품에서 빠져나온 민정이 치마를 잡으며 빙글 한 바퀴 돈다. 마치 새 옷을 입었는데 어때 보이냐는 듯한 모습.

쿵!

민호의 두 눈에 눈물이 차오른다.

다신 못 볼 거라 생각했던 모습. 꼭 다시 볼 거라고 다짐했던 모습.

"궁상떨지 말고 일어났으면 씻어! 밥할 테니까!"

움찔!

파니의 호통이 터지는 순간 그의 눈앞으로 데자뷰가 펼쳐진다.

아주 오래전, 마리안과 후안의 집에서 봤던 그 풍경.

이른 아침, 전쟁통이 따로 없었던 그때 그 집의 풍경.

아무것도 몰랐을 때의 그 풍경.

"어?"

"뭐해, 안 씻고!"

"어, 으응!"

민호는 주춤거리며 화장실로 향했다.

그런 그의 두 눈에서 눈물이 흘러내렸다.

기이이잉!

비행기가 뜨고 내리는 바르셀로나 엘프라트 국제공항.

저마다 캐리어 하나씩을 든 파니들이 출국 게이트 앞에 서서 촉촉이 젖은 눈으로 종혁을 바라본다.

종혁은 그런 그녀들을 보며 푸근히 웃었다.

"미국에 도착하면 누군가 여러분들을 마중 나와 있을 겁니다."

다비드 파밀리아의 의해 협박, 감금을 당한 채 성매매

를 해 왔던 그녀들의 증언으로, 보스인 다비드를 비롯해 그의 조직원들 전원 사실상 중형이 확정되었다.

문제는 다비드 파밀리아가 단순한 소규모 매춘 조직이 아니라, 조르디 파밀리아라는 거대 마피아의 산하 조직이라는 점이었다.

유명 마피아의 산하 조직을 무너뜨리는 데 일조한 그녀들.

더 이상 바르셀로나, 아니 스페인에 머무는 건 위험했다.

그래서 종혁은 어쩔 수 없이 그녀들에게 미국행을 제안했다.

스페인어만 할 줄 알아도 충분히 살아갈 수 있는 미국. 이제 그녀들은 미국에서 새 신분과 직업을 얻고서 새 삶을 살아가게 될 거다.

"여기 이분께서도 도와주실 거고요."

캘리 그레이스가 은은히 웃으며 고개를 숙이고, 안드레 교수도 돕겠다는 듯 우스꽝스러운 인사를 한다.

"그러니 그곳에선 부디 아픈 기억을 잊고……."

와락!

끝내 눈물이 터진 파니들이 종혁을 끌어안는다.

"당신은 정말 내 생애 최고의 경찰이었어요."

부모에게 버림을 받은 이후, 그 외 온갖 이후로 사회에 내던져진 이후 처음 드리워진 구원의 손길.

"……나중에 결혼하면 남편이랑 찍은 사진이나 보내

주세요. 아기 사진부터 보내시면 안 됩니다."

"흐윽!"

종혁은 축축하게 젖는 앞섬에 그녀들을 따뜻하게 다독였다.

"이제 그만 뚝! 이러다 민정, 아니 에바도 울겠어요."

"아!"

다급히 눈가를 훔친 그녀들은 울려고 하는 민정을 달랬고, 종혁은 그녀들과 손을 맞잡았다.

"그럼 조심히 가세요."

"네. 도착하면 연락할…… 흡!"

배시시 웃으며 안녕을 말하던 그녀들이 종혁의 등 뒤를 바라보며 파랗게 질린다.

누가 봐도 공포에 질린 모습.

의아해하며 뒤를 돌아본 종혁은 이쪽을 향해 다가오는 한 사내를 발견하곤 고개를 모로 기울였다.

'어? 저놈은?'

민정을 구할 때 민정의 손을 잡고 있었던 놈이다.

그가 경호원들처럼 보이는 이들의 경호를 받으며 옆을 스쳐 지나가고 있다.

종혁은 마치 포식자를 만난 초식동물처럼 굳어 버린 그녀들의 모습에 얼른 혹시 모를 시선을 차단한다.

"아는 사람입니까?"

"……아, 알아요."

입 밖으로 겨우 말을 꺼낸 것도 잠시다.

빠드득! 까드드득!

놈이 지나쳐 멀어지자 그녀들의 얼굴이 구겨진 종잇장보다 더 심하게 구겨진다.

그리고 울분을 토해 낸다.

"제 눈을 이렇게 만든 변태 새끼니까!"

욱신거리는 왼쪽 눈을 누르며 치를 떠는 루이사.

그녀뿐만이 아니다. 몸 이곳저곳에 문신을 한, 문신으로 흉터를 가린 여성들이 눈에 증오가 차오르고 있었다.

종혁의 얼굴이 딱딱하게 굳었다.

* * *

"우웨엑!"

코앞에서 술에 취한 취객, 아니 매춘부가 뱉어 낸 토사물의 시큼한 냄새가 코를 찌른다.

말라붙은 오줌 냄새도, 썩어 가는 쓰레기 냄새도 그녀의 코를 찌른다.

'왜, 왜 여길······.'

매춘부들 중에서도 막장이라 불리는 매춘부들만 있는 거리.

하얗게 질린 루이사가 감시역을 바라본다.

그에 허튼짓할 생각 말라는 듯 그녀를 노려보는 감시역.

루이사는 입술을 깨물며 고개를 숙인다.

'서, 설마 팁을 숨겼다고?'

아주 조금이다. 정말 아주 조금.

고작해야 3유로. 생리대가 모두 떨어져 손님이 준 팁 가운데 3유로를 더 숨겼을 뿐이다.

'이 미친 새끼들!'

도망치고 싶다.

이곳에 오니 그동안 자신이 얼마나 편한 곳에서 매춘을 했는지 깨닫게 된다.

손님이라도 가로챘다가는 곧바로 달려들 듯 일그러진 몽롱한 눈으로 노려보는 매춘부들과 그런 그녀들을 찾아 이 거리로 들어서는 취객들.

"쌍년아! 제대로 빨란 말이야!"

"쿠웩! 켁! 켁!"

"허윽! 헉! 헉!"

골목 안에서 들리는 죽어 가는 소리와 버려진 차 뒤에서 매춘부의 엉덩이를 잡고 거칠게 허리를 흔드는 남자들.

여긴 지옥이었다.

그녀는 다짐했다. 다신 정해진 것 이상의 팁을 숨기지 않으리.

그러니 어서 오늘이 지나가길 간절히 기도했다.

그런 그녀의 기도가 통한 것일까.

뚜벅! 뚜벅! 탁!

"아가씨는 처음 보네?"

고개를 든 루이사가 깜짝 놀란다.

단정하게 빗어 고정을 시킨 머리와 남자의 향수 냄새가 은은하게 풍기는 깔끔한 셔츠.

"이름이 뭐야?"

"미, 미아예요."

그녀가 흔한 이름의 가명을 말한다.

덕분에 당황과 긴장이 풀려서일까.

지난 몇 년간 매춘을 하며 몸에 익은 스킬들이 빛을 발한다.

그녀는 자연스럽게 남성의 팔짱을 낀다.

"입으로는 30유로고, 한 번 하는 데는 60유로예요. 만약 호텔에 들어간다면 그 비용은 손님께서 내셔야 하고요. 뭐 돈을 더 지불한다면……."

약간의 변태적인 플레이도 가능하다.

"1만 유로 어때?"

쿵!

"마, 만 유로요?!"

그 정도면 500유로를 자신의 몫으로 가져가도 다비드는 아무 말 하지 않을 거다.

500유로면 빨아도 빨아도 냄새가 나는 이불을 바꿀 수 있고, 스프링이 삐져나온 매트리스도 바꿀 수 있다.

그걸로도 모자라 동료들에게 싸구려 겨울 점퍼와 털장갑 정도는 사 줄 수 있을 터였다.

손발이 꽁꽁 얼어붙다 못해 피부가 갈라지는 끔찍한 추

위에서 벗어날 수 있게 되는 것이다.

"대신 좀 더 위험한 플레이를 하는 걸로."

움찔!

위험하게 번들거리는 눈이 그녀의 마음에 망설임을 만든다.

"어때? 팁도 두둑히 주지."

"……아, 알았어요."

'설마 죽이기야 하겠어?!'

1만 유로를 턱 하고 내놓는 걸 보면 분명 보통 사람은 아닐 것이다.

분명 사회적으로도 높은 위치에 있는 사람일 터.

그런 사람이 자신의 것을 모두 잃을 수도 있는 짓을 할 리가 없었다.

그리고 그런 위험한 놈이었다면 감시역도 막아섰을 터.

입술을 깨문 그녀는 그렇게 사내를 따라나섰다.

'와우.'

그동안 매춘을 하며 들렀던 싸구려 호텔들과는 차원이 다른 깔끔한 컨디션의 방.

꿉꿉한 요상한 냄새가 아니라 은은한 라벤더 향기에 그녀의 눈이 흔들린다.

'이런 곳에서 살았으면 소원이 없겠네!'

그랬다면 이 지옥도 좀 살아 볼 만할 텐데…….

그녀는 애써 웃으며 사내를 봤다.

"먼저 씻을래요?"

"아니. 난 냄새가 좋아서 말이야."

"알았어요. 그럼 벗을게요."

루이사는 침대로 다가가 점퍼를 벗었다.

스륵! 툭! 스르륵!

하나씩 벗을 때마다 드러나는 그녀의 속살.

양팔로 가슴과 소중한 부위를 가린 루이사가 수줍게 웃으며 돌아선다.

그러며 사내에게 다가가 그의 재킷을 향해 손을 가져간다.

"후욱!"

그녀의 머리를 간질이는 거친 콧바람.

'남자는 이거면 껌뻑 죽…….'

"어?"

고개를 아래로 내린 루이사는 남성이 어느새 들고 있는 커터칼에 순간 심장이 철렁 내려앉았다.

'아, 아니야! 여긴 1박에 200유로짜리였어!'

"픕! 왜요? 강도 플레이라도 하려고요?! 이렇게 하면 되나? 무서워요! 가진 돈은 모두 드릴게요! 호호호홋! 큭!"

너무 웃는 바람에 사레가 들려 몸을 숙인 순간이었다.

"아니, 이렇게……?!"

스악!

외사국 〈147〉

'어?'

루이사는 순간 눈꺼풀을 훑은 무언가에 멍해졌다.

하지만 그것도 잠시. 살이 갈라지는 감촉과 함께 뜨거운 무언가가 후두둑 쏟아진다.

"……꺄아아아아악!"

왼쪽 눈을 감싸며 무너지는 그녀.

사내도 마치 의도한 바가 아니었다는 듯 그런 그녀를 보며 당황하다가 이내 콧속으로 빨려드는 비릿한 피의 향기에, 귀로 빨려드는 비명에 멈춰 버린다.

이윽고 그의 표정이 변화하기 시작한다.

"하아아."

마치 아주 맛있는 요리를 먹은 듯, 답답한 도시를 벗어나 맑은 숲에 들어온 듯 나른해진다.

바지를 풀어 젖힌 사내가 루이사에게 다가간다.

저벅저벅!

"사, 살려 주세요! 살려 주세요-!"

죽는다. 정말 죽는다.

사내는 간절히 비는 그녀의 모습에 몸을 부르르 떨다 눈을 번들거리며 칼을 내민다.

"다른 곳도 찔리고 싶어?"

"흐윽!"

"엎드려. 엉덩이 들어."

루이사는 눈물, 콧물을 흘리며 그의 요구에 따를 수밖에 없었고, 이내 곧 지퍼가 내려가는 소리와 함께 뜨겁고 단단한 남성의 것이 그녀의 몸속을 파고들었다.

　루이사는 비명을 토해 내지 않기 위해 입을 틀어막아야 했다.

＊　＊　＊

"마치 개처럼…… 상처 입은 들짐승처럼……."

　그렇게 유린당했다.

　그리고 사내는 이야기했던 금액에서 5천 유로를 더 던져 놓고 사라졌다.

"다, 다행히 시력엔 이상이 없었지만……."

"괜찮습니다. 그만 하셔도 됩니다."

"그 자식은 개자식이에요! 개변태 살인마 새끼라고요-!"

　사람이 피를 흘려 가며 고통에 몸부림치는 걸, 그런 사람을 짓밟고 유린하는 걸 좋아하는 변태 새끼.

　종혁은 그때의 트라우마가 터져 나오는 루이사를 꽉 끌어안으며 달래려 애썼다.

"괜찮습니다. 괜찮아요. 쉬이, 쉬이."

"흐윽! 흐으윽!"

　종혁의 그런 노력이 통해서일까. 한참을 울던 루이사가 겨우 진정을 하며 종혁의 품을 빠져나온다.

"……담배 좀 피우고 올게요."

　공항 인근 호텔의 미팅룸. 사람이 많아서 어쩔 수 없이 이곳을 대여한 종혁은 룸을 빠져나가는 그녀를 바라보다 따라나서는 다른 여성들을 본다.

당신들도 그랬냐는 듯한 눈빛에 그녀들은 이를 악물며 흉터를 가린 문신들을 보여 줬고, 캘리 그레이스가 다시 루이사를 쫓는 그녀들을 따라나선다.

종혁은 아득해지는 정신에 머리를 쓸어 올렸다.

빠득! 빠드드드득!

"미, 미친……. 그, 그럼 민정이도…….."

"민정이? 오빠, 민정이 왜?"

"아니야. 아니야."

민정의 양 귀를 막은 민호는 동생이 당할 뻔했던 상황에 헛구역질을 했고, 겨우 마음을 수습한 종혁이 해리 가드너 교수들을 봤다.

"점차 위로 올라가는 것 같더군."

힐끔 민호를 본 뤼옹 드 몽 교수가 프랑스어로 말하자 종혁과 교수들이 고개를 끄덕였다.

"맞아. 만약 저 여인들의 몸에 난 상처 부위가 놈이 악행을 저지른 순서라면……."

다리와 팔, 허벅지와 배, 가슴, 하복부.

위험하다.

점점 위험한 부위로 칼질이 들어가고 있다.

놈은 흩뿌려지는 피와 냄새를, 약자인 여성이 고통에 몸부림치는 걸로 쾌락을 느끼는 위험한 인물이다.

"당황한 것 같았다고 했지?"

"처음부터 눈을 노린 건 아니었다는 거겠지."

"그래서 더 위험해졌습니다."

종혁의 말에 교수들이 고개를 끄덕인다.

우연이든 아니든 인체의 치명적인 급소인 눈을 베었다.

그럼에도 루이사는 살았고, 놈은 거기서 깨닫게 됐을 거다.

'아, 사람은 이 정도로 죽지 않는구나.'라고 말이다.

"이후 리미트가 풀렸겠군."

맞다. 이젠 놈은 언제 선을 넘어 살인까지 저질러도 이상하지 않을 놈이 된 거다.

"안토니오. 그놈이 누군지 모릅니까?"

"글쎄…… 낯설지 않기는 한데……."

해리 가드너 교수의 말에 생각에 잠기던 안토니오 카사스 교수가 이내 고개를 젓는다.

분명 어디선가 본 얼굴인 것 같지만, 그 이상은 기억나질 않았다.

"나이가 드니 기억력이 감퇴한 겁니까?"

"지금 내게 화를 낼 상황이 아닌 것 같은데, 안드레?"

"……죄송합니다."

종혁은 안토니오 카사스 교수를 보며 입을 열었다.

"놈을 잡아넣을 수 있겠습니까?"

"확실한 물증이 없다면 쉽지 않겠지."

자신들의 물건이라는 생각하는 여성들이 피해를 입었

음에도, 그들 또한 음지에 숨어 있어야 하는 건 마찬가지이기에 신고를 막았을 다비드 파밀리아.

사건 직후 바로 신고를 했다면 모를까, 이제는 증거도 남아 있지 않을 현 상황에서는 놈의 범죄를 입증하기 어려웠다.

"한 번의 쾌락을 그 정도 돈을 쓰는 놈이야. 아마 상당한 배경이 있는 놈이겠지."

본인 스스로가 거물이든, 부모님이 거물이든, 아니면 거물의 측근이든 어느 쪽이건 힘든 싸움이 될 거다.

"일단 저분들부터 보내고 이야기하죠."

"……그래야겠군."

그들은 입을 다물며 몸을 일으켰다.

다시 바르셀로나 엘프라트 국제공항.

서로에게 기대어 출국 게이트 안으로 들어가는 여성들을 배웅한 종혁과 교수들이 민호와 민정을 본다.

"한국에 도착하면 본청 외사국의 형사들이 나와 있을 겁니다. 그 사람들을 따라가서 진술해 주면 됩니다."

그 말에 민호의 얼굴이 찌푸려진다.

"부모, 아니 그 사람들을 보기 싫은 겁니까?"

"……네."

종혁이 속으로 깊은 한숨을 내쉰다.

'그렇겠지.'

처벌이건 뭐건 그냥 보기 싫을 거다. 민정이 다시 그

부모들과 얽히는 걸 보고 싶지 않을 거다.

그 마리아와 후안도 부모라고 해맑게 웃으며 따랐던 민정. 아마 친부모들에게도 그럴 확률이 높다.

자신들의 인생에서 영원히 사라지는 건, 영원히 보지 않는 것.

그것이 민호가 바라는 일일 거다.

"그래도 처벌을 하려면 어쩔 수 없어요. 이 번호로 연락하면 머물 곳과 법정 대리인, 즉 변호사를 마련해 줄 겁니다."

"행복의……쉼터?"

종혁은 행복의 쉼터 재단과 그 산하의 장애인 학교에 대해 설명했고, 민호는 눈을 동그랗게 떴다.

"저, 정말 죽을 때까지 거기서 살아도 되는 건가요?"

"애초부터 민정이와 같은 아이들을 위해 만들어진 공간이니까요. 민호 씨도 거기서 직장과 숙소를 얻게 될 겁니다."

학교뿐만 아니라 그 주변으로 마을이 형성되어 있으니 그곳에서 살아도 답답함 따윈 느끼지 못할 거다.

"……."

뚝!

고개를 숙인 민호의 눈에서 눈물이 흘러내린다.

그의 머리를 쓰다듬은 종혁은 어깨를 두드려 주었다.

"더 늦었다간 비행기 놓치겠네요. 한국에 가서 봅시다."

외사국 〈153〉

"……감사합니다."

허리를 꾸벅 숙인 민호는 따라 허릴 숙이는 민정을 데리고 출국 게이트 안으로 들어갔고, 종혁은 그제야 숨을 길게 내쉬었다.

"후우. 이제야 한숨 돌릴 수 있겠네."

"수고하셨어예."

"수고하셨습니다, 부국장님."

"어디로 가는지 확인해 봤어?"

"국내선이었습니다."

"마드리드. 모레 돌아오는 비행기였습니더. 티켓에 그리 적혀 있더라고예. 이름은 못 봤지만……."

눈치 좋게 바로 움직여 놈의 행선지를 파악한 둘.

"그래. 수고했다."

종혁은 다시 놈에 대해 이야기를 나누는 캘리 그레이스와 교수들을 봤다.

"일단 움직이시죠."

정신없이 바빴던 하루다. 지금은 좀 쉬어야 했다.

-헨리, 미안하지만 부탁 하나 드려도 될까요?

그렇게 헨리에게 문자를 보낸 종혁은 공항을 빠져나와 다시 바르셀로나로 향했다.

그렇게 스페인에 도착한 지 세 번째 날의 해가 하늘 높이 떠오르고 있었다.

* * *

앙상한 작은 포도나무들이 지평선 끝까지 펼쳐진 대지의 새하얀 저택.

 가운을 입은 채 아침 신문을 펼쳐 든 장년인이 물고 있던 시거를 잠시 재떨이에 내려놓는다.

 "흠."

 무슨 기사를 보는 것일까.

 깊고 맑은 눈이 살짝 흔들린다.

 뚜벅뚜벅.

 마치 자신의 접근을 알리듯 구둣발 소리를 강하게 내며 다가온 중년인이 장년인에게 허리를 고개를 숙인다.

 "조르디, 다비드가 경찰에 잡혀 들어갔습니다."

 "다비드?"

 "……산하에서 매춘을 하던 작은 파밀리아입니다."

 사락!

 신문을 덮은 조르디 파밀리아의 보스 조르디가 잠시 생각에 잠겼다가 고개를 끄덕인다.

 어렴풋이 기억이 난다.

 "짐승도 안 할 짓거리를 하던 놈이었지, 아마?"

 매춘부를 마약으로 길들이거나 했다면 조금 더 빨리 떠올렸을 것이다. 어찌 됐건 자신의 파밀리아의 마약을 샀을 테니 말이다.

 그래도 어렵게나마 기억을 떠올릴 수 있었던 건, 자매라는 목줄을 서로에게 씌워 도망치지 못하게 한다는 꽤

나 기발한 방법을 썼던 놈이었기 때문이다.

 추잡하고 비열한 수단밖에 쓸 줄 모르는 놈.

 그러면서도 배짱은 작았던 놈.

 놈에게 기억할 만한 요소는 그 기발했던 방법뿐이었다.

 "그래도 상납금이 꽤 됐습니다."

 "그래서?"

 그런 놈의 문제까지 알아야 하냐는 말에 중년인이 살짝 난처한 표정을 짓는다.

 "다비드 파밀리아의 검거를 지시한 사람이 안토니오 카사스 교수입니다."

 움찔!

 그렇다면 이해가 간다.

 바르셀로나의 사법계와 수사기관에 막강한 영향력을 발휘하는 안토니오 카사스 교수. 웬만한 정치인들도 그의 앞에선 고개를 숙일 수밖에 없다.

 "그가 그딴 놈을 잡으려고 움직였다고?"

 "종혁 최라고, 세계 범죄학계의 거물의 부탁이었다고 합니다."

 "……그 이름은 쉽게 기억나는군."

 거의 십여 년 전, 갑자기 바르셀로나 경찰들의 수사력이 높아졌다. 들키지 않을 거란 범죄가 발각되고, 숨겨 놓았던 증거들도 속속 드러나면서 조르디 파밀리아에도 제법 타격이 있었다.

 그래서 알아본 결과, 동양의 작은 나라의 한 천재가 수사기법을 발명했다는 정보를 입수할 수 있었다.

이후로도 이쪽의 발전하는 범죄 수법에 맞춰 진화했던 수사기법들. 언제나 한발 늦었던 경찰이 바로 뒤꽁무니를 쫓으며 이를 드러내는 모습은 언제나 가슴이 서늘하게 만들었다.

"그때마다 역시 동방의 신비라고 했지, 아마?"

"암살자를 보내고 싶다는 말도 하셨습니다."

중년인이 이어 이번 사건에 얽힌 내막을 설명했고, 조르디는 눈을 가늘게 떴다.

"다행히 다비드 파밀리아 외의 피해는 없었지만……."

"사명감이 높은 놈이군."

이 바르셀로나에선, 스페인에선 많이 찾아볼 수 없는 진짜 경찰. 한 번 목표를 포착했다 싶으면 어떻게든 물어뜯는 투견.

그래서 언제나 가슴을 서늘하게 만드는 미친놈들.

딱 그 부류였다.

톡! 톡!

테이블을 검지로 두드리던 조르디는 시가를 물었다.

"한번 알아봐."

"예."

고개를 숙인 중년인은 몸을 돌렸고, 조르디는 다시 시가를 물며 덮었던 신문을 펼쳤다.

마치 이 정도는 일상이라는 것처럼 말이다.

* * *

"……후우."

커튼이 쳐진 호텔 방.

목을 좌우로 꺾은 종혁이 몸을 일으킨다.

"드르렁! 피유."

"으으음."

거실의 소파에 누워 자고 있는 최재수와 현석. 아무래도 안토니오 카사스 교수에게 다른 방을 뺏긴 것 같다.

"일어났어?"

"아이, 깜짝이야. 늙어서 잠이 없는 겁니까, 보스?"

"죽고 싶지?"

"하하하. 저도 커피 부탁해요."

"오케이."

미니바로 다가가니 캘리 그레이스가 위스키에 커피를 타서 내민다.

"……빈속에 술 마시면 더 늙어서 고생합니다."

"언제부터 내 엄마였어, 최?"

"오, 스위티. 맘마 줄까?"

"까분다."

코웃음을 친 캘리 그레이스가 미니바의 찬장에서 새 위스키를 꺼내어 딴다.

고개를 쭉 내민 종혁은 미니바 아래 널브러져 있는 위스키 한 병을 보곤 고개를 저었다.

"방을 아예 안 가신 거구만?"

어제의 사건 때문에 아예 이 호텔로 방을 옮겨 버린 캘리 그레이스. 해리 가드너 교수와 안드레 교수, 뤼옹 드몽 교수도 숙소를 옮겼다.

혀를 차며 짝퉁 아이리쉬 커피를 들이켠 종혁은 잠시 테이블에 기대어 방 안을 둘러봤다.

'조용하네.'

마치 친구들끼리 여행을 와서 모두 함께 낮잠 타임을 가지는 것처럼 절로 사람을 늘어지게 만드는 공기.

삐리릭!

"어우, 배고파!"

"여긴 먹을 거 있나?"

"J'ai besoin de vin et de fromage…….(와인과 치즈가 필요해…….)"

"오, 일어났군요! 잘 잤습니까, 최!"

부산을 떨며 들어오는 그들의 모습에 피식 웃은 종혁은 미니바에 설치된 전화기를 들었다.

"여기 룸서비스가 되는 메뉴들 전부 부탁드릴게요. 맥주와 와인도요."

"굿!"

종혁의 센스 있는 행동에 그들이 엄지를 치켜드는 순간이었다.

지이잉! 지이잉!

갑자기 울리기 시작한 핸드폰.

전화가 아닌 문자에 의아해하며 확인한 종혁은 그대로 굳어 버렸다.

"무슨 일이야?"

"……이거, 아니 아까 그 새끼 정말 거물이네요."

"음?"

종혁은 헨리가 조사한 내용을 보여 줬고, 그들의 얼굴도 딱딱하게 굳어 버렸다.

* * *

한편 몇 시간 전 바르셀로나 엘프라트 국제공항.

저벅저벅!

'여긴 언제 봐도 번잡…….'

순간 코끝을 스치는 땀 냄새에 사십대 사내, 파블로 푸욜이 눈살을 찌푸린다.

"그쪽이 아니라 이쪽입니다, 파블로."

"……왜지?"

매번 가던 전용기 탑승구가 아니라 국내선 탑승구 방향을 가리키는 경호대장의 모습에 파블로 푸욜이 울컥한다.

"정비도 안 하고 뭐 한 거야! 내가 이런 건 재깍재깍해 놓으라고 했잖아!"

"내일 콘치타께서 타고 오셔야 합니다."

움찔!

콘치타 푸욜. 어머니의 이름이 나오자, 그러게 왜 내일 같이 출발하지 않고 오늘 먼저 출발하는 거냐는 질책 어린 눈빛에 파블로 푸욜의 얼굴이 일그러진다.

"그냥 나 먼저 타고 갔다가 되돌려 보내면 되는 거잖아! 왜 이렇게 융통성이 없어!"

한 번 비행을 하면 정비는 필수다. 오늘 마드리드에 도착해서 다시 바르셀로나로 돌려보냈다간 내일 콘치타 푸욜의 탑승이 지체될 수 있었다.

하지만 그 말을 꾹 삼킨 경호대장은 그저 고개를 숙였고, 파블로 푸욜은 이를 갈았다.

"후우. 설마 마드리드에서 타고 다닐 차까지 그 SUV야?"

어머니 콘치타 푸욜이 마드리드에 사 놓은 차량들 중 하나인 SUV.

스페인의 유일한 양산형 자동차 생산 및 판매 기업인 세아트의 SUV. 외부의 시선을 의식해야 하는 직업을 가진 콘치타 푸욜이 사 놓은 차량 중 가장 저가의 차량이다.

경호대장은 다시 고개를 숙였다.

"난 SUV가 싫다니까!"

"죄송합니다. 어쩔 수 없습니다."

마드리드에 있는 다른 차량들은 콘치타 푸욜과 그녀와 함께 올 다른 사람들의 몫이었다.

"빌어먹을! 도착하자마자 디올로 가! 알았어?!"

스페인에 딱 하나 있는, 마드리드에만 있는 남성 전문

디올 매장.

그곳뿐만 아니라 가야 할 곳이 너무나도 많았다.

작고 답답한 바르셀로나에선 결코 살 수가 없는 하이엔드 브랜드의 명품들.

지난 몇 달 동안 태어나 자신을 간절히 기다리는 애기들을 수거하려면, 그래서 어머니 콘치타 푸욜보다 하루 일찍 출발하는 파블로 푸욜로서는 더 이상 말싸움을 할 시간 따윈 없었다.

"……예."

'다행이군.'

한 번 짜증을 부리기 시작하면 하루 온종일 답이 없는 파블로 푸욜. 이쯤에서 끝난 게 정말 다행이었다.

그렇게 그를 비행기 티켓을 예약해 놓은 항공사 카운터로 이끌려는 순간이었다.

'음?'

다급히 뒤로 고개를 돌리는 경호대장.

그의 눈에 핸드폰을 쥔 채 당황한 얼굴로 주변을 두리번거리는 동양인 남성 2명이 비친다.

"이쪽이 아니라 저쪽 아닐까요?"

"그럴까? 아씨, 뭘 읽을 수가 있어야지!"

'coreano?(한국인?)'

아내가 자주 보는 한국 드라마의 언어와 비슷하다.

"무슨 일인데?"

"……아닙니다. 이동하시죠."

눈을 가늘게 뜨다 고개를 저은 경호대장은 파블로 푸욜의 등을 밀며 걸음을 옮겼다.

* * *

스릉!

자동문이 열리며 파블로 푸욜이 들어오자 종업원들의 눈이 빛난다.

매장 이곳저곳에 흩어져 있던 종업원들이 얼른 그의 앞에 도열하며 허리를 숙이고, 매장 안에 있던 사람들은 난생처음 보는 광경에 눈을 껌뻑인다.

"오시기만을 기다렸습니다, 손님."

이곳 마드리드 본점의 VVIP인 파블로 푸욜.

정중한 점장의 인사를 받는 둥 마는 둥 한 파블로 푸욜이 매장 안을 주욱 둘러본다.

바르셀로나에서부터 시작된 짜증이 풀리지 않아 씩씩거리며 들어왔지만 명품들의 향연들을 보자마자 모든 짜증이 확 풀려 버린 그.

"신상 나온 거 모두 가져와."

"안내하겠습니다."

점장이 직접 나서서 그를 매장 안쪽에 있는 비밀스러운 공간, 1년에 10만 유로 이상을 구매한 이들만이 들어올 수 있는 VVIP룸으로 이끈다.

베이지색 대리석과 레드 벨벳으로 고급스럽게 꾸며진

VVIP룸.

파블로 푸욜은 익숙하다는 듯 룸의 정중앙에 놓인 소파에 앉고, 곧 다과들이 그의 앞에 놓이기 시작한다.

그리고 이내 VVIP룸으로 들어오는 옷과 백, 구두들.

일반 진열대에는 놓이지 않는 한정판과 소량만 남은 신상품들이 그의 앞에 늘어선다.

그걸 가만히 바라보던 파블로 푸욜은 고개를 끄덕이며 일어섰다.

"저거 빼고 다 포장해서 쟤들한테 넘겨. 셔츠는 색상별로 세 개씩 포장하고. 내가 좋아하는 색 뭔지 알지?"

"예, 알겠습니다!"

"뭐해! 시간 없다고……."

기이잉!

아직 제품들을 포장조차 안 했는데도 경호원을 재촉하던 파블로 푸욜이 막 디올 매장 안으로 들어오는 한 사내를 발견하곤 낯빛을 굳힌다.

그건 아리따운 여성과 이야기를 나누며 안으로 들어오던 삼십대 후반의 사내도 마찬가지다.

눈이 마주치자 서로 상반된 감정으로 일그러지는 그들의 얼굴.

"오, 파블로 씨!"

"……엔리케."

엔리케라 불린 사내는 파블로 푸욜을 보며 반가워하는 반면, 파블로 푸욜은 꺼려 한다.

"이게 얼마 만이에요! 아, 혹시 내일 열리는 파티 때문에 오신 거예요? 웬일이에요?"

그동안 이런 행사는 2년에 한 번 정도만 참석했던 파블로 푸욜.

'응? 뭐지?'

엔리케는 꿈틀거리는, 뭔가 자랑할 것이 많아 보이는 듯한 파블로 푸욜의 입을 보며 의아해했다.

그런 그의 표정 변화에 아차 한 파블로 푸욜이 얼른 표정을 수습하며 손을 젓는다.

"웬일은……. 그보다 옆은 여자친구? 또 바뀌었네?"

파블로 푸욜의 입가에 서리는 비릿한 미소.

그러나 그 표정과 말에 숨은 악의를 읽지 못했다는 듯 엔리케는 머리를 긁으며 머쓱해한다.

"하하. 어쩌다 보니 그렇게 됐습니다. 하아. 이젠 저도 나이가 있으니 한 여자에게 정착하고 싶은데, 일이 바쁘다 보니까 그게 맘처럼 안 되네요. 아, 인사해. 이쪽은 파블로 푸욜. 바르셀로나의……."

'쯧.'

"반갑습니다. 파블로 푸욜입니다. 이런 일을 하고 있는 중이죠."

"어머! 와이너리의 대표님이셨네요!"

"하하. 자랑은 아니지만, 바르셀로나에서 제일 큰 포도밭을 소유하고 있죠!"

"와아! 아차, 리나 모레노라고 해요. 현재 모델 일을 하고 있어요."

"아, 모델."

순간 부러움이 눈가를 스친 파블로 푸욜이 푸근히 웃는다.

"여름날 지평선까지 푸르게 펼쳐진 포도밭을 구경하고 싶다면 언제든 연락 주십시오."

"정말요? 네! 꼭 그럴게……."

"아, 미안해서 어쩌죠? 이번 여름엔 프랑스의 부르고뉴로 놀러 가기로 했거든요."

방해를 받게 되자 속으로 얼굴을 일그러트린 파블로 푸욜이 엔리케를 본다.

"……그러면 어쩔 수 없지. 오늘 이렇게 만나서 반가웠고, 내일 보자. 내일 참석하는 거 맞지?"

"당연하죠! 알겠습니다. 그럼 내일 봬요, 파블로 씨!"

고개를 끄덕인 파블로 푸욜은 엔리케를 지나쳐 디올 매장을 빠져나갔고, 그런 그의 귀로 엔리케와 여성의 대화가 들려온다.

"자기에게 중요한 사람이에요?"

"응. 신경 쓰지 마. 저 나이 먹도록 부모에게서 독립 못한 병신이니까."

움찔!

'저 새끼가……!'

울컥해 몸을 돌린 파블로 푸욜이 매장 안으로 들어가는 엔리케의 등을 보며 부들부들 떤다.

여성의 허리를 감은 두꺼운 팔뚝이 그의 발길을 붙잡는다.

하지만 그것도 잠시. 갑자기 입술을 파블로 푸욜의 얼굴에 비웃음이 차오른다.

'내일도 그런 모습을 보일 수 있나 보자.'

"흥."

"잘하셨습니다."

"닥쳐."

"……."

주인이 욕을 먹었음에도 나서지 않는 경호대장을 짜증 가득한 눈으로 노려본 파블로 푸욜은 이내 다시 몸을 돌린다.

"쇼핑은 됐어. 마요르 광장으로 가."

다른 브랜드의 매장으로 가야 했지만, 새로 태어난 아가들이 자신을 기다리고 있지만, 일단은 지금 받은 짜증부터 풀어야 했다.

"안 됩니다."

"왜!"

"여긴 바르셀로나가 아닙니다."

그들의 영역이나 다름없는 바르셀로나가 아닌 이곳 마드리드에서 사고를 치면 수습을 할 수가 없다.

거기다 내일 파티는 아주 중요한 파티다.

파블로 푸욜의 인생을 바꿀 파티.

콘치타 푸욜도 파블로 푸욜이 사고를 치지 못하게 하라

며 단단히 주의를 주었다.

"……빌어먹을. 다음은 루이비통으로 가."

"알겠습니다."

이를 간 파블로 푸욜은 쿵쿵 발을 거칠게 내디디며 디올 매장에서 멀어졌다.

* * *

기이잉!

다음 날, 비행기가 뜨고 내리는 마드리드 바라하스 국제공항.

활주로에 착륙한 걸프 스트림에서 작은 체구의 칠십대의 여성, 콘치타 푸욜이 몇몇 중장년인들과 함께 내린다.

"이렇게 같이 올 필요는 없다니까."

"하하! 어차피 올 거 편히 오면 좋잖습니까! 감사합니다, 콘치타. 덕분에 편히 왔습니다."

한 장년인의 넉살 어린 말에 고개를 저은 콘치타 푸욜이 바로 앞에 정차되어 있는 세단들을 향해 걸어간다.

"난 약속이 있어서 먼저 이동할 테니 저녁에 봐."

"오, 저희가 함께할 수 없는 약속인가 보군요. 하하. 알겠습니다. 그럼 저녁에 뵙겠습니다!"

오늘 그들이 참석하는 파티는 콘치타 푸욜뿐만 아니라 함께 온 중장년인들에게도 깊은 의미가 있는 파티.

중장년인들은 기대 가득한 표정을 지으며 차량들에 나

뉘 탑승했고, 그들이 먼저 떠나고 나자 콘치타 푸욜의 눈빛이 서늘하게 가라앉는다.

그러자 그녀의 작은 체구를 감싸는 아우라가 단단해지고 커진다.

"파블로는?"

"호텔에 계십니다."

"걔가? 이 시간까지?"

벌써 오전 11시다. 지금쯤이면 헤어숍에 있어야 했다.

의아해하던 콘치타 푸욜이 낯빛을 굳힌다.

이유를 알 것 같아서였다.

"호텔로 가."

"예."

"……."

콘치타 푸욜이 새하얀 침구를 잔뜩 뭉갠 채 잠들어 있는 아들, 파블로 푸욜을 가만히 내려다본다.

어제 봤을 때와 달리 퉁퉁 부은 얼굴과 코끝을 스치는 지독한 술 냄새.

'이럴 것 같았지.'

하루 일찍 마드리드로 출발했던 아들.

왜인지 불안해 원래 예정된 시각보다 빨리 출발했는데, 그러길 잘한 것 같다.

눈빛이 더 가라앉은 콘치타 푸욜이 창가로 걸어가 커튼을 걷고, 창문을 활짝 열어 버린다.

외사국 〈169〉

"으윽! 추, 추워······. 창문 닫아······. 닫으라는 내 말 안 들려?!"

얼굴을 일그러트리며 일어난 파블로 푸욜이 창가에 서 있는 어머니 콘치타 푸욜을 발견하곤 경악한다.

"어, 엄마?!"

'왜 벌써?!'

"······얼른 씻어. 네 얼굴의 붓기까지 빼려면 시간 없으니까."

"으응."

파블로 푸욜은 평소처럼 화를 내지 않는 어머니의 모습에 의아해했지만 혹여 마음이 변할까 얼른 화장실로 뛰어갔고, 남겨진 콘치타 푸욜은 이를 악물었다.

나이가 마흔을 넘었음에도 아직도 철이 없는 아들.

바르셀로나에서 가장 큰 와이너리, 가문의 사업인 와이너리를 물려줬음에도 여전히 철이 들지 않은 아들의 모습에 그녀의 낯빛이 어두워진다.

"이게 잘하는 짓일까?"

하지만 이미 진행시켜 버린 일이다. 이젠 물릴 수 없었다.

그녀는 한숨을 내쉬며 방을 빠져나갔다.

* * *

그날 저녁.

마드리드의 한 호텔로 고급스러운 세단들이 줄줄이 들어선다.

연예인부터 시작해 스페인의 각계각층 인사들이 차에서 내려 연회홀로 향한다.

그렇게 얼마나 많은 사람이 호텔 안으로 들어갔을까.

뒤늦게 파블로 푸욜과 콘치타 푸욜을 태운 차량이 호텔로 진입을 한다.

탁! 탁!

"……."

"왜, 왜요."

자신을 빤히 바라보는 어머니의 눈빛에 어깨를 움츠리는 파블로 푸욜.

아들의 소심한 모습에 콘치타 푸욜은 다시 한숨이 나올 것 같았지만 억지로 참아 내며 옅게 웃는다.

오늘 파티의 주인공은 자신이 아니라 아들인 파블로 푸욜이다. 그렇게 노력했음에도 얼굴의 붓기가 덜 빠진 아들을 야단쳐 괜히 더 의기소침하게 둘 순 없었다.

"아니야. 이렇게 입으니 우리 아들도 참 멋지네. 역시 오늘 자리가 자리라서 그런가?"

"하하. 그, 그래요?"

"올라가자."

서로 다정하게 팔짱을 낀 그들이 8층의 연회홀로 향한다.

문이 활짝 열려 있는 연회홀.

문 앞에 서서 고개를 숙이는 호텔 직원을 지나쳐 연회홀 안으로 들어서니 그들을 발견한 사람들이 환하게 웃으며 다가온다.
"콘치타 의원님!"
그랬다.
콘치타 푸욜. 그녀는 바르셀로나의 하원의원이자, 현 스페인 하원의장인 알레조 사우라스를 하원의장으로 만든 최측근 일등 공신인 여장부였다.
그리고 파블로 푸욜은 그녀의 하나뿐인 아들이었다.
쿵!
그녀의 등 뒤로 연회홀의 문이 닫혔다.

* * *

파블로 푸욜과 콘치니 푸욜이 연회홀로 들어서기 전날 저녁.
안토니오 카사스 교수가 소파에 앉아 눈빛을 가라앉히는 사람들 중 종혁을 잠시 바라본다.
'대체 어떻게 알아낸 건지······.'
너무 의심스러웠지만 일단 궁금증을 접은 그는 입을 열었다.
안토니오 카사스 자신은 바르셀로나에서 태어나 자란 사람. 이곳에 있는 사람들 중 자신보다 콘치타 푸욜에 대해 잘 아는 사람은 없었다.

"콘치타 푸욜. 바르셀로나에서, 아니 스페인에서 세 손가락 안에 드는 와이너리를 소유한 가문인 푸욜가의 며느리이자 가주로서 1980년에 남편인 에밀리오 푸욜이 사망한 이후 스페인 정계에 뛰어든 여장부지."

마치 신의 저주인 것처럼 대대로 직계의 손이 귀했던 푸욜가. 그건 콘치타 푸욜도 마찬가지였다.

그녀는 하나뿐인 자식을 지키기 위해, 친척들과 주위의 하이에나들에게서 푸욜가를 뺏기지 않기 위해 정계에 뛰어들었다.

그리고 푸욜 가문의 막대한 재력을 바탕으로 곧 바르셀로나의 정계를 장악하다 못해 끝내 스페인 하원의장을 만들어 낸 걸물이 되었다.

정치적 파트너이자 참모.

즉, 그녀의 의지가 곧 하원의장 알레조 사우라스의 의지라고 봐도 무방했다.

그런 안토니오 카사스 교수의 짤막하지만 핵심만 가득한 브리핑에 사람들의 표정이 어두워진다.

찰칵! 치이익!

담배를 문 종혁이 관자놀이를 누른다.

"스페인에서 하원의장이면 의전 서열 3위겠군요."

국왕과 총리에 이어 서열 3위에 해당하는 하원의장.

상원의 의견을 무시하고 법안을 통과시킬 수 있을 정도로 같은 의원임에도 더 막강한 파워를 지닌 스페인의 하원의원.

그런 하원의원의 장이니 스페인에서 어떠한 권력을 지닌 인물인지는 자세히 알아보지 않아도 뻔했다.

그리고 콘치타 푸욜은 그런 인물의 배경으로 두고 있는 인물이라는 것이었다.

"파블로 푸욜은 그런 그녀의 외동아들이고요."

스페인에서 세 손가락 안에 드는 와이너리를 소유한 가문의 후계자라는 것만으로도 부담스러운데, 심지어 의전 서열 3위를 배경으로 둔 거물 정치인의 아들.

진실을 다시 상기시키는 종혁의 말에 사람들이 이마를 붙잡는다.

'이걸 어쩐다…….'

배경이 부담스러워 덮자니 파블로 푸욜의 죄질이 너무 악질이다. 어쩌면 살인을 저질렀을지도 모를 그.

사람들이 안토니오 카사스 교수를 응시한다.

"무슨 걱정이야. 범죄자 따윈 그냥 잡아 처넣으면 되지! ……라고 말하고 싶지만 솔직히 좀 머뭇거리게 되는군."

종혁과 사람들은 소심해진 그의 발언에 고개를 끄덕인다.

안토니오 카사스 교수는 모든 커리어를 스페인에서 쌓아 올린 사람이다.

즉, 안토니오 카사스라는 존재를 유지하는 모든 것이 스페인에 있었다.

하지만 그런 우려 섞인 시선에 안토니오 카사스 교수는

고개를 저었다.

"내가 다치는 걸 걱정하는 게 아니야."

자신의 나이가 벌써 여든하나다. 당장 내일 눈을 뜨지 않아도 이상하지 않을 나이다.

모든 걸 그만두고 은퇴한다고 하더라도 두렵지 않았다.

문제는 눈앞에 있는 종혁과 캘리 그레이스다.

"파블로 푸욜을 검거한다고 해서, 그가 혹여 살인이라는 죄를 저질렀다고 해도 콘치타 푸욜의 영향력을 완전히 없애는 건 불가능하기에 그렇게 말을 한 거야."

"……푸욜가의 와이너리와 하원의장."

안토니오 카사스 교수는 고개를 끄덕였다.

"스페인 국내뿐만 아니라 전 세계에 와인을 수출하는 푸욜 가문과 하원의장이 남아 있는 한 어찌어찌 타격을 입힌다고 해도 자네들은 다칠 수밖에 없어."

분명 하원의장을 움직여 외교적인 보복을 가할 콘치타 푸욜.

국가기관에 소속되어 있는 종혁과 캘리 그레이스는 난처한 상황에 처하게 될지도 몰랐다.

그러한 안토니오 카사스 교수의 자조적인 말에 어느새 딱딱하게 굳어 있는 종혁의 표정.

"음. 교수님."

"말하게."

"죄송하지만, 그딴 거 신경 쓰면 범인 못 잡습니다."

"최!"

"누굴지 모르겠지만, 이번 사건을 맡을 바르셀로나 경찰도 저희와 같은 생각일 거고요."

형사란 원래부터 그런 족속들이다. 억울한 피해자를 위해서라면 제 한 몸 부서진다고 해도 얼마든지 날릴 수 있는 그런 멍청이들.

"그리고 교수님도 그렇게 이것저것 재며 수사하라고 가르치시지 않았겠죠."

쿵!

맞다. 외압에 굴복하지 말고 소신 있는 수사를 하라고 매일같이 가르쳤다.

하지만 종혁과 캘리 그레이스는 외국인이다. 타국의 사건에 이렇게까지 목을 매지 않아도 뭐라고 할 사람은 없었다.

또 하지만…….

"……고맙네."

타국의 피해자들을 위해 이렇게 나서 줘서.

너무 감사하고, 또 감사할 뿐이다.

싱긋 웃은 종혁은 몸을 일으켰다.

"일단 증거부터 찾죠."

외압이든 보복이든 그건 나중의 문제다. 일단 놈이 저지른 범죄에 대한 증거부터 모아야 했다.

그렇게 그들은 호텔을 나섰다.

그리고 잠시 후…….

"뭐야. 어디 있어?!"

해가 저문 어두운 밤, 민호와 함께 민정을 구했던 그 더러운 거리를 찾은 종혁과 사람들이 당황한다.

"최, 이거 아무래도……."

"예. 이 새끼들이 몸을 사리나 보네요."

분명 다비드 파밀리아 소속의 매춘부만이 아니라 다른 매춘부들을 대상으로도 범죄를 저질렀을 파블로 푸욜.

그런데 거리에 매춘부가 단 한 명도 보이질 않았다.

있는 거라곤 그들을 스쳐 지나가는 경찰차 한 대뿐.

"이거 아무래도 우리 때문인 것 같지?"

얼굴을 일그러트린 종혁은 고개를 끄덕였다.

* * *

딴, 따라라, 딴, 따라라.

고풍스러운 클래식이 울려 퍼지는 연회홀.

푸욜 가문이 만든 샴페인이 담긴 잔을 한 손에 든 파블로 푸욜이 사람들과 웃으며 이야기를 나눈다.

"푸욜 가문의 포도밭이 그렇게 아름답다죠?"

"지평선 끝까지 펼쳐진 포도밭을 보고 있자면, 제가 얼마나 작은 사람인지 새삼 느끼게 됩니다."

거대한 자연에 비하면 고작 티끌에 불과한 것이 인간.

그래서 언제나 겸손하게 살려고 노력 중이다.

그런 파블로 푸욜의 겸양에 사람들이 감탄을 터트린다.

"오오."

"흠. 하지만 이 와인은 겸손하신 분이 만드신 와인답지 않게 폭발적인데요?"

마치 뜨거운 사막 속에서 하늘에서 한 방울의 물을 기다리며 웅크리고 웅크린, 그 인내가 결국 쏟아진 단비에 설움과 울분을 폭발시키는 그런 맛이랄까.

"오, 소믈리에가 여기 계셨군요. 맞습니다. 지금 드시는 와인을 생산할 때 바르셀로나에 기록적인 가뭄이 찾아들었죠. 그건 저희 가문도 피하질 못했고요."

"어? 그, 그럼 이 와인이?"

"예. 저희 가문의 와인 창고에도 이제 5병밖에 안 남은 빈티지입니다."

"맙소사!"

시중에선 천만금을 준다고 해도 구할 수 없는 와인. 일명 환상의 와인이라 불리는 와인이었다.

"이걸 이 자리에서 맛볼 줄이야!"

그 말에 사람들이 눈을 빛내며 주위를 둘러본다.

"여기!"

"이리로 와!"

그들의 외침에 쟁반 위에 와인과 샴페인을 올리고 있던 서버들은 놀라 걸음을 옮겼고, 그런 그들의 모습을 보며 속으로 입술을 비틀던 파블로 푸욜은 저 멀리 엔리케와 눈이 마주치자 낯빛을 굳힌다.

자신보다 훨씬 더 많은 사람들에게 둘러싸여 있는 엔리

케. 그는 비웃는 듯하면서도 잔잔해 보이는 미소를 지으며 와인이 든 잔을 들어 올린다.

마치 너 따윈 내 상대가 아니라는 듯한 여유로운 모습.

'으득! 그래, 계속 그런 모습을 보여라.'

파블로 푸욜이 자신도 모르게 어머니를 찾는다.

때마침 그를 향해 계속 시선을 보내고 있던 콘치타 푸욜.

낯빛이 굳어 있는 어머니의 표정에 아차 하며 시간을 살핀 파블로 푸욜이 함께 있는 사람들에게 양해를 구하며 콘치타 푸욜에게 다가간다.

그 순간이었다.

웅성웅성!

갑자기 연회홀 입구가 소란스러워지자 고개를 돌린 콘치타 푸욜과 파블로 푸욜이 눈을 부릅뜬다.

그건 연회홀 안에 있는 모든 사람들이 마찬가지다.

수더분한 헤어스타일에 검은 뿔테 안경을 쓴 노인.

세련된 슈트와 어떤 생각하는지 알 수 없는 고요한 눈빛이 아니라면 거리에서 흔히 볼 수 있는 그런 노인이지만, 이곳에 모인 모든 사람들이 그를 보곤 경악을 한다.

"아, 알레조 의장님!"

현 스페인의 하원의장 알레조 사우라스가 사람들을 향해 푸근히 웃어 주며 콘치타 푸욜에게 다가간다.

"서운합니다, 나의 아가씨."

콘치타 푸욜의 손을 조심스럽게 잡아 올려 손등에 입을

맞추는 그.

그 짓궂은 행동에 콘치타 푸욜은 한숨을 내쉰다.

"결국 오셨네요, 알레조."

분명 오늘 이탈리아의 외무장관과의 중요한 면담이 있던 그.

너무 갑작스럽게 잡힌 스케줄이었기에 올 거라 기대를 하지 않았는데, 눈앞의 알레조 사우라스는 그렇게 생각하지 않았나 보다.

"하핫! 이런 중요한 날에 제가 빠질 순 없죠."

"끙. 이 장난꾸러기 같으니······."

"하하핫!"

둘의 격의 없는 모습에 사람들이 눈을 동그랗게 뜬다. 단순한 정치적 파트너이자 참모의 사이가 아닌 것 같은 모습.

콘치타 푸욜은 그런 그들의 반응에 속으로 씁쓸히 웃는다. 이 무슨 생각을 하는지 알 수 없는 눈을 가진 남자가 이 자리에 왜 왔는지 알기 때문이다.

'저들에게 어필하기 위해서겠지.'

자신은 공신을 결코 잊지 않고 대우해 주는 그런 리더라는 걸 말이다.

집권 초기인 현재, 아직 그의 자리를 위협하는 인물들은 많았다.

알레조 사우라스는 이런 남자였다.

"그럼 기대하겠습니다."

다시 그녀의 손등에 입을 맞춘 알레조는 당의 의원들에게 다가갔고, 그런 그를 빤히 바라보다 고개를 돌린 콘치타 푸욜이 단상 쪽으로 걸어가 파블로에게 다가오라고 손짓한다.

"어, 어머니."

"파블로."

착 가라앉은 그녀의 눈빛에 파블로 푸욜이 놀란 가슴을 가라앉히려 애쓴다.

"……예, 어머니."

"준비됐지?"

알레조 사우라스의 참여로 인해 더 빛나게 될 오늘의 발표.

그녀의 눈이 참 많은 뜻을 담아 아들에게 대답을 강요한다.

쿵!

파블로 푸욜이 이를 악문다.

지금 이 순간을 기점으로 180도 바뀌게 될 자신의 삶.

파블로 푸욜은 방금 전과 다른 의미로 떨리기 시작한 심장을 지그시 누르며 고개를 끄덕였다.

"걱정 마세요, 어머니. 예전의 제가 아니에요."

파블로 푸욜을 키워 오는 동안 단 한 번도 보지 못했던 듬직한 모습이지만, 콘치타 푸욜의 좁혀진 미간은 펴질지 모른다.

대외적으로는 콘치타 푸욜 자신을 대리해 가문을 이끌

어 가고 있는 것처럼 보이는 파블로 푸욜.

하지만 아니다.

좋은 대학의 경영학과까지 수료시켜 놨지만, 파블로 푸욜의 사업적인 역량은 부족했고, 가문의 사업은 전문가들이 이끌어 가고 있었다.

그런 주제에 그 어떤 노력조차 하지 않고 술과 명품, 여자만 찾아다니는 아들.

그런 아들이 걱정스러워 이런 결정을 내린 거다.

콘치타 푸욜 자신이 사망한 이후 가문을 말아먹을 게 뻔한 아들과 가문을 구제하고자.

"말은 잘하네."

"말만 잘하는 게 아니라는 걸 보여 드릴게요."

"그런 것치곤 그 몹쓸 취미를 아직도 버리지 못했더구나."

움찔!

"그, 그건……."

"아들."

콘치타 푸욜의 손바닥이 파블로 푸욜의 볼을 감싼다.

"약점을 숨기는 방법은 쉽단다."

너무도 쉽다.

그저 그 누구도 건드릴 수 없는 위치에 올라서면 된다. 그러면 그 누구도 그 약점을 쥐고 흔들 수 없게 된다.

"그리고 넌 오늘을 기점으로 10년 안에 지금 내 위치에, 아니 그보다 더 높은 위치에 올라서게 될 거고."

둘의 시선이 동시에 알레조 사우라스에게로 향한다.

그와 함께 파블로 푸욜의 온몸을 관통하는 전율.

파블로 푸욜이 다시 이를 악문다.

"……예!"

"부디 날 실망시키지 말렴. 그럼 올라가자."

아들의 얼굴에서 손을 뗀 콘치타 푸욜이 먼저 단상에 올라가 마이크를 잡는다.

톡! 톡!

연회홀을 울리는 이질적인 소리에 모두가 입을 다물며 단상을 바라본다.

그러며 눈을 빛낸다. 드디어 자신들을 이 자리에 모은 콘치타 푸욜이 오늘 파티의 목적을 꺼내려 하고 있기 때문이었다.

콘치타 푸욜은 그런 사람들을 주욱 둘러보다 입술을 뗀다.

"이 모자란 사람의 초대에 이렇게 많은 분들께서 응해주셔서 참으로 기쁩니다."

지난 30년, 뱀의 쓸개를 핥아 가는 심정으로 살아왔던 것에 대한 결과물들.

"저 콘치타 푸욜은 삼십여 년 전 비명에 사망한 남편 대신 가문을 지키고자 정계에 뛰어들었습니다."

그땐 누가 적이고, 아군인지 몰랐다.

확실한 적은 가문의 방계들, 친인척들.

그들에게서 가문을 지키기 위해선 재력이 아닌 권력이

필요했고, 다행히 출마한 그해 당선이 되면서 어렵게 가주직을 지킬 수 있었다.

이후 그 누구도 건드릴 수 없는 사람이 되고자 노력했고, 결국 이 위치에 올라서게 됐다.

"하지만 이제 나이가 들어서인지 힘이 부치더군요."

쿵!

너무도 의미심장한 말에 사람들이 기겁을 하며 쳐다본다.

그에 걱정 말라는 듯 웃어 준 콘치타 푸욜이 말을 잇는다.

"그런 제가, 국정에 힘쓰느라 곁에 있어 주지 못하고 유모의 손에 크게 만든 이 못난 어미라도 안쓰러워 보인 걸까요. 이 나라 스페인의 국민들 다음으로 제게 소중한 보물인 제 아들이 저를 돕겠다는 말을 해 오더군요."

쿠웅!

사람들이 입을 떡 벌린다.

지금 저 말은 파블로 푸욜을 자신의 정치 후계자로 삼겠다는 선포.

"여러분들께 감히 소개하겠습니다. 다음 총선에 출마할 제 아들, 파블로 푸욜입니다."

사람들의 표정과 마음이 딱딱하게 굳는 사이 단상에 올라온 파블로 푸욜이 콘치타 푸욜에게 고개를 숙이고 마이크를 잡는다.

"반갑습니다. 콘치타 푸욜이라는 위대한 거인의 모자

란 아들인 파블로 푸욜입니다."

경악하는 엔리케를 보며 속으로 크게 웃은 파블로 푸욜의 연설이 시작됐다.

* * *

"이런……."

하루를 기다려 다음 날 다시 와 본 거리.

오늘도 여전히 보이지 않는 매춘부들에 캘리 그레이스들이 난처한 표정을 짓는다.

"이거, 다른 곳에 있는 매춘부들을 찾아가 봐야 하는 건가?"

"그러다 파블로 푸욜의 뒷조사를 하는 게 들킨다면?"

바르셀로나의 곳곳에 서 있는 매춘부들 중 대다수가 마피아 조직에 소속되어 있다.

그중 누가 콘치타 푸욜에게 말할지 몰랐다.

그러면 수사는 끝이었다.

"끄응."

"어쩔 수 없네요."

"응?"

사람들이 종혁을 본다.

종혁의 입가가 꿈틀거린다.

"정말 어쩔 수 없어요. 이렇게 된 이상 숨은 매춘부들을 끄집어낼 수밖에 없겠어요."

"어떻게?"

"설마 다른 파밀리아들도 치려고? 안 돼."

그럼 파밀리아와 연결된 검사나 정치인들이 나설 거다.

그렇게 그들이 우려를 나타내는 순간, 캘리 그레이스가 화들짝 놀라며 종혁을 본다.

"잠깐? 최, 너 설마……?"

종혁은 뭔가를 알아차린 그녀를 향해 씩 웃어 주었다.

"옛말에 이런 말이 있죠. 돈이면 안 되는 게 없다."

종혁의 눈이 반짝이기 시작했다.

* * *

양복을 입은 중년인이 다리를 떨며 한 건물을 바라본다.

지저분하게 난 수염에 피로로 퀭한 눈.

20년 전 스타일의 양복을 입은 중년인이 옆구리에 낀 종이 뭉치를 바라보다 꽉 붙든다.

"후우. 가자."

드디어 마음을 정한 건지 건물 안으로 발을 내디딘 그가 찾아간 곳은 한 사무실이었다.

SOLAR란 글자가 문에 붙은 사무실.

"켁! 어서 오세요!"

문 바로 옆에서 커피를 마시다 깜짝 놀란 아가씨가 일

어서 그를 맞이한다.

"태양 무비 프로덕션에 오신 걸 환영합니다. 혹시 약속이 되어 있으실까요?"

"투고를 하러 왔습니다."

"아, 투고요. 과장님! 이분께서 투고하러 오셨대요!"

"어, 그래! 이쪽으로 오시라고 해!"

"저쪽으로 가시면 돼요."

"감사합니다."

중년인은 빠르게 담당자에게 다가간다.

"안녕하십니까."

"예. 투고하러 오셨다고요. 이쪽으로 앉으세요."

자신이 앉은 책상 바로 옆의 책상 앞에 놓인 의자를 권하는 담당자. 담당자는 마치 습관처럼 책상 아래에서 음료를 꺼내 중년인에게 권한다.

그렇지 않아도 요샌 좋은 시나리오를 찾아볼 수 없는 이 바닥.

그것도 모자라 인터넷이 세상을 장악한 이후로는 이렇게 직접 찾아와 시나리오를 전하는 열정적인 사람마저 줄어들게 됐다.

그래서 담당자는 눈앞의 폐인 꼴인 중년인이 너무 기꺼웠다.

'그래, 이렇게 노력해야 영화를 찍어 줄 마음이 들지!'

여전히 대하기 어려운 컴퓨터보다는 이렇게 직접 종이를 만지고, 종이 냄새를 맡으며 창작자의 세상을 들여다

보는 게 좋은 그였다.

"한번 볼 수 있을까요?"

"여, 여기 있습니다."

중년인은 얼른 옆구리에 끼고 있던 종이 뭉치, 아니 시나리오를 내밀었고, 맨 첫장에 있는 제목을 본 담당자는 고개를 모로 기울였다.

어디서 본 듯한 제목.

의아해하며 시나리오를 펼쳐 든 담당자가 소스라치게 놀란다.

"어? 이거……. 또 오셨어요?"

대번에 담당자의 미간이 찌푸려진다.

중년인의 얼굴까지 왜 이렇게 낯이 익나 싶더니 이제야 기억이 난다.

등장 배우가 200명이나 필요하다고 해서 대차게 까 버렸던 시나리오다.

"하아아……."

담당자의 입에서 깊은 한숨이 튀어나오자 중년인이 화들짝 놀란다.

"그, 그때 이후로 시나리오를 대폭 수정했습니다! 한번 봐 주기만 하십시오!"

간절한 중년인의 외침에 중년인을 빤히 바라보던 담당자가 한숨을 내쉬며 시나리오를 펼쳐 든다.

그렇게 몇 장이나 넘겼을까.

"……그래요. 고치긴 했네."

담당자의 얼굴이 빨개진다.

"200명을 50명까지 축소시켰어!"

"시, 시리즈로 제작한다면……!"

"그게 말이 됩니까?! 어떻게 한 권의 대본을 시리즈로 만들어요! 그리고 필름비는? 이거 필름비로만 3천만 유로는 족히 나올 거라고! 그 돈이면 블록버스터 영화를 찍어, 이 사람아! 여기가 그런 영화 찍는 곳이야?!"

아니다.

"여긴 고작해야 포르노 찍는 곳이라고! 한 편에 많아봐야 3만 유로면 되는 포르노! 차라리 하던 예술 영화, 다큐 영화나 계속하란 말이야! 어울리지도 않는 거 하겠다고 설치지 말고!"

"조, 조금만 더 살펴보시면!"

"나가-!"

정말 때릴 듯 손을 드는 담당자의 모습에 중년인은 부리나케 제작사를 빠져나왔다.

"……하아."

한숨을 내쉰 그가 습관처럼 주머니를 뒤지다 얼굴을 쓸어내린다.

"이젠 월세 낼 돈도 없는데……."

예술 영화와 다큐 영화만 찍어 왔던 감독이었으나, 반복된 흥행에 실패로 적자만 보고는 결국 돈만 좇아 포르노의 문을 두드리게 된 중년인.

그런데 이 바닥에서도 자신의 시나리오는 먹히지 않는

다는 사실이, 담배조차 살 수 없는 지독한 생활고보다 가슴을 쓰리게 만들었다.

꼬르륵!

주린 배를 부여잡은 중년인은 다시 한숨을 내쉬며 무거운 걸음을 옮겼다.

한편 중년인이 도망치고 난 포르노 영화 제작사.

씩씩거리던 담당자가 의자에 털썩 주저앉으며 지끈거리는 이마를 붙잡는다.

'진짜 이 바닥을 뜨든가 해야지, 원.'

고개를 저은 그는 몸을 일으켰다.

띠리링! 띠리링!

울리기 시작한 전화에 담배를 꺼내 들던 담당자가 얼굴을 구긴다.

"예. 태양 무비 프로덕션입니다. 아, 투자하고 싶은 영화가 있으시다고요?!"

순간 사무실에 앉아 있던 사람들의 눈이 번뜩이며 담당자를 본다.

"예. 배우는 많으면 많을수록 좋다…… 다만 배우가 아니라 현직 종사자를 캐스팅했으면…… 예? 리얼리티…… 예? 마, 마약중독자요?!"

담당자는 눈을 껌뻑였다.

잠깐 사이에 미친놈이 두 명이나 나타났다.

'……미친놈? 어? 이거?'

담당자의 눈이 문으로 향했다.

* * *

끼룩끼룩!
갈매기가 먹이를 찾아 우는 바르셀로나의 벨 항구.
긴 코트를 입은 종혁이 한 손에 든 커다란 햄버거를 크게 한 입 베어 문다.
이와 이 사이에 짓눌려 부드럽고 고소하게 뭉개지는 번과 시원하게 이를 파고드는 토마토와 양상추.
카라멜라이징이 된 양파의 단맛과 함께, 눅진하면서도 묵직한 소고기 패티와 짭짤달달한 두꺼운 베이컨이 혀를 농락한다.
그리고 마지막으로 라임 한 조각이 데코레이션된 레모네이드가 입안의 느끼함을 싹 날려 버린다.
놀란 눈이 된 종혁이 순식간에 햄버거를 해치우며 오는 길 보케리아 시장에서 들러 사 온 군만두를 다시 한입 커다랗게 베어 문다.
"와! 이거 미쳤는데예?! 뭔 야끼만두가 이리 실하노! 종핵 행님! 한국 갈 때 이거 사 갑시더!"
"야끼만두 말고, 군만두."
"둘이 다르니까 괜찮은데예?"
"같은 거 아녔어?"
"하따 마. 우리 재수 행님 야끼만두 안 묵어 봤나 보네."

눈을 껌뻑인 최재수가 종혁을 본다.

"나도 몰라."

둘 다 똑같이 구운 만두라는 뜻이니 같은 거라고 생각했는데, 저 정도로 격하게 반응을 하는 걸 보니 뭔가 다르긴 다른 모양이다.

종혁은 어깨를 으쓱이고는 안드레 교수를 향해 시선을 돌렸다.

"입맛이 없으세요?"

3분의 1도 채 먹지 않고 햄버거를 남긴 안드레 교수.

"역시 나이가 드셔서 느끼한 게 부담되는 건가요?"

나이 공격에 발끈했던 안드레 교수가 이내 여러 감정이 복잡하게 섞인 눈으로 종혁을 본다.

"음?"

"음이 아니네, 음이! 다들 말 좀 해 보라고! 이게 지금 말이 되는……."

캘리 그레이스와 해리 가드너, 뤼옹 드 몽을 보며 동조를 구하던 안드레 교수가 눈을 가늘게 뜬다.

그러나 편한 얼굴로 음식을 씹고 있는 세 사람.

"……뭐지? 왜 갑자기 나만 왕따를 당하는 것 같지?"

심지어 종혁이 데려온 젊은 경찰들도 종혁이 저지른 일에 아무런 반응을 하지 않는다.

뭔가 세상이 미쳐 돌아가고 있는 것 같았다.

"그렇게 봐도 말해 줄 수 없어, 안드레. 그때의 그 감정을 스포일러할 수 없으니까."

우리가 당했으니 너도 당해 보라는 못된 심보에 안드레 교수의 볼이 푸들푸들 떨린다.

"저 빌어먹을 놈들에게 뭐라고 말 좀 해 주십시오, 카사스!"

"글쎄…… 이 나이를 먹으니 웬만한 것엔 놀라지 않게 돼서 말이야. 아, 이 집 잘하는군. 나 같은 늙은이의 입맛에도 딱 맞아."

"몇 살이나 차이 난다고!"

"고작 배 몇 척 빌린 것 가지고 너무 놀라지 말자고."

"그게 고작 배입니까! 커다란 배라고 하잖습니까!"

어디 그뿐인가.

"심지어 섬까지 빌렸지 않습니까! 거기에 영화에 투자한 돈까지! 매춘부들의 증언을 듣겠다고 최가 투자한 비용만 무려……."

뿌우웅!

항구 안으로 들어오는 커다란 초대형 크루즈 한 대가 웅장한 뱃고동 소리가 안드레 교수의 외침을 덮어 버린다.

자신도 모르게 고개를 돌린 종혁은 초대형 크루즈에 적힌 이름을 발견하곤 얼른 남은 군만두를 입안으로 털어 넣었다.

"아, 왔네요."

"응?! 벌써 왔…… 들어오고 있는 배가 없는데?"

"저기 오고 있잖아요."

움찔!

"……저거? 안에 식당도 있고, 카지노도 있고, 오락실도 있고, 수영장과 농구장도 있는 저거? 한 번에 천 명 넘게 탈 수 있는 저거?"

"예. 저거요."

종혁이 투자하기로 한 영화는 바다 위 크루즈에서 시작해, 크루즈가 도착한 섬에서 생활을 이어 나가는 인물들을 통해 인간의 원초적인 본성을 이야기하는 영화였다.

그리고 인간의 본성을 끄집어내는 장면을 연출하기 위해선, 크루즈는 호화로울수록 좋았다.

"커다란 배라며?"

"커다란 배 맞잖아요."

그저 보통 커다란 게 아니라 엄청 커다랄 뿐.

"……와우."

종혁의 돈지랄에 어느 정도 면역이 되거나 예방주사를 맞은 캘리 그레이스와 해리 가드너 교수, 뤼옹 드 몽 마저 입을 떡 벌린다.

"축하하네, 최. 자네는 지금 이 늙은이를 놀라게 했어. 그래서 이런 옷을 입고 오라고……. 허허, 이런 미친!"

안토니오 카사스 교수는 혀를 내둘렀지만, 최재수는 그러려니 할 뿐이었다.

"부국장님, 저거 빌리는 데 얼마 들었습니까?"

"글쎄?"

최재수는 그럴 줄 알았다며 고개를 끄덕였다.

"해, 행님……."

"넌 또 왜 그런 반응…… 아, 너 진짜는 처음 보겠구나? 부국장님의 진짜 돈지랄."

다비드 파밀리아의 매춘부들을 구할 때 쓴 돈은 그냥 맛보기다. 코스 요리로 치자면 손님이 테이블에 앉았을 때 주는 물 한 잔 정도랄까.

"도, 돈으로 후드려 패는 수사를 한다 카드만은……."

"얼른 익숙해지는 게 좋을 거야. 저 양반 언제나 상상 이상의 것을 보여 주는……."

빠악!

"아아악!"

정수리를 붙잡고 땅바닥을 구르는 최재수를 일견한 현석이 종혁을 본다.

"행님, 그란데 제작사에서 여성들을 섭외할 수 있을까예?"

"현석아, 한국을 제외한 전 세계 깡패 새끼들이 절대 손에서 못 놓는 사업이 뭔지 알아?"

"한국을 제외한?"

"포르노야."

"아……!"

옆 나라 일본에 밀려 에로 영화 시장이 작다 못해 소멸 직전인 한국 에로 영화 산업이야 조폭들이 욕심낼 만한 것이 아니라지만, 다른 나라들은 아니다.

불법과 합법이 진흙탕보다 더 더럽게 얽혀 있어 뭐가

외사국 〈195〉

합법인지조차 한 번 봐선 알 수 없는 포르노 사업.

일본 야쿠자뿐만 아니라, 다른 나라의 마피아나 갱들에게도 포르노는 아주 매력적인 자금줄 중 하나다.

심지어 두둑한 출연료까지 약속했으니, 어느 조직이든 마다하지 않고 여성을 보내려 할 터였다.

"저 봐. 오잖아."

종혁은 이쪽으로 다가오는 수백 명의 사람을, 수백 명의 매춘 여성들 중 민정을 구한 거리에서 봤던 여성들을 보며 눈빛을 가라앉혔다.

"자, 그럼 우리도 이만 배에 승선하죠. 분장도 해야 하니까."

단추를 풀어 헤치는 코트 안, 종혁의 몸을 감싼 건 승무원 복장이었다.

* * *

"이게 진짜 되네······."

"그러게요······."

초대형 크루즈를 보는 중년인, 감독의 중얼거림에 촬영 감독이 멍하니 중얼거린다.

"내가 할 말은 아니지만, 정말 뭐하는 미친놈이지?"

감독 자신이야 자신의 시나리오를 실현시킬 수만 있다면 뭐든 상관없지만, 그래도 이건 미친 짓이었다.

자신이 시나리오를 쓰며 예상했던 것보다 훨씬 더 엄청

난 규모의 투자.

심지어 시나리오를 수정하며 줄였던 50명의 배역을 원안대로 200명도 아닌, 도리어 2배를 더 늘려 400명을 출연시키기로 했다.

도대체 얼마나 돈이 썩어나는 투자자인지 얼굴이 궁금해질 정도였다.

"그런데…… 감독님. 우리가 이번에 찍는 거 포르노가 맞긴 한가요? 400명의 배우를 그냥 풀어놓고 그냥 지켜보기만 하라니……."

수백 명의 매춘부에 남자 배우 몇 명을 넣어 두고, 특별한 통제나 상황을 찍는 대신 그들이 배 안에서 생활하는 모습을 찍으라고 했다.

잠을 자는 모습, 음식을 먹는 모습, 연애를 하는 모습 등 그들의 평범한 모습을 날것 그대로 찍어 달라고 했다.

"감독님이 처음 쓴 시나리오와 완전히 다른 내용이잖아요……."

핵심은 살짝 비슷하지만, 장르가 완전히 달랐다.

그런 조연출의 말에 감독과 촬영감독이 이를 악문다.

"포르노는 무슨!"

이건 절대 포르노가 아니다. 다큐다.

이 세상에 똑같은 사람이 있을 수 있을까.

똑같은 매춘부라도 살아온 삶이 다를 거고, 현재 겪는 고충이 다를 거고, 목표가 다를 거다.

그러한 제각기 다른 여성들의 모습을, 그녀들이 가지고

외사국 〈197〉

있는 삶의 애환을 날것 그대로 찍어 내는 것이 감독의 이번 목표였다.

다만 아쉬운 점이 있다면 이쪽이 연출을 할 수 있는 부분이 거의 없다는 것이다.

하지만 이건 이것대로 좋았다. 정말 생생한 날것이 나올 테니 말이다. 다큐의 재미는 그 어떤 연출도 가미되지 않은 날것이지 않던가.

연출이야 어떻게든 해내면 된다. 지금도 아이디어가 수없이 떠오르고 있었다.

"그렇지. 그래서 나도 수락한 것이고."

촬영감독은 만약 감독이 포르노를 찍자고 했으면 굶어 죽는 한이 있더라도 이 제의를 허락하지 않았을 거다. 다른 스태프들도 마찬가지다.

"그건 저도 마찬가지인데……. 그런데 이걸 저 사람들에게 말하지 않아도 될지……."

매춘부들을 감시하기 위해 따라온 매춘 조직의 감시역들.

"쉿. 어차피 우리만 입을 다물면 저 사람들은 몰라. 저놈들이 영화에 대해 뭘 알겠어?"

"포르노는 잘 알지 않을까요……."

"……일단 그쪽에서 카메라를 세팅했다고 하니까 얼른 가서 살펴봐! 어디에 카메라가 설치되어 있는지 확인은 해야 할 거 아냐!"

"예!"

촬영팀이 다급히 배 안으로 승선하자, 그들의 뒤로 바르셀로나의 매춘부들과 감시역들이 뒤따른다.

"와아!"

"이게 크루즈구나······. 엄청 크네."

입을 벌린 매춘부들의 얼굴에 감탄과 흥미, 너무 큰 배의 체구에서 압도감마저 느낀다.

그 사이에는 마약과 피로에 몸과 정신이 찌들은 소피아도 있었다.

'촬영이건 뭐건 쉬고 싶어.'

자신이 받는 돈은 고작해야 3백 유로뿐이다.

마약 몇 그램 사면 없어져 버릴 돈.

어차피 400명 모두를 찍으려면 시간이 오래 걸릴 것이기에 그저 모자란 잠이나 자고 싶을 뿐이었다.

그녀는 이 서늘한 날씨에서도 줄줄 흐르는 땀을 훔치며 배 안으로 들어갔다.

"자, 자! 모두 여길 주목해 주세요!"

한참의 시간이 흐른 후, 계단에 엉덩이를 걸치고 앉아 있던 소피아가 힘겹게 고개를 든다.

"지금부터 배가 출발할 건데 여러분들은······."

조연출의 이어진 말에 매춘부들의 눈이 부릅떠진다.

'진짜? 그냥 내일까지 놀면 된다고?'

'섬에서도 하루를 더 놀아?'

총 2박 3일의 일정. 서로를 본 그들의 얼굴이 일그러진다.

"CCTV가 배 전체에 깔려 있으니 절대 폭력이나 강간, 협박 등의 범죄 행위를 저지르면 안 됩……."
"와아아!"
"일단 방부터 들어가!"
"술! 술 어디 있어!"
"자, 잠깐! 이야기는 마저 들으시고! 남자 배우들! 명심하라고! 너희가 뭘 하려고 하지 말란 말이야!"

발악 같은 외침을 뒤로한 매춘부들은 빠르게 배 곳곳으로 흩어졌고, 그건 소피아도 마찬가지다.

'씻고 잘 수 있어. 잘 수 있어.'

그녀가 누구보다 빨리 달려 위로 향하는 순간이었다.

뚜벅!

"어?"

맞은편 계단에서 걸어 내려오는 한 승무원.

'저, 저 남자는?!'

낯익다. 낯이 익다 못해 그대로 굳어 버리게 한다.

'그, 그놈이야! 날 이렇게 만든 그놈!'

"허어억!"

파랗게 질린 소피아가 왼쪽 가슴을 부여잡으며 무너졌다.

한편 크루즈 내부에 있는 어느 커다란 공간.

수백 개로 분할된 화면 중 한 화면, 심장을 잡고 무너지는 소피아를 본 종혁이 무전기를 든다.

"112번. 이상 반응을 보인다. 체크해."

-알겠심더.

종혁의 눈빛이 차갑게 가라앉았다.

'벌써 세 명…….'

현석과 최재수를 포함하여 돈을 주고 고용한 사람들을 파블로 푸욜과 흡사한 외모로 분장시켜 선내를 돌아다니게 했을 뿐인데 벌써 세 명이나 이상 반응을 보이고 있다.

그만큼 놈에게 당한 사람이 많다는 뜻.

이제 남은 건 저들에게 비밀리에 접근하면 되는 것이지만…….

"진짜 씨발 새끼네."

종혁은 파블로 푸욜을 떠올리며 이를 갈았다.

* * *

"휘유."

크루즈에 승선한 각 매춘 조직의 감시역들이 웅장하고 거대한 내부에 혀를 내두른다.

수영장에 농구장, 심지어 영화관까지 있다.

그들은 재빨리 핸드폰을 들어 파밀리아의 보스에게 연락을 한다.

-초대형 크루즈를 빌렸다고? 고작 포르노 영화에?

감시역들은 찍은 사진들을 보내 줬고, 파밀리아의 보스

들도 혀를 내둘렀다.

-세상에 변태는 많다더니……. 투자자가 중동의 변태 부자인가?

대체 얼마나 돈 많은 변태여야 이런 초대형 크루즈와 섬까지 빌리며 포르노 영화를 찍는 걸까.

-흠. 알았어.

'알아봐야겠군.'

돈이 썩어 넘치는 놈이 바르셀로나에 들어왔다.

매춘 조직인 자신들에게야 별 필요가 없는 정보지만…….

'상부 조직은 다르게 생각할 수 있지. 뭐, 내게도 나쁘지 않은 일이야. 이 정도로 엄청난 변태라면 매춘부들을 부를 일이 많을 테니까.'

고개를 끄덕인 각 매춘 조직의 보스들은 돌연 눈빛을 서늘히 굳혔다.

-내가 말한 건 잊지 않았지?

"……걱정 마십시오."

이번 영화 촬영에 바르셀로나에서 날고 기는 매춘 조직들은 전부 참가했다.

그에 각 조직의 보스들은 이것을 기회라고 여겼다.

바르셀로나의 모든 매춘 조직의 조직원들에게 은밀히 접촉할 수 있는 기회, 그들에게서 각 조직의 은밀한 정보를 캐낼 수 있는 기회라고 말이다.

-술을 먹이든, 약을 먹이든, 아니면 여자를 안겨 주든

어떻게든 알아내. 알았어?

"예, 알겠습니다."

통화를 종료한 감시역들이 서로를 찾아 움직이기 시작한다.

"여어. 난 세쿤 파밀리아 사람인데, 당신은?"

"아, 세쿤. 난 로저."

"아아, 로저. 그러고 보니 어디서 봤었던 것 같고."

"우연이네. 나도 그렇게 생각하는 중이거든. 이것도 인연인데 한잔? 아까 보니까 식당에서 술도 팔던데."

"술 좋지! 아, 그런데 다비드 파밀리아 이야기 들었어?"

"들었지. 그 다비드 파밀리아가 그렇게 갈 거라고 누가 예상했겠어?"

매춘부의 숫자는 적지만 매출은 꽤 되어 보였던 다비드 파밀리아.

매춘부의 상태는 자신들 조직의 매춘부들과 별반 다를 게 없었으니 분명 그 자리에 운이 몰려 있는 게 분명했다.

그렇기에 그들이 담당하던 자리를 누가 가져갈시가 현재 바르셀로나 매춘 조직의 고민거리였다.

다행히 대화를 계속 이어 갈 이야깃거리를 찾은 그들은 눈을 빛내며 식당으로 향했고, 이내 곧 짝을 지어 식당으로 기어 들어오는 다른 매춘 조직의 감시역들을 발견하곤 살짝 놀랐다.

하지만 그것도 잠시다.

"으하하하하!"

"마셔! 마셔!"

뭍에선 감히 마실 수도 없는 비싼 위스키에 와인.

눈이 돌아간 그들은 조직의 보스가 당부한 것을 빠르게 잊어 갔다.

한편 그 모습을 CCTV를 통해 지켜보던 종혁은 눈을 빛냈다.

"그렇지. 개가 똥을 끊지."

뭔가 서로에게 노림수가 있는 것 같아 보였지만, 결국 여자를 등쳐 먹고 사는 양아치들이다.

자신들보다 약한 여성을 억압하고, 폭행하며 길거리로 내몰아 그 돈으로 먹고사는 천하의 개쓰레기들.

그런 놈들이 저 술들을 그냥 지나칠 리 없었다.

종혁은 무전기를 들었다.

"우리 개새끼들이 술판을 벌였습니다."

앞으로 완전히 취해 곯아떨어질 때까지 식당을 떠나지 않을 거다.

"움직입시다."

ㅡ……수신.

크루즈 이곳저곳에 흩어져 있던 사람들이 입술을 비틀었다.

* * *

"하아."

미동도 하지 않은 채 자고 있다 눈을 뜬 소피아가 천장을 멍하니 바라본다.

온몸이 물먹은 솜처럼 축 늘어진다.

아픈 게 아니다. 따뜻한 침구류에, 콧속을 간질이는 햇살의 냄새에 온몸이 나른하게 녹아내리는 기분이다.

마치 잠이라는 마약이 혈관을 돌아다니는 기분.

'좋다.'

이렇게 자 봤던 것이 언제인지 기억조차 나지 않은 숙면.

그녀는 다시 잠을 청하려다 목을 만지며 일으킨다.

덜컹!

작은 냉장고에서 물을 꺼내어 입에 가져가던 그녀는 커다란 베란다 창밖을 보곤 그대로 굳었다.

"아……."

광활하게 펼쳐진 바다가, 수평선이 그녀의 눈에 빨려 들어와 그녀의 몸과 정신을 붙든다.

그녀는 자신도 모르게 걸어가 베란다의 문을 활짝 열어젖힌다.

화아아아아!

그녀를 향해 쏟아지는 바닷바람의 폭격.

"……하하."

처음이다.

'바다는…… 이렇게 생겼구나.'

바르셀로나의 북서부, 테라사라는 작은 도시에서 나고 자라 돈을 벌기 위해서 찾은 바르셀로나.

그러나 바르셀로나는 외지인에게, 시골 여자에게 그리 호락호락한 도시가 아니었다.

바다 구경조차 하지 못한 채 곧바로 일자리를 찾아야 했던 그녀.

식당 설거지 아르바이트로 퉁퉁 부은 손가락을 움켜쥐고 눈물을 흘릴 때, 한 사람이 다가왔다.

더 많은 돈을 편하게 벌 수 있다는 말에 속아 버린 소피아는 그를 따라나섰고, 어느새 이렇게 마약에 중독된 매춘부가 되어 버렸다.

이젠 돌아갈 수도 없는 고향.

만날 수 없는 부모님.

욱씬!

다시금 아프기 시작한 왼쪽 가슴을 움켜쥔 그녀의 볼을 타고 한 방울의 눈물이 흘러내린다.

"좋다……."

푸른 바다가, 온몸을 때리는 짠 내 섞인 차가운 바람이, 시리도록 푸른 하늘이 모두 너무 좋아서 슬펐다.

그녀는 얼굴을 가리며 울음을 터트렸다.

찰칵! 치이익!

"후우우."

아직 가슴에 남아 응어리진 서글픔을 담배 연기에 실어 토해 내던 그녀가 배를 향해 손을 가져간다.

꼬르륵!

"배고……."

말을 하다 만 그녀가 느릿하게 눈을 껌뻑인다.

'얼마 만이지?'

이렇게 배고픔을 느낀 게 얼마 만일까. 정확히는 이토록 생생하게 허기를 느낀 게 얼마 만일까.

마약에 중독이 된 이후 물 한 모금이면 충분했다.

술 한 모금이면 족했다.

깨어 있는 동안 약에 취해 있었고, 약에 취해 있는 동안엔 배고픔 따윈 느껴지지 않았다.

그녀에게 있어 식사란 그저 죽지 않기 위해 먹는 무언가에 불과했다.

그녀는 몸을 일으켰다.

한 번 배고픔을 느끼기 시작하니 배가 찢어질 정도로 아프기 시작한다.

'아, 그러고 보니 벌써 사흘째 뭘 안 먹었구나.'

그동안 먹은 거라곤 맥주와 싸구려 위스키 몇 병이 전부였다.

"식당이 어디에 있더라……."

찌리링!

"응?"

문을 바라본 소피아가 눈을 가늘게 뜬다.

"또 왜."

감시역으로 따라온 놈이 분명했다.

목이 탁 막히는 것 같은 답답함에 잠시 허기를 잊은 그녀는 고개를 저으며 문으로 다가갔다.

"무슨 일…… 어?"

문을 열며 인상을 찌푸리던 그녀는 눈을 껌뻑였다.

분명 문을 열었는데 눈앞에 벽이 있다.

고개를 든 그녀는 살짝 놀랐다. 족히 머리가 두 개는 더 큰 거대한 체구의 승무원이 푸근한 미소를 지으며 내려다보고 있었기 때문이다.

"룸서비스입니다."

"네?"

"8시간째 식사를 하지 않으셨더라고요. 들어가도 될까요?"

놀랍다. 마약에 중독된 이후 그녀가 최대로 오래 잔 시간은 고작해야 4시간에 불과했기 때문이다.

꼬르륵!

"……아, 네. 들어오세요."

역시 엄청난 여객선이라서 그런지 이런 서비스도 있나 보다.

"실례하겠습니다."

카트를 끌며 안으로 들어온 종혁이 방 한구석에 있는 테이블 위에 가져온 음식들을 내려놓는다.

그리고 음식을 덮고 있는 커버를 벗기자 따뜻한 음식의 향기가 폭발하며 방 안에 퍼진다.

양송이 수프의 고소한 향기와 발사믹 소스로 버무린 샐러드의 새콤한 향기, 방금 막 구운 각종 빵의 진한 버터 향기, 그리고 야채와 해산물이 가득 든 맑은 국물 요리의 향기까지.

혀가 오그라들 정도로 아려 오자 그녀는 참지 못하고 테이블에 앉는다.

"……응?"

"식사를 돕겠습니다."

"아, 아니……."

종혁은 그녀의 말을 무시하며 가장 먼저 수프를 그녀의 앞에 가져다 놓는다.

"처음은 이 양송이 수프로 속을 풀어 주시는 게 좋습니다. 함께 먹을 음료로는 여기 따뜻한 캐모마일차를 추천 드립니다. 따뜻할 때 드셔 보시죠."

당황하던 그녀는 이내 뭔가를 떠올리며 스푼을 든다.

'맞아. 최고급 레스토랑에서 이런 서비스를 해 준다는 말을 들어 본 적 있어.'

그녀는 애써 어색함을 잊으며 양송이 수프를 한 입 가져간다.

"아."

"입에 맞으십니까?"

소피아의 입에 씁쓸한 미소가 번진다.

'맞아. 이래서 식사를 잘 안 하게 됐지.'

맛이 느껴지지 않는다. 느껴지는 것이라고는 그저 혀를 감싸고 배 속으로 넘어가는 따뜻한 온기뿐.

하지만 그 온기가 좋다.

매일 먹었던 차가운 음식들. 정크푸드들에선 느낄 수 없는 온기.

그녀는 다시 스푼을 움직였다.

그렇게 따뜻한 수프와 차로 삭막한 배 속을 데우고, 샐러드와 빵으로 입맛을 돋은 후 야채와 해산물로 속을 든든하게 채운 그녀가 마지막으로 달콤하고 부드러운 수플레를 모두 입에 넣으며 나른하게 늘어진다.

"즐거운 시간 되셨습니까?"

"네. 고마워요."

정말 감사하다. 음식은 원래 따뜻했다는 걸 다시 알려줘서.

"그럼 이제 제 용무를 봐도 되겠습니까?"

놀라 종혁을 본 그녀의 눈이 약간 서글퍼진다.

"……그래요. 그럼."

몸을 일으켜 종혁의 상의 단추를 향해 손을 가져가는 그녀.

"같이 씻어요. 원래 이런 짓은 안 하는데, 훌륭한 서비스를 해 준 보답이에요."

종혁의 자신의 상의 단추를 풀려는 그녀의 손을 떼어내고 그녀의 어깨를 잡아 침대에 앉힌다.

"냄새를 맡는 플레이를 원하나요?"

"그런 게 아닙니다."

종혁이 뒷주머니에서 사진을 꺼내 들어 그녀에게 보여 준다.

"……히이익?!"

기겁하며 엉덩이와 상체를 뒤로 빼는 그녀의 모습에 종혁의 눈빛이 가라앉는다.

"경찰입니다. 현재 이 변태 자식에게 당한 피해자들을 찾아다니고 있는 중입니다. 그리고 원하신다면……."

종혁이 그녀의 눈을 또렷이 바라본다.

"당신이 빼앗긴 삶을 다시 찾아 드리겠습니다."

"……흐으윽!"

그녀는 다시 왼쪽 가슴을, 칼로 난도질당한 가슴을 움켜쥐며 울음을 터트렸다.

* * *

부우웅!

달리는 차 안, 파블로의 입술이 꿈틀거린다.

'푸흐.'

마치 똥을 씹은 것처럼 일그러졌던 엔리케의 얼굴.

그 두 눈에 새겨져 있던 낭패함과 패배감.

그건 여태껏 자신이 엔리케를 바라보던 시선이었다.

스페인의 유명 은행이자 은행 재단인 카이샤 은행 재단

의 오남인 엔리케 카이샤.

카이샤는 재력으로는 바르셀로나에서 따라올 가문이 없다고 알려진 명문가로, 그 본인 역시 은행의 중책을 맡고 있다.

나이가 비슷해서인지 어려서부터 서로 비교가 됐었고, 그때마다 엔리케는 승리를 거뒀다.

두뇌로도, 육체로도, 재력으로도, 성공으로도.

그동안 파블로 푸욜로 하여금 바르셀로나 사교계에 발을 잘 들이지 못하게 만든 장본인이 바로 엔리케였다.

그런 엔리케를 드디어 발아래로 두게 됐다.

"네가 하원의원이 된다고 한들 카이샤를 어떻게 해 볼 순 없을 거다."

움찔!

알고 있었냐는 듯 소스라치게 놀라는 파블로의 모습에 콘치타가 미소를 짓는다.

"모를 리가."

하지만 가만히 놔두었다. 경쟁은 사람을 성장시키는 원동력이기 때문이다.

언제나 모자란 아들이었던 아들, 파블로가 엔리케를 통해 더 성장하기를 바랐다.

그런데 아들은 그러질 못했다.

"그러나 이젠 다르지."

콘치타가 파블로의 볼을 쓰다듬는다.

"넌 이제 카이샤에게 줄 게 생겼지만, 엔리케는 그저

가문의 일을 할 뿐인 부품에 불과하니까."

엔리케는 가문을 이을 자격조차 없는 오남에 불과하다. 엔리케에게 돌아갈 것이라고 해 봤자 지점 몇 개가 고작일 터였다.

결국은 자신의 아들 파블로가 이긴 거다.

그 말에 파블로의 얼굴이 꿈틀거린다.

"큼. 원래 신경 안 썼어요."

"그래. 그래야 내 아들이지."

고개를 끄덕인 콘치타의 눈빛이 가라앉는다.

"다음 총선까지 네가 주도적으로 나서서 바르셀로나 시민들의 마음을 얻어야 해."

재난이 생기면 찾아가 위로하고, 없이 사는 사람들을 위한 자선 행사도 벌이는 등 앞으로 대중에게 모습을 선보여야 한다.

"꼭 그래야 해요?"

"……파블로. 내 멍청한 아들아. 세상에 거저 얻는 건 없단다."

"예, 예……."

그녀의 눈에 다시 경멸이 들어차자 숨이 탁 틀어막혔던 파블로가 얼른 화제를 돌린다.

"그, 그래도 이젠 회수할 때도 되지 않았나요?"

"뭘?"

"원래 우리 가문의 것이었던 것이요."

"……아."

본래는 더 대단했던 푸욜가의 자산. 그것이 어떤 일로 인해 반으로 갈라지게 됐다. 파블로는 그것을 말하는 것이었다.

그동안 비즈니스 파트너였던 존재의 손에 있어서 회수하지 못한 채 지켜만 봐야 했던 가문의 자산.

"……맞는 말이야. 이젠 회수할 때도 됐지."

든든한 배경에다가 후계까지 안정됐으니 이젠 싸워 볼 만했다.

서늘하게 눈을 빛내며 고개를 끄덕인 콘치타가 보조석에 앉은 보좌관을 본다.

"파티가 열리는 동안 바르셀로나에선 별일 없었지?"

"음. 의원님이 신경 쓰실 만한 일이라면…… 안토니오 카사스 교수가 움직여 어느 매춘 조직을 무너트렸다고 합니다."

"카사스 교수가?"

"예. 무장 경찰까지 출동했던 사건이었다고 합니다."

콘치타가 눈살을 찌푸린다.

"곧 죽을 늙은이가 바르셀로나의 매춘을 건드리려는 건가……."

참 힘든 싸움을 하려고 하는 것 같다.

하지만 정치인으로선 호재다. 바르셀로나 시민들의 반응을 보고 힘을 실어 줄지 말지를 정하면 될 터.

"그리고?"

"웬 부호가 바르셀로나 영화계에 거액의 투자를 했다

는 소문이 돌고 있는 중입니다."

"호오?"

본래 스페인 영화 산업의 발원지였지만, 마드리드로 모두 옮겨 가면서 지리멸렬해 버린 바르셀로나의 영화계.

이것 역시도 정치인으로서 호재다.

"그러면서 라발 지구의 매춘부들을 대거 고용했다고 합니다. 초대형 크루즈를 빌려 태웠다고 하는데……."

쿵!

"라발?"

콘치타가 아들 파블로를 본다.

"어, 엄마……."

어느새 낯빛이 하얗게 질려 있는 파블로.

바르셀로나 경찰들도 밤에는 위험해 잘 가지 않는 라발 지구. 아들이 못된 취미 생활을 즐기는 곳이 바로 그곳이었다.

"음. 그런데 크루즈가 정박한 시각 벨 항구 인근에서 안토니오 카사스 교수를 본 것 같다는 목격담이 있습니다. 그가 그곳에 갈 이유가 없으니 잘못 본 것이라고 생각되긴 합니다만……."

콘치타는 고개를 끄덕였다.

'그 늙은이가 갑자기 영화 촬영에 관심을 갖기 시작했을 리는 없으니.'

범죄를 분석하는 데만 인생을 다 바친 늙은이가 갑자기 영화에 빠졌을 가능성은 현저히 낮았다.

하지만 매춘부라는 공통분모가 신경 쓰였다.
뜬금없이 무장 경찰까지 동원해 매춘 조직을 무너뜨린 안토니오 카사스 교수.
그리고 느닷없이 거액의 돈을 투자하여 영화에 매춘부들을 섭외한 부호.
자연스럽지 않은 흐름이 그녀의 신경을 거슬리게 했다.
'만약에, 정말 만약에 파블로의 취미 생활이 카사스 교수의 귀에 들어가기라도 한다면…….'
생각을 마친 그녀가 입을 연다.
"카사스 교수에게 사람 붙이고, 경찰에 연락해 놔. 그리고 여차하면…… 아니, 이건 내가 연락하는 게 낫겠네."
그녀는 핸드폰을 빼 들었다.
"나야, 조르디."
흠칫!
'쉿.'
놀라는 아들을 향해 조용히 하라는 제스처를 취한 그녀는 말을 이어 갔다.
"해 줘야 할 일이 있어."
그녀의 눈이 칼날보다 더 시리게 빛나기 시작했다.

* * *

덜덜 떨리는 거친 손끝이 구릿빛의 살갗을 훑는다.

티 한 점 없이 매끄러워도 모자랄 가슴에 새하얀 선들이 그어져 있다.

아니, 흉터다.

빠드드드드득!

종혁의 입에서 살벌한 소리가 흘러나옴에 소피아의 입술이 파르르 떨린다.

"이, 이걸 그놈이 그랬다는 겁니까?"

얼마나 아팠을까.

얼마나 울었을까.

심지어 단숨에 그은 게 아니다.

밑 가슴까지 나 있는 흉터. 놈은 발버둥 치는 그녀를 돈과 완력으로 누르며 칼을 그은 거다.

그 피와 비명에 제 욕구를 채웠던 거다.

그리고 적선을 하듯 돈뭉치나 던지고 사라졌을 놈을 떠올리니 눈앞이 아득해질 정도로 살의가 치솟는다.

소피아는 매춘부 따위를 위해 진심으로 화를 내 주는 동양인을 보며 오묘하게 웃는다.

그리고 속옷을 다시 입는다.

"전 그나마 별거 아니에요."

"벼, 별거 아니라고요?! 이게요?!"

지이잉! 지이잉!

"자, 잠시만요! 예, 교수님!"

-쵀! 여기 이분의 아랫배가……!

"이 씨발 새끼가!"

외사국 〈217〉

꽈아앙!

결국 폭발한 짐승의 주먹질에 테이블이 반으로 쪼개진다.

놀란 눈이 된 소피아는 그대로 굳어 버렸고, 그 모습을 본 종혁은 정말 애써 분노를 가라앉히려 노력했다.

"……후우. 죄송합니다. 추한 모습을 보였습니다."

어떻게 사람이 사람에게 이런 짓을 할 수 있을까.

수사를 하며 인간 같지 않은 놈들을 수없이 봐 왔지만, 결코 익숙해지질 않는 광경.

"괜찮아요?"

움찔!

종혁은 눈을 감으며 한탄했다.

'왜 언제나 이렇게 착한 사람만 당해야 하는 거지?'

오늘도 그 의문이 종혁을 괴롭힌다.

"그렇게 해서 놈이 주고 간 돈이 얼마입니까."

"2만 유로요."

그 돈 중 태반을 매춘 조직에 뺏겼지만 말이다.

"그래도 장사는 해야 한다고 치료는 해 주더라고요."

그때 난생처음 수혈이라는 것을 받아 봤다. 꽤 신기한 경험이었다.

"아니……."

발끈해 말을 하려던 종혁이 입을 다문다.

끔찍함을 아무렇지도 않게 받아들이고 있다.

망가진 거다. 너무 처절한 삶에, 지독히도 힘든 삶에

정신의 일부분이 망가져 버린 거다.

아니, 어쩌면 자기방어를 위해 일부러 스스로를 망가뜨린 것일지도 모른다.

그렇게라도 하지 않으면 도무지 버틸 수가 없으니까, 계속 살아 나갈 수가 없으니까.

"후우. 그럼 그 이후로 놈을 보진 못했습니까?"

"웬걸요. 한 달 정도 지나니까 다시 나타났죠."

자신을 알아보지 못하고 다시 돈을 들이밀기에 극구 거부했고, 파블로 푸욜은 다른 먹잇감을 물고 사라졌다.

그리고 놈의 타깃이 된 여성은 두 달 뒤에 다시 거리에 나타났다. 명치에 커다란 문신을 한 채 말이다.

움찔!

"며, 명치라고요?"

"네. 이후 마약을 얼마나 빨았는지 손님을 받다가 숨이 넘어가 버렸지만요."

쿵!

담담하기에 더 심장을 아프게 두드린다.

"그, 그리고요? 놈이 또다시 한 달 뒤에 나타났습니까?"

이 부분은 무척이나 중요하다. 놈이 자신의 욕구를 참고 있는지 아닌지를 알아야 하기 때문이다.

"음. 아니요. 그 거리로 오는 시간이 점점 짧아졌죠?"

거의 한 달에 하루씩 짧아졌던 걸로 기억한다.

"그러다 지금은 3주에 한 번씩 오고 있지만요."

"……그걸 매춘 조직이 봐주고 있다는 겁니까?"

소피아는 이해하지 못하는 종혁의 모습에 웃음을 터트렸다.

"이봐요, 경찰님. 조직에게 있어 우린 그냥 상품이에요."

제값만 벌어 온다면 어떻게 되든 상관없는 소모품.

"오히려 그런 흉터에 발정하는 놈들도 있고요. 아니, 라발에는 그런 놈이 한둘이 아니라서 신경을 쓰지 않는다는 게 맞겠네요."

그 말에 종혁의 눈앞이 다시 아찔해진다.

그런 그의 모습에 소피아가 쿡쿡 웃는다.

"돈만 계속 벌어 올 수 있다면 아무래도 상관없으니까요. 더 이상 돈을 벌어 올 수 없게 된다 하더라도 그만한 돈을 지불했다면 괜찮다고 생각하겠죠."

설령 죽는다고 할지라도 말이다.

자신들의 상품을 망가뜨린 값만 지불한다면 만족하는 게 바로 마피아라는 놈들이었다.

거리를 찾는 손님은 한정되어 있지만, 매춘부는 넘쳐나는 라발 지구의 거리.

충분한 돈만 낸다면 불필요한 마찰을 일으켜 손님의 발길을 끊을 이유가 없는 것이다.

"뭐 상부 조직에 보고한다고 해도 우리 따위가 어떻게 되든 신경조차 쓰지 않을 테지만요."

"후우. 마지막으로 묻고 싶은 게 있습니다."

"그놈 때문에 죽은 사람은 없냐고요?"

움찔!

마음이 읽힌 종혁이 놀라자 소피아가 담배를 문다.

찰칵! 치이익!

"후우."

허공에 흩어지는 뿌연 연기처럼 흐려지는 그녀의 눈빛.

그녀의 미소.

"왜 없겠어요. 제가 아는 것만 2명인데."

쿠웅!

종혁의 몸이 딱딱하게 굳는다.

이미 살인을 저질렀을 거라 예상한 놈.

소피아는 그런 종혁을 보며 무심히 자신의 목에 손을 가져갔다.

"여기 경동맥이 베여서 과다출혈로 죽은 애가 한 명, 여기 성대가 베이고 심장이 찔려 죽은 애가 한 명. 각자 8만 유로, 10만 유로."

쾅!

벌떡 일어난 종혁의 낯빛이 하얗게 질린다.

'살인 수법이 잔인해지고 있다?'

아니, 이건 실험이다.

어디까지 했을 때 사람이 어떻게 죽는가에 대한 실험이었다.

* * *

"아, 안 돼요."
"괜찮잖아. 아무도 몰라."
"아, 안 되는데……."
 옷이 벗겨진다. 블라우스의 단추를 툭툭 풀고, 치마의 지퍼를 내리고, 치마를 내리려다 팬티를 함께 내리고.
 점점 드러나는 새하얀 나신에 숨이 거칠어진다.
 심장이 터질 듯 뛰며 눈이 빠질 듯 아파 온다.
 손끝에 닿는 여자의 살갗.
 그건 분명 예상처럼 부드럽고 매끄러웠으며, 마치 지문 사이사이로 달라붙는 문어의 빨판 같았다.
"도련님은 처음이니까 봐 드리는…… 아얏!"
 침대로 뒷걸음치다 테이블에 스쳐 생겨난 허벅지의 상처.
 새하얗고 거룩한 신체에 난 실선이, 그 흠집이 그의 눈을 뒤집어지게 했다.
 푸욜의 주인이 되기 위해 정해진 대로만 살아온, 심지어 신앙까지 강요됐던 그에게 있어 그것은 배덕이었다.
 그의 심장이 폭발했다.

 이후로도 고용인들을 침실로 끌어들였다.
 하지만 첫 경험이 너무 강렬해서일까.
 왜인지 그때만큼 달아오르지 않았다.

그러다…….

"읏?!"

깜짝 놀라 손가락을 보는 고용인과 파블로 푸욜.

"죄, 죄송합니다, 도련님!"

책을 정리하다 손가락이 베인 고용인.

손끝 사이로 몽글몽글 피어나는 피를 보자 파블로 푸욜은 깨닫게 됐다.

'피구나.'

심장이 다시 거세게 뛰며 모든 신경이 고용인의 손가락에 집중된다. 온몸의 피가 끓으며 숨이 거칠어진다.

파블로 푸욜은 그녀의 손을 잡아 침대로 내던졌다.

"꺄악! 헉?!"

입속으로 빨려 들어와 혀끝에 닿는 피의 비릿하고도 쌉쌀한 향기.

그것이 다시 파블로 푸욜의 성욕을 폭발시켰다.

* * *

"꺄아아악! 아아악!"

침대에 결박이 된 소피아가 몸부림을 치며 비명을 지른다.

"사, 살려 주세요! 제발! 돈은 피, 필요 없으니까-!"

스으윽!

"아아아악!"

그녀의 몸을 베고 지나가는 파블로 푸욜의 칼날.

'이래도 안 죽네? 이래도?'

퍽!

"꺽?! 끄으윽?!"

몸에 칼이 박힌 소피아의 눈이 뒤집어진다. 죽음이 눈앞까지 다가옴에 전신의 힘이 풀려 버린다.

"와…… 하핫! 하하핫!"

파블로 푸욜은 그런 그녀의 모습을 웃으며 바라보다 자신의 심장에 손을 가져갔다.

쿵쿵쿵쿵쿵!

'이, 이런 재미도 있구나!'

이런 재미도 있었다. 피뿐만 아니라 이것 역시도 그의 성욕을 자극했다.

파블로 푸욜은 이후 그 재미까지 찾아다녔다.

그러다 정말 죽어 버렸다.

"꺽! 꺼어억……."

툭!

조여져 있던 동공이 풀리며 공허하게 하늘을 보고, 방금까지 삶을 갈구하던 숨결이 흩어져 사라져 버린다.

"……어?"

툭! 투욱!

멍해져 매춘부의 몸을 흔든 파블로 푸욜이 눈을 껌뻑인다.

죽었다. 정말 죽어 버렸다.

그런데 신기했다.

'왜 무섭지가…… 않지? TV에서 보면 놀라고 무서워하던데.'

왜일까. 왜 무섭지가 않은 걸까.

그보다는 매춘부의 몸에 밀어 넣은 자신의 것이 더 신경 쓰인다.

금방이라도 터질 듯 부풀어 오른 자신의 것.

그 어느 때보다 더 부푼 자신의 것.

그것을 인식하자 전율이 온몸을 내달린다.

온몸을 관통하는 쾌락에 파블로 푸욜의 숨결이 다시 거칠어지고, 눈앞이 흐려진다.

파블로 푸욜은 그렇게 짐승 이하의 괴물이 되었다.

그러나 그 쾌락은 지금까지 느낀 그 어느 것보다 더 대단했다.

"허억?!"

악몽을 꾼 듯 기겁하며 잠에서 깬 파블로 푸욜이 미간을 찌푸린다.

"무슨 꿈이……."

마치 죽는 순간 본다는 주마등 같다.

혀를 찬 파블로 푸욜이 꿈을 꾼 김에 잠시 과거를 떠올렸다.

솔직히 그렇게 매춘부를 본의 아니게 죽였을 때 많이 걱정했다.

이놈들이 경찰에 신고하는 건 아닐까.

협박을 하는 게 아닐까.

다행히 호텔이 푸욜가의 것이었기에 밖으로 새어 나가지 않았던 사고. 이는 어머니도 모르고 있었다.

파블로 푸욜은 많이 겁이 났지만 욕구를 참지 못하자 다시 라발 지구에 들렀고, 매춘 조직은 조심하라는 주의만 주며 약간의 돈을 뜯어 갔다.

그리고 심지어 시체도 그쪽에서 치워 주었다.

그 대가가 고작 몇 만 유로.

그때부터 파블로 푸욜의 리미트가 풀렸다.

하지만 그렇게 사람을 몇 번 죽여서일까.

라발 지구의 매춘부들은 그를 피하기 시작했고, 그는 머리를 굴려 새롭게 라발 지구로 들어오는 매춘부들을 적은 액수로 꼬드기기 시작했다.

너무 많으면 겁을 먹을 테고, 또 적으면 의심을 할 테니 그 모든 변수를 감안해 상정한 액수.

그러나 매춘부의 눈이 돌아가기엔 충분한 액수였다.

'동양인은 어떤 비명을 지를지, 피 맛은 어떨지 궁금했는데…… 쯧.'

많이 아쉬워한 파블로 푸욜은 몸을 일으키려다 얼굴을 구기며 사타구니 쪽을 바라본다.

"아, 빌어먹을."

침대를 빠져나온 그는 화장실로 향했다.

그렇게 씻고 나오니 방문이 두드려진다.

똑똑!

"들어와."

"식사 시간입니다."

"알았어."

손을 저은 그는 셔츠의 단추를 마저 잠그고 1층의 식당으로 향한다.

"안녕히 주무셨어요."

"……아침부터 스케줄이 있나 보네?"

"예. 까사 로에베에 들르기로 했어요."

1846년 마드리드의 가죽 공방에서 시작됐지만, 바르셀로나에 본사를 둔 스페인 유명 패션 브랜드 까사 로에베.

"푸욜의 와인과 로에베의 콜라보레이션 상품 출시를 위한 회의를 하기 위해서요!"

아침부터 또 쇼핑이냐는 듯 콘치타의 얼굴이 일그러지자 다급히 변명하는 파블로 푸욜.

표정을 푼 콘치타는 고개를 끄덕였다.

"그런데 와인과 패션의 콜라보레이션이라……. 그게 대중에게 먹히겠니?"

"예전에야 고급 라인의 와인과 하이엔드 브랜드는 저희처럼 가진 자들의 전유물이었지만, 지금은 그렇지 않으니까요."

SNS가 발달하면서 서민들도 겉으로 보이는 모습을 위해 값비싼 와인과 하이엔드 브랜드를 사려고 노력한다.

이 매출이 제법 컸다.

"그래서 리미티드 에디션과 할인권 이벤트를 진행하면 어떨까 합니다."

"……전문 경영인들을 붙인 보람이 있구나."

전문가들이 옆에 있으니 부족한 아들도 배우는 게 있나 보다.

"수익의 일부는 하층민 지원을 위해 쓰렴."

"아, 무슨 말인지 알겠습니다."

다음 총선을 위해 선행해야 되는 밑작업을 말하는 것이었다.

"집을 지어서 임대해 주는 건 어떨까요?"

"……나쁘지 않네."

'이런 재주가 있었네?'

서민들에게는 언제나 부족한 주택.

만약 파블로가 단 한 채라도 주택을 지어서 입주시킨다면 꽤 많은 호감을 얻게 될 거다.

콘치타는 살짝 놀랐지만, 이내 자신의 아들도 이렇게 쓸모 있는 면은 있어야 한다며 고개를 끄덕였다.

그래도 쉽게 자만을 하는 아들이기에 칭찬은 하지 않았다.

"그렇게 진행하면서……."

뚜벅 뚜벅!

콘치타와 파블로 푸욜이 식당 안으로 들어오는 콘치타의 보좌관을 보며 눈살을 찌푸린다.

"무슨 일이야?"

대체 무슨 일이기에 신성한, 하루 중 거의 유일하게 아들과 얼굴을 맞대고 이야기를 할 수 있는 아침 식사 시간을 방해하는 걸까.

"안토니오 카사스 교수가 움직였습니다."

쿵!

"국가경찰 본청의 중범죄수사대가 오늘 저녁 8시 비행기를 타고 바르셀로나에 올 거라고 합니다."

"어, 엄마……!"

바르셀로나 경찰청의 중범죄수사대가 아니라 본청의 중범죄수사대. 범죄자에겐 악몽이나 다름이 없다는 중범죄수사대가 바르셀로나로 오고 있단 소식에 파블로 푸욜의 낯빛이 파랗게 죽는다.

이를 악문 콘치타가 핸드폰을 들었다.

"나야, 조르디. 지금 당장 움직여 줘야겠어."

그녀는 이를 악물었다.

* * *

'빠드득!'

피해 사실에 대한 모든 증거를 수집한 후 촬영을 뒤로한 채 돌아온 종혁은 시시때때로 이를 갈았다.

다시 생각해도 치가 떨리는 파블로 푸욜의 악행.

그 탓에 포럼이 끝나는 마지막 날까지도 결국 집중을 하지 못했다.

외사국 〈229〉

짝짝짝짝짝!

마지막을 고하는 포럼 참가자들의 박수에 그제야 종혁도 아차 하며 박수를 치며 몸을 일으킨다.

"후우. 이젠 나도 나이가 드나 봐. 포럼이 이젠 버거워."

"앞으론 관 속에서 자지그래? 괜히 여러 사람 번거롭게 하지 말고."

"오늘 뒤풀이 장소가 어디야?"

"스페인 학회에서 축구 경기를 예약해 놨다고 하던데?"

"축구?"

"뭐라더라 엘 클라시코? 스페인에서 가장 유명한 축구팀들끼리 붙는다던데?"

"그럼 볼만한 재미가 있겠네. 이봐, 최! 자네들은 어떡할 거야?"

서로 무슨 작당 모의를 했던 것인지 며칠간 자리를 비웠던 종혁과 해리 가드너를 비롯한 교수들.

물론 흥미 없는 주제에 참석하지 않는 거야 참석자들의 결정이지만 약간 의심스럽다.

"아, 저희는……."

"으음."

안토니오 카사스 교수를 본 종혁이 피식 웃는다.

마드리드와 바르셀로나 사람이면 결코 놓칠 수 없는 경기, 엘 클라시코. 레알 마드리드 CF와 FC 바르셀로나의 경기다.

"참석할게요. 축구 관람 후에는 어디로 간답니까?"

"글쎄……. 이봐, 어디지?"

"스페인 요리 레스토랑을 빌렸대!"

"스페인 요리는 지겹도록 먹었는데……. 뭐, 들었지?"

"하하. 예. 그럼 먼저 버스에 타세요. 전 담배 좀 피우고."

"좀 끊어. 늙어서 나처럼 고생한다."

그렇게 교수들과 현직 경찰들이 버스에 올라타자 종혁이 안토니오 카사스 교수를 본다.

"으음. 미안하군. 이럴 때가 아니지만……."

"아니에요. 어차피 9시 반에 도착한다면서요."

스페인 내무부 산하의 국가경찰청의 중범죄수사대가 도착하는 시간이 대략 9시 30분이다.

시간은 충분했다.

"그리고 스페인까지 와서 엘 클라시코를 관람하지 않는 것도 죄악이라고 하고요."

"오! 축구에 관심 있었나?!"

"아뇨. 전 야구요."

"저런……."

축구에 대해 일장연설을 늘어놓으려던 안토니오 카사스 교수가 캘리 그레이스들의 날카로운 시선에 입을 다문다.

"크흠. 그럼 다음 문제는 피해자들의 시신이나 흉기를

찾는 거겠군."

종혁과 사람들이 고개를 끄덕인다.

파블로 푸욜의 DNA가 남아 있을 가능성이 높은 피해자의 시신과 흉기.

그것들만 발견된다면 그의 어미가 하원의장을 만든 참모 콘치타 푸욜이라고 해도 아들을 지켜 낼 수 없을 거다.

하원의장의 낙마를 노리는 반대 세력들이 눈에 불을 켜고 달려들 테니 말이다.

그래서 스페인 국가경찰 본청의 중범죄수사대를 부른 거다. 하원의장의 반대 세력들 귀에 파블로 푸욜의 사건이 들어갈 수 있을 시간을 벌기 위해 말이다.

'여차하면 그들이 정보를 흘릴 수도 있을 테고.'

"사망한 피해자들에 대해선 계속 조사해 보죠."

매춘부들의 증언에 따르면, 파블로 푸욜이 가장 최근에 살인을 저지른 건 고작 1개월 전이었다.

만약 화장을 했다면 손쓸 도리가 없어지지만, 어딘가에 매장을 했다면 아직 가능성은 남아 있었다.

"일단은 곧바로 푸욜가의 저택을 치고 들어가야겠네."

캘리 그레이스의 말에 종혁과 사람들이 고개를 끄덕인다.

시체를 찾을 수 없다면 일단 범행에 쓴 흉기부터 찾아야 했다.

"아, 여러분들은 저 사람을 따라가시면 됩니다."

"음?"

"VIP룸으로 업그레이드된 티켓입니다."

다시 의아해하자 캄프 누의 입구에서 표를 검사하던 직원이 어색하게 웃으며 종혁들의 뒤를 가리킨다.

뿌우우우우! 뿌우우우우!

"경기장에 사람들이 가득 차!"

"우리는 블라우그라나의 응원팀!"

"우리의 출신이 남쪽이든, 북쪽이든 안 중요해!"

지축이 울리는 거대한 응원가.

십만 명에 가까운 사람들이 캄프 누에 들어가기 위해 줄을 서 있다. 그 사이 친구처럼 보이는 이들과 어깨동무를 하며 목청껏 응원가를 부르는 택시기사 루카스.

'축구에 진심인 나라라더니…….'

그저 보기만 해도 압도가 되는 어마어마한 광경이었다.

"바르셀로나에 오신 걸 환영합니다."

"아, 고맙습니다."

'스페인 학회에서 손을 썼나 보네.'

아니라면 이렇게 티켓이 업그레이드될 리 없었다.

그들은 직원의 안내를 받으며 VIP룸으로 향했다.

"안으로 들어가시면 됩니다."

"수고하셨습니다."

양옆의 다른 VIP룸들로 들어가는 포럼에 참가한 사람들.

종혁도 캘리 그레이스들을 한 번 보곤 문을 열고 안으로 들어간다.

그 순간 그들의 낯빛이 딱딱하게 굳는다.

콧속으로 빨려드는 매캐한 담배 냄새와 먼저 와있는 선객들. 결코 학회 사람들 같지 않은 옷차림에 그들의 얼굴이 구겨진다.

"이 개새끼들!"

부왁!

"그만."

앞으로 튀어 나가며 주먹과 발을 휘두르는 최재수와 현석을 말린 종혁이 창가에 서 있다 몸을 돌리는 장년인을 보며 눈빛을 차갑게 가라앉힌다.

마치 신사처럼 매끄럽게 떨어지는 이탈리아 스타일의 슈트와 댄디하게 정리한 헤어스타일, 맑고 깊은 눈이 인상적인 장년인은 종혁도 아는 인물이었다.

"조르디."

"Hola."

시거를 문 조르디의 입술이 비틀어졌다.

VIP룸에 먼저 자리하고 있던 선객.

그는 바르셀로나의 악몽이라 불리는 조르디 파밀리아의 보스, 조르디였다.

지이잉!

종혁이 조르디를 바라보며 표정을 굳히던 그때, 갑자기 울리기 시작한 핸드폰.

종혁은 조르디에게서 시선을 떼지 않은 채 천천히 핸드폰을 꺼내 문자의 내용을 확인했다.

[즐거운 관람 되시길.]

그 내용을 확인한 종혁은 느긋이 시거를 빠는 조르디를 보며 피식 웃었다.
"어쩐지."
입매는 느긋하지만, 왜인지 굳어 있는 조르디의 눈매.
최재수와 현석의 공격에도 반응을 하지 못한 것도 모자라 지금까지 얼어붙어 있는 조르디 파밀리아의 조직원들.
그리고 마지막으로 지금 도착한 '즐거운 관람 되시길.'이라는 헨리의 문자까지 모두 한데 어우러지자 하나의 결론에 도달해 버린다.
종혁은 입술을 달싹였다.
'내 친구들 인사는 잘 받았지?'
말소리조차 내지 않아 그 누구도 듣지 못했지만, 그 입 모양을 본 조르디의 낯빛은 딱딱하게 굳었다.

* * *

우우우우우우!
아직 경기가 시작되려면 한참 남았음에도 거대한 울음

과 응원 소리가 가득한 캄프 누.

"원래 응원은 저곳에서 해야 하는데 말이야."

한 번의 경기를 위해, 한 번의 승리를 위해, 왕좌의 자존심을 위해 심장을 내놓고 응원을 하는 꾸레들.

그 역시 꾸레 중 한 명이기에 이렇게 벽과 유리창이라는 가림막에 막혀 저 열기를 제대로 느낄 수 없을 때마다 아쉬움이 든다.

"참아 주십시오, 조르디."

지킨다면 지킬 수 있다.

하지만 언제 어느 때 다른 파밀리아의 히트맨이 찾아올지 모르기에 경호에 안전을 생각할 수밖에 없다.

조르디 파밀리아가 바르셀로나라는 거대한 도시를 주름잡는, 거의 지배하다시피 하는 조직이라지만 적이 없는 건 아니었으니 말이다.

그 말에 조르디가 잠시 투정을 부려 봤다는 듯 고개를 끄덕인다.

"최종혁이라고……."

태양 무비 프로덕션이라는 곳에 총 500만 유로를 투자해 라발 지구를 비롯한 바르셀로나 전역의 매춘부 사백여 명을 불러 모으고, 초호화 유람선과 섬을 빌린 인물.

매춘 조직들 사이에서 중동의 변태 부자라고 소문이 난 인물.

조사해 본 결과, 그의 정체는 전 세계의 범죄학계에서 인정받는 저명한 한국 경찰이었다.

당연히 스페인 범죄학계의 권위자인 안토니오 카사스 교수와도 친분이 있을 터.

즉, 그가 매춘부들을 섭외하여 영화를 찍은 것과 안토니오 카사스 교수가 갑자기 매춘 조직 하나를 무너뜨린 것은 우연히 시기가 겹쳐 벌어진 일이 아니라는 것이다.

조르디의 눈이 가늘게 떠진다.

"콘치타 푸욜 그 늙은 년이 무슨 실수를 했다는 건데……."

범죄학계의 권위자들이 움직이자, 콘치타 푸욜이 그중 안토니오 카사스 교수를 죽여 달라고 부탁을 해 왔다.

이 또한 우연일 리가 없었다.

현재로서 가장 가능성이 있는 건 콘치타 푸욜이 그녀의 안위에 치명적일 수 있는 범죄를 저질렀고, 그에 대한 단서를 종혁이 섭외했던 사백여 명의 매춘부들 중 한 명 내지 다수가 가지고 있다는 거다.

"알아봤어?"

"매춘 조직들을 죄다 훑어봤지만……."

특별한 점은 없었다.

그나마 있다면 요 반년 사이 라발 지구에서 매춘부들이 많이 죽어 나갔다는 정도랄까.

"다만 그중 절반이 살해당한 거라고 합니다."

"절반이면 많긴 한데……."

그렇다고 이상하게 생각될 정도도 아니다.

경찰들도 밤에는 위험해 잘 가지 않는 라발 지구다. 그만큼 위험한 놈들이 많이 모여드는 곳이라는 뜻이다.

라발 지구에서 사람이 죽어 나가는 건 일상과도 같은 일이기에 딱히 특별할 것도 없는 이야기였다.

쓸데없는 소리를 들었다며 고개를 저은 조르디가 다시 VIP룸의 창밖을 바라본다.

똑똑!

"시킨 술이 도착했나 봅니다."

곧 도착할 종혁과 교수들에게 줄 술.

그 말을 듣지 못한 것인지 조르디는 그저 창밖만 가만히 바라본다. 그러다 아차 하며 입을 연다.

"그래서 놈들은 언제 도착하는 거지? ……에르난데스?"

대답이 없는 부하에 미간을 좁히며 고개를 돌린 조르디의 낯빛이 딱딱하게 굳는다.

마치 시간이 멈춘 듯 얼어붙어 있는 조직원들과 그런 그들을 향해 소음기가 달린 총구를 겨누고 있는 유니폼을 입은 캄프 누의 직원들. 아니, 히트맨들.

그 순간 열린 문밖에서 구둣발 소리가 들린다.

뚜벅뚜벅.

안으로 거침없이 들어오는 선글라스를 낀 두 명의 백인.

그들 중 삼십대의 사내가 앞으로 나서며 잔잔한 미소와 함께 고개를 숙인다.

밖에서 어깨를 부딪친다고 해도 기억하지 못할 정도로

평범하게 생긴 외모.

"반갑습니다, 조르디 주니어 씨. CIA의 린치입니다. 그리고 이쪽은 SVR의…… 뭐, 이름은 몰라도 됩니다. 저도 모르지만요."

"……내가 미국과 러시아에 밉보인 적은 없었던 것 같은데."

코앞에 총구들이 드리워져 있지만, 조르디의 눈빛은 차갑게 가라앉을 뿐이다.

"음. 아직까진 아슬아슬합니다. 그런데 아무래도 곧 생길 것 같아서 말입니다. 혹시 곧 도착할 범죄학 포럼에 참가한 사람들에게 피해를 입히려고 온 겁니까?"

"왜 그렇게 생각하지?"

"흠. 저희는 질문을 질문으로 받는 걸 좋아하지 않는데 말입니다."

끼릭!

방아쇠가 미세하게 당겨지는 소리가 조르디의 귀를 천둥처럼 때린다.

'대체 누굴 건드린 거냐, 콘치타!'

당장 내일 죽어도 이상하지 않을 늙은 년이 되지도 않는 상대를 건드린 것 같다.

린치는 그런 그를 보며 다시 미소를 지어 주었다.

"맞군요. 어떻게…… 끝까지 가 보시겠습니까? 아, 물론 대답 여하에 따라 이 시간 이후로 당신을 만날 수 있는 사람은 없을 겁니다."

조르디는 입을 꾹 다물었다.

* * *

-명심하십시오. 우리의 눈과 귀는 어디에도 있습니다.

그렇게 경고를 한 CIA와 SVR은 떠났고, 이후 캄프 누의 입구에 심어 둔 조직원의 안내를 받아 종혁들이 도착한 거다.

그리고 CIA와 SVR을 움직인 사람이 바로 종혁이었다.

한국이란 작은 나라의 천재 경찰.

종혁은 가만히 응시하는 그를 보며 어깨를 으쓱였다.

'확실히 과보호하는 성향이 강해졌단 말이야.'

놈들 회사에게 테러를 당한 이후 CIA와 SVR의 보호 레벨이 한 단계 더 상승했다. 아마 그 때문에 조르디가 된서리를 맞은 것 같다.

'그런데 대체 뭘 어떻게 했기에 저놈의 입을 막은 거지?'

조르디 파밀리아는 바르셀로나 최대의 마피아라고 해도 과언이 아닌 조직이다.

역사만 80년 가까이 되는 마피아 조직.

폭력을 썼다기에는 너무 멀쩡한 외모고, 그렇다고 단순히 CIA와 SVR의 이름으로 압박을 했다기에는 마피아로서의 자존심이 용납하지 않았을 거다.

여차하면 시 정부와도 총격전을 벌일 수 있는 놈들이

바로 마피아였다.

'뭐, 아가리에 총구라도 들이밀었겠지.'

당장 살려면 어쩔 수 있을까.

자문자답을 마친 종혁이 소파로 다가가 앉으며 테이블에 놓인 술을 들어 올린다.

"우리 마시라고 가져온 술이지?"

캘리 그레이스와 해리 가드너 교수들이 깜짝 놀라 종혁을 쳐다봤지만, 종혁은 그 시선을 무시하며 술잔을 하나 맞은편에 내놓고 따른다.

끼긱, 끼긱, 뽕! 꼴꼴꼴!

스트레이트잔에 따라지는 호박빛의 독한 위스키.

"달모어 50. 구하기 어려운 술을 가져다 놨네."

일반적으로 생각하는 위스키보다 훨씬 작은 용량의 위스키지만, 그 가격이 거의 차량 한 대에 버금간다.

조르디가 술을 따라 마시는 종혁을 보며 눈빛을 가라앉힌다.

'죽일까?'

아니면 살릴까.

면전에서 당한 협박에 그의 마음에 살의가 차오른다.

"……쯧. 선물은 구하기 어려울수록 더 빛을 발하지."

일단은 보류다.

맞은편에 앉는 그의 모습에 고개를 기울인 종혁이 재밌다는 듯 웃는다.

그보단 방금 전 종혁이 한 말은 볼일 다 봤으면 꺼지라는 말이었는데도 앉고 있기 때문에 웃는 것이었다.

"곧 망자가 될 우리들에게 대접할 마지막 술이 아니라는 건데……. 콘치타 푸욜의 의뢰를 받고 온 게 아니었어?"

이미 예상을 하고 있어서 해리 가드너 교수들의 앞을 막아서고 있던 캘리 그레이스가 허리띠를 풀어 한 손에 감아쥔다.

이런 위급한 상황에선 훌륭한 무기가 되어 주는 허리띠.

하지만 종혁과 조르디는 서로를 보기에 여념이 없다.

감정 없는 눈빛으로 서로를 무심히 바라보는 둘. 숨 막힐 듯한 침묵이 VIP룸을 짓누른다.

그러다 먼저 침묵을 깬 건 의외로 조르디였다.

"글쎄……."

기 싸움은 끝났다는 듯 조르디가 위스키를 입안에서 굴리며 나른하게 웃는다.

CIA와 SVR에게 놀랐던 심장이 가라앉으며 그의 본모습이 드러나기 시작한다.

'웃긴 놈이군.'

지금까지 자신의 눈을 피하지 않은 사람이 몇 명이나 있었을까. 이렇게 새파랗게 어린놈 중에서는 단연코 처음이라고 할 수 있었다.

아니, 그게 아니다. 눈 속에, 마음속에 거대한 뭔가를 키우는 놈이다. 저 큰 몸뚱이가 티끌처럼 작게 느껴질 만큼 커다란 뭔가를.

오싹!

조르디의 미소가 더 짙어졌다.

이것만으로도 종혁은 대화를 나누기에 충분한 자격을 갖췄다고 볼 수 있었다.

그는 제거란 단어를 머릿속에서 지웠다.

"그래. 의뢰를 받긴 했었지."

그동안 비즈니스 파트너였던 조르디 파밀리아와 콘치타 푸욜.

그러나 콘치타 푸욜이 하원의장을 만들게 되면서, 아들 파블로 푸욜을 후계자로 선포하면서 그 관계가 흔들리기 시작했다.

그의 몸에서 뿜어지기 시작하는 기백에 종혁의 미소가 더욱 짙어진다.

"꽤 재밌는 사연이 얽혀 있나 보네."

"거래를 하지, 친구."

Amigo. 스페인어로 친구.

끔찍한 말을 들었다는 듯 종혁이 얼굴을 구기며 귀를 후비고, 조르디가 등을 뒤로 젖히며 다리를 꼰다.

"매춘부들을 넘겨주지."

"……흠."

종혁도 등을 소파 등받이에 기대며 다리를 꼰다.

딱히 구미가 당기지 않는다는 제스처였지만, 조르디는 계속 말을 잇는다.

"그 배에 태운 400명에 다비드 파밀리아가 팔아 버린 매춘부들 전원. 그리고 다비드 파밀리아를 날려 버린 매춘부들 모두에게 보복 금지 및 보상금 지원."

종혁의 눈동자가 살짝 흔들린다. 그의 다리가 풀리며 상체가 세워진다.

'이 새끼 봐라?'

자신이 원하는 걸 제대로 찔렀다.

계속 말해 보라는 듯, 그것으론 부족하다는 듯한 모습에 조르디가 잔에 남은 위스키를 단숨에 들이켠다.

"내 이름이 뭔지 아나?"

"조르디 주니어 셀바스."

"그래. 다른 사람들이 부르는 이름은 그렇지. 하지만 내 가족들이 불렀던 이름은 달라. 조르디 주니어…… 푸욜 셀바스."

쿵!

"조르디!"

깜짝 놀란 부하의 외침에 종혁의 얼어붙었던 시간이 해동된다.

"와, 씨발."

이건 예상 못했다.

어느새 흥미로 가득해진 그의 눈. 생각보다 훨씬 더 복잡한 사연이 얽혀 있었다.

"할머니? 할아버지? 아니면 그보다 위?"

"할머님이지."

니나 푸욜.

푸욜의 전전대 가주의 누나이자 적법한 후계자였지만, 결국 온갖 음해와 생명의 위협을 느끼자 도망치듯 조르디 셀바스에게로 시집을 온 그녀.

 하지만 그렇게 쫓아낸 게 미안해서일까.

 푸욜가는 자그마한 포도밭을 떼어서 지참금으로 보냈고, 그것이 바로 현재의 조르디 파밀리아를 만든 토대가 됐다.

 아니, 조르디 파밀리아를 만든 사람이 바로 니나 푸욜이었다. 언젠가 자신의 것을 되찾겠다는 지독한 목표를 세우며.

 조르디라는 이름을 계속 계승해 온 이유 역시 바로 그 때문이었다.

 이후 조르디 파밀리아는 그 포도밭을 점차 키워 갔고, 현재의 조르디 파밀리아의 상징인 거대한 포도밭을 이루게 됐다.

 조르디는 그런 사연을 설명하지 않았지만, 푸욜이라는 성에 모든 걸 이해해 버린 종혁이 웃음을 터트린다.

 '그동안 와신상담을 했다고?'

 때를 노리며 콘치타 푸욜과, 아니 푸욜가와 비즈니스 파트너 관계를 맺었던 것이다.

 그렇기에 조르디가 푸욜을 배반하고 자신에게 거래를 제안하는 것도 이해가 간다.

 "우리를 이용해서 푸욜가를 되찾으시겠다?"

 조르디의 눈이 살짝 흔들린다.

외사국 〈245〉

'호오?'

고작 푸욜이란 단서 하나로 이쪽의 모든 걸 들여다보고 있다. 방금 전 느낀 소름이 다시 온몸을 내달린다.

보다 진지해진 조르디가 등받이에서 상체를 떼며 종혁을 똑바로 응시한다.

"그건 좀 오류가 있어."

푸욜가를 되찾으려는 것이 아니다.

푸욜이란 이름으로 쌓아 올려진 모든 것들을 조르디의 것으로 만들려는 거다.

자신은 조르디라는 이름을 계승한 자, 조르디 파밀리아라는 거대 파밀리아의 아버지이자 셀바스의 가주다.

푸욜이란 이름은 자신에게 아무런 의미도 없었다.

종혁이 그렇게 말하는 조르디를 보며 미소를 짓는다.

'진심이네.'

"이런 비밀을 털어놓는 이유가 뭐야?"

그렇지 않으면 종혁이 들어주지 않을 것임을 파악했기 때문이다.

그러나 부하들이 지켜보고 있는 자리에서 그걸 입에 담을 순 없었다.

그런 그의 자존심을 알아차린 종혁은 입가에서 미소를 지웠다.

"가능하겠어?"

진지하게 쳐다보는 그의 눈빛에 조르디가 미소를 지으며 종혁의 잔에 술을 따른다.

"세계 어느 곳이든 마피아는 똑같지, 친구."

종혁은 얼굴을 와락 구겼다.

"그래……내가 멍청한 질문을 했네."

마피아는 한국으로 치면 조폭이다.

스케일이 말도 안 되게 커서 건드리기 쉽지 않을 뿐이지, 그래 봤자 범죄 조직에 불과했다.

정부가, 경찰이 마음만 먹는다면 언제든지 박멸할 수 있는 존재였다.

그럼에도 이들이 계속해서 존속할 수 있는 건, 정치인들의 비호가 있기 때문이다.

정치인들마저 자신들의 가족으로 만드는 마피아.

그리고 가주는 당연히 파밀리아의 보스다. 자식은 부모의 말을 들을 수밖에 없는 법이었다.

"안토니오 교수님을 보호해."

"약속하지. 그러면 거래는 성립된 건가?"

종혁이 대답 대신 품에서 USB를 꺼내어 내민다.

그에 캘리 그레이스들이 소스라치게 놀라지만, 종혁은 애써 무시한다.

"9시 30분에 국가경찰 본청의 중범죄수사대가 도착할 거야. 그리고 파블로 푸욜에게 살해당한 피해자들의 시신도 네가 찾아야 할 거고."

움찔!

"그랬군. 파블로 푸욜, 그 머저리였어."

콘치타 푸욜이 아닌 것이 아쉽긴 하지만, 그래도 이 역시도 나쁘지 않다. 콘치타 푸욜이 파블로 푸욜을 버린다면, 그것 역시 공격거리가 될 테니 말이다.

'그때 콘치타의 비리들을 터트린다면?'

조르디가 확보한 콘치타 푸욜의 비리가 한두 개일까. 다만 그것들 모두 단숨에 무너트릴 순 없기에 터트리지 않았을 뿐이다.

하지만 이것이라면 그 이야기가 달라진다.

'콘치타 푸욜이 없는 푸욜은 아무것도 아니지.'

정말 아무것도 아니었다.

조르디의 전신이 나른한 미소를 그리기 시작했다.

"그쪽도 내가 알아서 하지."

대화를 이만 끝내자는 신호에 혀를 찬 종혁은 손을 내밀었고, 조르디가 그 손을 잡으며 몸을 일으켰다.

"그럼 다음에 또 보자고. 아, 경기는 관객들이 모두 빠져나갈 때까지 지켜보는 걸 추천하지, 친구."

의미심장한 말에 눈빛을 꿈틀거린 종혁은 대답 대신 중지를 치켜세웠고, 눈살을 꿈틀거린 조르디는 혀를 차며 룸을 빠져나갔다.

탁!

문이 닫히자 굳어 있던 캘리 그레이스들이 종혁을 뚫어질 듯 응시한다.

"이 방법이 가장 깔끔하다는 건 여러분들도 아시잖아요."

그리고 눈에 들어온 매춘부들을 모두 무사히 구하는 방

법 역시도 이 방법밖에 없었다.

외국에서 여행을 왔다가 납치를 당하거나 여러 이유로 체류하는 여성들도 있지만, 대부분은 스페인 사람이다. 그녀들이 고국을 떠나지 않고, 그녀들의 가족이 해를 입지 않고서 새 출발을 할 수 있는 방법은 이것만이 유일했다.

"끄응. 그건 그렇지만……."

"상의 없이 결정해서 죄송합니다."

"끄으응."

"난……."

모두의 시선이 안토니오 카사스 교수에게로 모인다.

"누구의 보호를 받을 만큼 나약하지 않아…… 라고 말하고 싶지만, 이번만큼은 호의를 받아들이지, 최."

자신이 죽는 건 상관없다.

그러나 아들 파블로 푸욜이 다칠 뻔하자 이 많은 사람들을 제거하려고 조르디 파밀리아까지 동원한 콘치타 푸욜이다.

만약 조르디에게 사정이 없었더라면 지금 바르셀로나로 오는 제자마저 다칠 뻔했다.

"콘치타 의원이 이렇게까지 쌍년일 줄이야……."

"픕!"

"푸하하하핫!"

갑작스러운 쌍욕에 모두가 웃음을 터트리는 순간이었다.

와아아아아!

"경기나 보지."

"그럴까요?"

"내기 어떻습니까? 오늘 2차 내기."

"이런 그러면 내기가 성립되지 않을 텐데? 분명 바르셀로나가 이길 테니까!"

진성 꾸레의 외침에 고개를 저은 그들은 어느새 술을 따른 술잔을 들며 경기장을 가만히 응시했다.

* * *

한편 캄프 누의 복도를 걷는 조르디를 보며 부하가 입술을 달싹이다 입을 다물어 버린다.

그에 조르디가 미소를 짓는다.

"건방지긴 해도 그럴만한 가치가 있었던 놈이었어."

"하지만, 진짜 성까지 밝히시는 건……."

"방금 말했잖아."

그럴 만한 가치가 있었던 놈이다.

'아니었다면, 죽어도 내놓지 않았겠지.'

이쪽에서 그 어떤 걸 거래 물품으로 내밀어도 코웃음을 쳤을 거다.

혹여 CIA와 SVR의 보복을 감내하면서까지 죽였다고 하더라도 이 약점을 찾아내진 못했을 거다.

"마음에 드셨나 보군요."

"……비행기나 대기시켜. 마드리드로 간다."

그곳에서 그 괴물을 만나는 거다.

조르디의 눈빛이 가라앉았다.

그리고 약 3시간이 흐른 후.

오늘 경기 결과에, 감히 마드리드 따위에게 져 버린 바르셀로나에 분노를 쏟아 내던 꾸레들이 모두 빠져나간 캄프 누 주차장의 한구석.

꽈아아아앙!

귀빈을 위해 FC 바르셀로나 측에서 준비한 차량이 굉음과 함께 폭발했다.

* * *

끼리릭!

시동이 걸리는 차 안.

한 노인이 땀에 젖은 머리카락을 뒤로 넘긴다.

"후우."

"수고하셨습니다."

"이후 스케줄은?"

보조석에 앉은 중년인이 다시 한번 다이어리를 살핀다.

"방금 전 것이 마지막입니다. 바로 저택으로 출발할까요?"

"……아니. 한잔하고 싶군. 거기로 가."

"예."

고개를 숙인 운전기사가 차를 출발시켜 어둠이 내려앉은 마드리드 거리를 가로지른다.

그리고 그런 차들을 앞뒤로 호위하는 경호 차량들.

노인은 피로가 잔뜩 스며 있는 눈을 감는다.

지금부터는 오직 휴식의 시간. 오늘 하루 그를 괴롭혔던 수많은 문제를 잠시 잊으며 짧은 잠을 청한다.

그렇게 얼마의 시간이 흘렀을까.

스르륵!

한 허름한 펍 앞에 차가 멈춰 선다.

"도착했습니다."

"음."

노인이 눈을 뜨자 얼른 보조석에서 내린 중년인이 차의 뒷문을 열고, 노인은 마치 이게 당연하다는 듯 자연스럽게 차에서 내려 불이 꺼진 간판이 걸린 펍 안으로 걸음을 옮긴다.

"혼자 있고 싶어."

"……예."

중년인이 물러서자 노인이 문을 열고 안으로 들어간다.

딸랑!

오늘 하루 이곳도 난리였는지, 분명 멀끔하지만 어딘가 어수선한 분위기.

온갖 오묘한 냄새와 바에서 컵을 닦는 노인, 그리고 펍 한구석 그림자에 가려져 술잔을 기울이는 한 남성이 그를 반긴다.

노인은 또래 노인에게로 걸어가 바에 앉는다.

"이놈의 썩은 냄새는 여전하군. 방향제 좀 좋은 걸로 쓰라니까."

"썩은 냄새가 아니라 추억의 냄새다, 빌어먹을 하원의장님아."

그랬다. 펍을 찾은 노인은 스페인의 하원의장 알레조 사우라스였다.

"일단 위스키 한 잔."

"카발란으로?"

"아무거나."

"기다려."

노인, 펍의 사장은 진열대에서 위스키를 꺼내어 한잔 따라 내려놓곤 위스키 술병까지 그 옆에 놔둔다.

"청소하고 올 테니까 마시고 있어."

그렇게 사장이 가게 안쪽으로 향하자 알레조 사우라스가 위스키를 입으로 가져간다.

혀끝에 닿지도 않았음에도 콧속을 깊숙하게 파고드는 희미한 과일의 향과 쉐리 오크통의 묵직한 향기.

뚜벅뚜벅!

가게 안쪽에서부터 구둣발 소리가 다가오지만, 알레조 사우라스는 위스키의 향기에 취할 뿐이다.

멈칫!

이쪽으로 다가오다 결국 멈춰 버린 구둣발 소리.

묵직하고도 날카로운 기세가 알레조 사우라스의 반신을 두드릴 때, 그의 손이 강제로 들리며 그 손등에 입이 맞춰진다.

"오랜만입니다, 알레조."

"퇴근 후 한 잔의 여유도 주지 않다니……. 이번이 두 번째 보는 건가요, 셀바스 씨."

쿵!

바의 희미한 조명 아래로 드러난 얼굴은 마드리드로 출발한 조르디였다.

조르디는 조심스레 알레조 사우라스의 옆자리에 앉았다.

자신 따윈 손가락 하나로 짓눌러 버릴 수 있는 권력을 지닌 알레조 사우라스. 몸짓 하나도 조심스러울 수밖에 없었다.

조르디는 눈치를 보며 종혁에게 받은 USB를 슬그머니 그에게 내밀었다.

"거래를 제안하고 싶습니다, 알레조."

감히 마피아 따위가 거래를 제안해서일까. 수더분한 미소가 더욱 짙어진다.

조르디는 자신을 쳐다보지도 않는 알레조 사우라스를 보며 말을 이어 갔다.

"이제 당신의 경쟁자가 될 콘치타 푸욜의 약점입니다."

"나의 아가씨가?"

알레조 사우라스가 재밌다는 듯 웃는다. 그는 들을 가치도 없다는 듯 남은 술을 모두 들이켜곤 몸을 일으켰다.

"잘 마셨어!"

"이 자료의 복사본을 든 부하가 샌 다스 볼라스 의원의 저택 근처에 있습니다."

알레조 사우라스의 최대 정적인, 정치 명가 볼라스의 샌 다스 볼라스 하원의원.

어디 샌 다스 볼라스 의원뿐일까.

알레조 사우라스를 하원의장의 자리에서 끌어내리려는 모든 정적들의 집 앞에 부하들이 가 있는 상태다.

그 말이 내뱉어지고 나서야 알레조 사우라스가 조르디를 바라본다.

"원래부터 건방졌던가?"

예전에 한 번 콘치타 푸욜이 개최한 파티에서 본 적이 있는 조르디. 알레조 사우라스의 얼굴에서 감정이 사라지며 무엇을 생각하는지 알 수 없는 눈이 더 깊어진다.

온몸의 솜털이 곤두섬에 조르디가 시거를 입에 문다.

치지지지직!

"후우. 어쩌겠습니까. 일단은 살아야지. 그리고…… 콘치타 푸욜이 당신에게 가장 위협적인 경쟁자가 될 수 있는 인물이라는 것 맞지 않습니까."

콘치타 푸욜은 결코 만족을 모르는 여자였다. 지금 그저 때가 아니기에 잠자코 있을 뿐, 기회만 생긴다면 언제든지 알레조 사우라스의 자리를 노릴 인물이었다.

그리고 그럴 만한 능력 또한 갖추고 있었다. 그녀는 알레조 사우라스를 하원의장으로 만든 참모이자 일등 공신이었으니까.

그렇다. 일등 공신이다.

그것은 곧 콘치타 푸욜이 알레조 사우라스에 대해 가장 많은 것을 알고 있는 인물이라는 소리임과 동시에 가장 위협적인 적이 될 수도 있단 소리였다.

오랜 정치 경력에 오점 하나 없을 리는 만무할 터.

콘치타 푸욜은 그게 무엇이든 알레조 사우라스의 약점이 될 만한 걸 쥐고 있을 것이었다.

언제든 알레조 사우라스의 머리채를 잡아 흔들 수 있는 약점을.

'그걸 당신이 견딜 수 있을까?'

장담할 수 있다. 알레조 사우라스는 이미 콘치타 푸욜의 제거를 계획하고 있었다는 걸 말이다.

늑대 사냥을 끝마친 개는 늑대에게 죽는 법(Después de la caza del lobo, el lobo mata al perro).

이제 쓸모가 없어진 콘치타 푸욜은 알레조 사우라스에게 치워 버려 할 존재밖에 안 됐다.

정계의 괴물, 알레조 사우라스는 그런 인물이었다.

"나를 그런 부도덕한 사람으로 생각하는 건가?"

"제가 바라는 건 그저 푸욜뿐입니다."

"들을 가치도 없군."

"제가 콘치타 푸욜이 되어 드리겠습니다. 아니, 콘치타

풍욜보단 더 쓸모가 있을 겁니다."
 "허황된 이야기를 끝까지 할 생각인가?"
 "콘치타 푸욜은 카탈루냐를 당신께 안겨 드릴 수 없잖습니까."
 바르셀로나를 포함한 스페인 북동부 지역, 카탈루냐.
 움찔!
 이젠 알레조 사우라스의 입마저 다물어진다.
 그리고 이내 다시 열린다.
 "카탈루냐?"
 '됐군.'
 조르디가 속으로 주먹을 쥔다.
 "그저 잠시 고개만 돌리시길."
 가만히 고개를 숙인 조르디를 내려다보던 알레조 사우라스가 다시 의자에 엉덩이를 붙인다.
 "이건 뭐지?"
 "파블로 푸욜이라는 사이코패스의 범죄 증거들입니다."
 "……치명적이군."
 "비호한다면 당신의 도덕성 역시 의심을 받게 되겠죠."
 "하."
 알레조 사우라스가 위스키병을 들어 조르디의 잔에 따라 준다.
 "어쩔 수 없군."
 "예. 어쩔 수 없는 일입니다."

마치 천재지변 같은 일.

자신의 잔에도 술을 따른 알레조 사우라스가 잔을 들자 조르디도 미소를 지으며 잔을 들었다.

챙!

허공에서 부딪친 둘의 잔이 천장에서 내리쬐는 빛을 받아 반짝이기 시작했다.

* * *

달리는 차 안, 조르디의 부하가 참고 있던 숨을 겨우 토해 내며 입을 연다.

"하원의장이 저희 뒤통수를 치진 않을까요?"

"그 괴물이?"

그럴 리가.

그건 그의 행보가 말해 준다.

겉으론 수더분한 옆집 아저씨 같지만, 인권변호사 출신으로서 정계에 투신해 저 자리까지 오른 인물이다.

그동안 정적이 한두 명이었을까.

또 콘치타 푸욜 같은 사람이 한두 명이었을까.

그러나 그 정적을 모두 의문의 사고나 갑작스러운 죽음을 맞이하며 치워져 버렸다.

"모레노 파밀리아."

"모, 모레노? 갑자기 모레노 파밀리아가 왜?"

약 십여 년 전 갑작스럽게 사라져 버린 스페인 최대 마피아 조직인 모레노 파밀리아.

"모레노 파밀리아를 지워 버린 게 바로 알레조 사우라스니까."

국가 권력을 동원해 지워 버렸다.

수천 명 경찰과 군인들의 갑작스러운 기습에 모레노 파밀리아는 속수무책으로 당해야 했고, 결국 해체되어 버렸다.

자신도 그곳의 간부와 인연이 없었더라면, 아마 그동안 알레조 사우라스가 모레노 파밀리아를 이용해 필요 없어진 사람들을 제거한 걸 몰랐을 거다.

'어쩌면 정적도 필요에 의해 만들었지도 몰라.'

알레조 사우라스라면 충분히 그럴 만한 인물이었다.

"미친······. 그, 그러면 저희도······."

조르디는 고개를 저었다.

"쓸모가 없어진다면 그렇게 되겠지."

하지만 알레조 사우라스가 죽을 때까지 그 쓸모가 다할까.

조르디는 시거를 깊게 빨며 나른하게 웃었다.

* * *

-어젯밤 캄프 누에서 발생한 갑작스러운 폭발의 피해자들은······.

띠.

리모컨으로 TV를 끈 콘치타 푸욜이 흡족한 미소를 짓는다.

"역시 조르디네요!"

일 처리가 확실하다.

"이제 괜찮은 거죠? 후우. 조르디도 증거를 찾을 수 없다고 했잖아요."

그들이 움직인 모든 동선을 뒤져 봤지만, 증거는 찾을 수 없다고 했다. 그렇다면 결국 몸 안에 그 증거들을 가지고 다닌 건데, 차 안에서 USB 비슷한 게 발견됐다고 했으니 증거도 인멸된 것이었다.

콘치타 푸욜은 안심하는 아들을 보며 혀를 찼고, 그에 파블로 푸욜이 몸을 굳히며 그녀의 눈치를 봤다.

콘치타 푸욜은 한숨을 내쉬었다.

"앞으론 네가 해야 할 일이다, 파블로."

언젠가 자신이 지켜 주지 못할 아들. 이런 뒤처리쯤은 본인 스스로 할 줄 알아야 했다.

"음. 그런데 조르디가 사라진다면……."

"아직도 권력의 속성을 모르겠니."

정말 이걸 어디다 써야 할지 모르겠다.

"권력이 있다면 날벌레들은 언제나 꼬이는 법이란다."

"아."

바르셀로나에 마피아가 어디 조르디 파밀리아 하나뿐일까.

그동안 조르디 파밀리아에게 눌려 그 존재감을 드러내

지 못했을 뿐, 조르디 파밀리아가 사라진다면 그 자리를 차지하기 위해 각축전을 벌일 거다.

매일같이 도시에선 총성이 울릴 거고, 시체가 생길 거다.

자신들은 그들 중 가장 쓸모가 있는 파밀리아를 추려 목줄만 채우면 되는 거다.

조르디 파밀리아가 소유한 포도밭의 절반만 선물로 준다고 해도 발등에 입을 맞출 터.

조르디 파밀리아의 정신을 계승한다는 명분과 상징만 쥐여 줘도 무한한 충성을 해 올 것이다.

"역시……."

자신의 엄마는 대단했다.

"오늘도 로에베에 가야 한다고?"

"아직 디자인의 방향이 정해지지 않아서요."

푸욜을 더 드러낼 것인가, 아니면 로에베를 더 드러낼 것인가.

이건 실무진에게 맡길 수 없는 자존심 싸움이었다.

이것만 정해진다면 후에 최종 디자인이 나왔을 때 확인만 하면 된다.

고개를 끄덕인 콘치타가 몸을 일으킨다.

"오랜만에 같이 출근하자구나."

그 말에 파블로 푸욜의 얼굴이 확 밝아진다.

왜인지 인정받은 듯한 기분.

"공항으로 가시죠?"

"복잡한 일도 마무리됐으니 다시 마드리드로 가야지."

며칠 후면 국회가 열린다. 당분간은 마드리드에서 살아야 했다.

두 모자는 오랜만에 훈훈한 분위기를 풍기며 차에 올랐고, 차는 곧 정문을 지나 도로에 들어섰다.

그 순간이었다.

우르르!

갑작스럽게 튀어나와 차량의 앞을 가로막다 못해 둘러싸는 사람들. 아니, 기자들.

"파블로 푸욜 씨! 매춘부들을 대상으로 살인을 저지르셨다고 하던데 사실입니까!"

"콘치타 의원도 함께 있다! 찍어!"

촤라라라라라!

매춘부, 살인.

거대한 충격이 콘치타 푸욜의 뒤통수를 후려친다.

"조르디! 이 개 같은 놈이-!"

조르디가 이쪽의 계획을 알아차리고 뒤통수를 친 거다.

"차 돌려-!"

찢어지는 듯한 비명이 차 밖까지 터져 나왔다.

* * *

-라발 지구 매춘부를 대상으로 살인과 고문을 해 온

희대의 악마 파블로 푸욜에게 구속 영장이 떨어지면서…….

바르셀로나 엘프라트 국제공항.

종혁과 캘리 그레이스들이 TV에서 흘러나오는 뉴스를 보며, 기자들이 들이미는 카메라들에 얼굴을 가리는 콘치타 푸욜과 파블로 푸욜을 보며 피식 웃는다.

악마들의 몰락은 언제나 이렇게 통쾌하다.

정의 구현. 정의는 승리하는 법이었다.

"이제 푸욜은 무너지겠군."

앞으로 푸욜의 와인과 푸욜의 이름 아래 행해지던 모든 사업체에 불매 운동이 벌어질 거다.

"그런 것도 안 한다면 스페인의 국민성은 개나 돼지와 다를 바가 없겠지."

"쯧. 마피아 따위의 배가 불러지는 꼴을 봐야 한다니."

신랄한 뤼옹 드 몽의 말에 안드레 교수가 이를 드러낸다.

"배만 부르겠나. 앞으로 조르디 파밀리아가 생산한 와인이 전 세계에 유통될 텐데……."

푸욜의 포도밭을 인수하게 된다면, 조르디 파밀리아의 와이너리는 스페인 최대의 와이너리가 된다.

어쩌면 당장 내년부터 스페인 최고 와인이란 타이틀을 달고 전 세계에 유통될지도 몰랐다.

그럴수록 조르디 파밀리아의 위치는 경찰의 손이 닿을 수 없는 더 높은 곳까지 올라가게 될 것이다.

그들은 그 점이 못마땅했다.

"그런데 조르디는 누구와 딜을 했을까?"

"샌 다스 볼라스 아니겠어?"

십수 년간 알레조 사우라스와 싸워 온 샌 다스 볼라스 하원의원.

알레조 사우라스가 아니었다면, 하원의장은 그의 것이 었을 거란 말이 있을 정도였기에 조르디가 선택할 만한 인물 역시 샌 다스 볼라스밖에 없었다.

"뭐든……."

입을 떼는 종혁에게로 시선이 몰린다.

종혁은 싱긋 웃었다.

"상관있겠습니까?"

자신들은 그저 눈앞에 보이는 범죄자를 잡고, 범죄를 예방하며, 억울한 피해자들을 구하면 되는 거다. 저런 복잡한 이야기 따위는 정치인들에게 맡겨 두면 되는 것이었다.

"웃기는군."

종혁에 대해 제법 알고 있는 뤼옹 드 몽은 코웃음을 치며 인사도 없이 출국 게이트로 향했고, 그의 못된 모습에 모두 고개를 젓는다.

"오랜만에 호흡을 맞춰서 좋았어, 최."

"저 역시 좋은 경험을 했습니다."

"나도."

캘리 그레이스와 해리 가드너 교수, 안드레 교수가 청

하는 악수에 종혁이 미소를 지으며 붙잡는다.

"다음에 또 뵙도록 하죠. 어차피 몇 년은 지겹도록 봐야 할 테지만요."

"오, 이제 학회에 자주 참석하려는 거야? 좋아. 다음에는 미국에서 열리니 그때 보자고!"

"인사는 짧게. 알지?"

윙크를 한 그들도 출국 게이트로 향하자 종혁이 남아 있는 안토니오 카사스 교수를 본다.

"나뿐만 아니라 스페인이 정말 큰 빚을 졌군."

스페인을 좀먹어 가던 악의 뿌리가 하나 뽑혔다.

"이로써 스페인은 보다 살기 좋은 나라가 되겠지."

"복지나 어떻게 해 보세요."

곧 큰 우환을 겪을 스페인. 미래를 아는 사람으로서 안타까울 뿐이다. 물론 이걸로 돈을 버는 건 별개의 문제지만 말이다.

"이런. 그건 내 소관이 아닌데?"

"노익장을 한번 발휘해 보시라고요. 그럼 갑니다."

"다음엔 관광으로 와! 그땐 진정한 스페인이 뭔지 알려줄 테니까!"

축제와 열정의 나라 스페인.

안토니오 카사스 교수는 자신 있었다.

그 외침에 미소를 지은 종혁은 지친 표정인 최재수와 현석을 보며 눈빛을 가라앉혔다.

"소감은 어때?"

"스페인어도 배워야겠다?"

"하모예! 와 씨. 말을 알아듣지 못해 혼났다 안 합니꺼!"

"……푸핫! 그래, 그거면 됐다."

말은 그렇게 했지만, 표정이 많은 걸 느꼈다고 말하고 있다.

그는 미소를 지으며 출국 게이트로 향해 발을 내디뎠다.

"가자."

그 순간이었다.

"부, 부국장님?!"

"……부국장님-!"

귀를 때리는 한국어. 경악이 가득 섞인 외침에 고개를 돌린 종혁이 눈을 껌뻑인다.

"……연락 안 했어?"

"했심더."

"근데 왜 저래?"

"비행기에 있어서 연락을 받지 못한 거 아닐까예?"

"에라이."

종혁은 한숨을 쉬며 이쪽을 향해 달려오는 외사국 식구들을 향해 걸음을 옮겼다.

힘들게 날아온 그들에겐 미안하지만, 한국으로 돌아갈 시간이었다.

'길었네.'

이번 포럼, 정말 길었다.

*　*　*

스페인 발레아레스 제도의 어느 섬.

초호화 여객선을 타고 도착한 감독이 그동안 찍은 영상들을 확인하다 눈을 감는다.

그건 다른 연출진들 역시도 마찬가지다.

-가장 받고 싶은 이불이요? 음. 깨끗한 이불?

-커피를 마음껏 사 먹고 싶긴 해요.

-이런 저라도 나중에 결혼해서 아이를 가질 수 있겠죠? 히히.

-고향이요? 글쎄요…….

너무 소박하다.

그리고 처참하다.

찰칵! 치이익!

"뭐……."

-와아!

-우와아! 해변이다!

-이것 봐! 여기 빠에야엔 새우가 듬뿍 들어가 있어!

감독이 해변을 향해 달려가는 여성들을 지나쳐 거리에서 산 빠에야에 감탄하는 매춘부들이 나오기 시작하는 영상을 정지시킨다.

"처음 말처럼 섬 전체를 빌린 건 아니지만……."

이 스페인에서 개인이 완전히 빌릴 수 있는 섬이 얼마나 있을까. 이 영화의 투자자는 섬의 일부분과 매춘부들이 머무를 수 있는 해변 딸린 리조트를 빌렸을 뿐이다.

정말 아무것도 없는 무인도처럼 캠핑을 할 수도 있고, 그 공간을 벗어나 이렇게 관광지로 가서 사람과 부대끼며 음식을 먹을 수도 있고.

그런데 그게 더 그들의 가슴을 아프게 만든다.

바닷물을 첨벙이며 아이처럼 웃는 여성들.

길거리 싸구려 빠에야가 무슨 고급 레스토랑의 리조또라도 되는 것처럼 감탄하며 먹는 여성들.

길거리 좌판에서 흔들리는 싸구려 장신구 앞에 옹기종기 모여 눈을 빛내는 여성들.

딱 자신들이 아는 그런 평범한 여성들이다.

그런 그녀들이 마피아들의 강압에 의해 몸을 팔고 있다.

"저렇게 해맑게 웃을 줄 아는 사람들이 말이야."

"……감독님!"

사람들의 시선이 몰렸지만, 분분히 일어선 조연출이 눈물이 글썽거리는 눈에 힘을 준다.

"우리 이거 제대로 찍죠! 투자자에게 부탁해서 투자금도 더 받고!"

정말 날것 그대로의 삶.

저들의 삶을 더 제대로 찍어 보고 싶다.

"그리고 영화제에 출품하는 겁니다! 이거 우리만 봐선

안 돼요!"

"……빌어먹을."

정말 빌어먹을 말이지만 동의한다.

영화가 완성되어도 배급할 생각이 없는, 오직 홀로 감상할 목적으로 이번 영화 제작에 투자한 투자자.

대가는 충분히 받았기에, 거액을 투자받아 간절히 바랐던 시나리오를 영상으로 만들 수 있었기에 불만은 없었다.

그러나 영화를 찍어 나가면 나갈수록 욕심이 생겼다.

이건 자신들만 봐서는 안 되는 영화였다.

그는 다급히 핸드폰을 들어 태양 무비 프로덕션에게 전화를 걸어 사정을 설명했다.

ㅡ아니…… 하아. 일단 연락은 해 보겠는데 기대는 하지 마세요.

"차라리 제게 투자자 전화번호를 알려 주십시오!"

ㅡ기다리세요.

통화가 종료된 핸드폰을 내린 감독은 잘했다며, 역시 우리 감독이라며 응원을 해 주는 스태프들의 모습에 이를 악물었다.

'잘한 거겠지? 투자자께서도 내 이런 마음을 알아주겠지?'

투자자도 영상을 본다면 알게 될 거다. 이건 절대 금고 안에 처박아 둘 수 있는 게 아니라는 것을 말이다.

"그러려면 일단 가편집부터 해야겠지!"

"그, 그렇죠!"

"뭐해! 준비해! 투자자님께 보여 드릴 영상은 있어야 하잖아!"

그렇게 얼마의 시간이 흘렀을까.

쿵쿵!

"응? 누구지? 예, 나갑니다!"

문을 열고 나가던 스태프가 문밖에 서 있는 사람을 발견하곤 깜짝 놀란다. 매춘부들을 감시하기 위해 마피아에서 파견된 사람이었다.

"여기 감독 있어? 있으면 좀 나와 보라고 해."

"무, 무슨 일 때문에 그러신데요?"

머리끝까지 취한 건지 빨갛게 충혈된 눈과 술, 담배 냄새로 찌든 입 냄새.

당연히 스태프는 막을 수밖에 없었지만, 자신이 거론되자 의아해한 감독이 몸을 일으켜 감시역에게 다가간다.

"무슨 일이십니까?"

"댁이 감독…… 맞구나. 아무튼 우리 보스가 당신보고 이렇게 전하래. 매춘부들을 찍고 싶으면 찍고 싶은 만큼 마음껏 찍으라고. 여기서건, 바르셀로나에서건."

"예?"

"다른 파밀리아들도 다 그렇다고 하니까 잘해 보쇼. 난 말 전했어."

"자, 잠시만요!"

"전했다고!"

흐느적거리며 손을 흔든 감시역은 괜히 내기에 져서 이게 뭔 고생이냐고 투덜거리며 다시 술을 마시러 향했고, 감독과 스태프들은 눈을 껌뻑였다.

 그 순간이었다.

 지이잉!

 자신도 모르게 습관처럼 핸드폰을 확인한 감독은 그대로 굳어 버렸다.

 ─1차로 천만 유로 입금했습니다. 원하시는 만큼 찍어 보시고 부족한 돈은 이 번호로 금액만 적어 보내세요.

 "……오일머니 최고."

 문자를 확인한 다른 이들도 입을 떡 벌렸다.

　　　　　　　　＊　＊　＊

 잿빛과 검은빛이 내려앉고, 양옆의 벽으로 철창들이 세워져 있는 허름하고도 살벌한 복도를 파블로 푸욜이 걷는다.

 "휙!"

 "휘이익!"

 "예쁜데? 아가씨! 어디서 왔어!"

 철창을 잡고 흔드는 짐승들과 고요히, 하지만 호기심 어린 눈으로 쳐다보는 더 무서운 짐승들.

 '으…….'

 "내, 내가 왜 이딴 곳에…….."

명문 푸욜가의 가주 대리이자, 다음 총선에서 하원의원이 될 자신이 왜 이딴 곳에 있어야 하는 걸까.

왜 엄마, 콘치타 푸욜은 자신이 이딴 곳에 들어오는 걸 막지 않는 걸까.

"뒤처지지 마라."

'닥쳐. 너 같은 건 나한테 말조차 붙이지 못했다고.'

밖이었다면 감히 쳐다보지도 못했을 교도관.

'날 그렇게 쳐다보지 말라고!'

밖이었다면 눈을 파 버렸을 경멸 어린 눈빛.

그러나 그럴 수 없다.

운동선수처럼 커다란 교도관의 덩치와 교도관의 허리에 매달린 새까만 방망이가 파블로 푸욜의 입을 다물게 만든다.

"이 방이다."

텅텅!

"모레노!"

화장실보다 좁은 방, 2층의 침대에서 가슴에 털이 북실북실하고 온몸에 문신이 가득한 거구의 사내가 몸을 일으킨다.

"왜요."

"룸메이트다."

교도관의 입술이 비틀리자 모레노라 불린 사내의 입술도 비틀린다.

"……호오. 걔구만?"

'응?'

2층 침대의 윗층에서 모레노가 뛰어내리자 굉음과 함께 그들 사이를 가로 막던 철창이 열린다.

퍽!

"윽?!"

"밤에 엉덩이 조심하라고. 흐흐."

방망이로 등을 얻어맞고 안으로 튕겨지듯 방으로 들어가게 된 파블로 푸욜이 코앞에 있는 북실북실한 가슴 털에, 마치 조각을 한 듯 각이 진 가슴에 딱딱하게 굳으며 고개를 위로 든다.

파블로 푸욜의 눈 안으로 모레노의 왼쪽 눈에 새겨진 눈물 문신이 들어온다.

파블로 푸욜이 알까. 눈 옆의 눈물 문신은 마피아 세계에서 살인을 했다는 뜻이라는 걸.

그렇게 자신을 쳐다보는 자세로 굳어 버린 파블로 푸욜의 모습에 모레노가 싱긋 웃는다.

"네가 파블로 푸욜이지?"

"나, 날 알아?"

"알다 뿐일까."

모레노의 눈이 매섭게 빛난다.

"일단 쓸모없는 건 박살 내고 시작하자."

파블로 푸욜의 어깨를 잡은 모레노가 무릎을 올려 친다.

뻐어억!

'어?'

자신이 지금 뭘 당한 걸까.

그렇게 생각하는 순간 온몸이 부서지는 듯한 고통이 전신을 터트릴 듯 폭발한다.

"……끄아아아아아악-!"

사타구니를 움켜쥐며 바닥을 구르는 파블로 푸욜.

"끄어어어억!"

쾅!

"꺼어억?!"

얼굴을 후려치듯 발에 짓눌린 파블로 푸욜.

덥썩!

"아아악!"

머리채가 낚아채진 파블로 푸욜이 변기로 끌려가 그대로 처박힌다.

"꼬르르르! 푸하! 꼬르르르르! 끄허어억! 꺼허억!"

죽는다. 정말 죽는다.

숨이 넘어갈 때쯤에야 겨우 소중한 공기가 몸속으로 들어오지만, 그게 수십 번 반복되니 머릿속엔 죽음의 공포밖에 남지 않는다.

'대체 왜! 왜-!'

너무도 아득히 짙은 공포가 파블로 푸욜의 얼굴에 드리워지자 모레노가 그의 귀에 입술을 가져간다.

"조르디께서 전하라고 하셨다. 이제 넌 살아도 산 게 아닐 거라고."

"히, 히익! 조, 조르디!"

경악하는 그의 모습에 모레노의 입이 좌우로 찢어지며 그 눈이 잔인한 호선을 그린다.

"기대해. 네가 교도소에 간다고 해도 그 옆엔 우리 조르디 파밀리아가 있을 테니까. 아, 그리고 참고로 난 동성 강간으로 들어왔어. 매일매일 아주 즐거운 밤이 될 거야."

"자, 잠깐! 돈이라면……!"

"이젠 고분고분해질 때까지 맞자."

모레노가 우악스럽게 큰 주먹을 들어 올렸고, 맞은 편 죄수들은 곧 튀길 피에 고개를 돌렸다.

* * *

기이이잉!

"어그그그!"

십수 시간의 비행 끝에 인천공항에 도착한 종혁이 기지개를 켠다.

외사국이 쓰도록 한 전용기 말고 다른 곳에서 놔눈 전용기를 끌고 와 편히 누워 왔음에도 쌓여 버린 피로.

뻑뻑해진 눈을 비빈 종혁이 함께 전용기를 타고 온 사람들을 바라본다.

저마다 면세점에서 산 명품 브랜드 쇼핑백을 하나씩 든 채 희희낙락거리는 외사국의 형사들.

자신의 사망 소식에 날아와 준 게 너무 고마워 종혁이 선물로 하나씩 돌린 거다. 현석도 어머니와 동생들 줄 명품들을 끌어안으며 종혁에게 허리를 숙인다.
"감사합니더, 행님."
"감사합니다, 부국장님!"
"덕분에 내일 아침은 푸짐하게 얻어먹을 것 같습니다!"
"그렇다면 다행이긴 한데…… 괜히 분위기에 휩쓸리는 거 아니시죠? 선물 주고 욕먹을 수 있습니다."
"하하하핫!"
　웃음을 터트린 그들이 드디어 벗어난 인천공항에 돌연 얼굴을 구긴다.
"일단…… 복귀해야겠지?"
"보고는 해야지."
"아, 싫다."
　출장을 나왔다가 다시 회사에 들어가기 싫은 건 아무래도 전 직종 공통인 것 같다.
"행님, 아니 부국장님은 어떡하시겠습니까?"
"나? 복귀해 보고하고 바로 움직여야지."
"어디로예?"
"아직 마무리 짓지 못한 일이 하나 있잖아."
"아."
빠득!
　현석과 최재수의 입 안에서 동시에 살벌한 소리가 들린다.

종혁은 단숨에 준비가 된 그들을 보며 고개를 끄덕였다.
이번 사건을 완전히 마무리 지으러 갈 시간이었다.

　　　　　＊　＊　＊

 찌리링! 찌리링!
 어둠 속, 형광 불빛을 발하는 시계가 울음을 토해 내자 그림자들이 꿈틀거리더니 몸을 일으킨다.
 "우으응."
 "괜찮아. 더 자."
 "으응."
 칭얼거리는 여성의 머리를 쓰다듬은 사내가 방을 걸어 나와 잠시 베란다 쪽을 바라본다.
 넓은 거실 너머 아직 해가 뜨지 않은 짙은 새벽.
 중년인은 현관 신발장 위에 개어 둔 생선 비린내가 나는 점퍼와 두꺼운 바지를 입고 집을 나선다.
 휘이잉!
 밖으로 나오니 더 상쾌하게 다가오는 새벽의 고요함.
 중년인은 아직 쌀쌀한 공기를 헤치며 나아가 먼 곳의 수산시장으로 향한다.
 와글와글!
 "쌉니다, 싸요!"
 "바지락이랑 삼치, 도미 있어요! 제철이라 물이 잔뜩 올라 있습니다!"

"아줌마, 이 고등어 얼마예요?"

"마리에 4천 원이요. 어떻게 드릴까? 구이? 탕?"

새벽 5시밖에 안 됐는데도 사람들로 북적이는 수산시장.

중년인은 능숙하게 사람들을 헤치고 나아가 매일 거래하는 가게로 간다.

"아이고, 사장님. 오셨어요!"

"오늘은 어떤 게 물이 좋습니까?"

"오늘은 고등어가 물이 좋아요."

"그럼 그걸로 50마리 주세요. 4등분으로 토막 내 주시고요."

"예, 알겠습니다!"

거의 개시부터 50마리를 팔아 해치우게 된 점포 주인은 환하게 웃으며 빠르게 칼질을 시작했고, 값을 치른 중년인이 다른 상인들을 찾아다니며 오늘 쓸 수산물들을 구입한다.

그렇게 모두 구입을 하고 차를 출발시킨 그가 도착한 곳은 서울의 어느 식당 앞이었다.

어느덧 해가 떠 버린 하늘.

중년인은 수산시장에서 구입한 수산물들을 양손에 들고 가게의 주방으로 향한다.

"아이고, 오셨어요. 사장님!"

"네, 왔으니까 빨리 좀 받아 봐요!"

많이 무거운지 얼굴이 시뻘건 중년인.

주방 안에 있던 아주머니들이 재빨리 봉지들을 넘겨받으며 타박을 한다.

"어휴. 식재료는 그냥 업자에게 맡기자니까요!"

"됐습니다, 됐어. 전에 업자가 장난친 거 벌써 잊었어요?"

믿고 맡겼는데 상하기 일보 직전의 수산물들을 가져다줬던 업자. 그게 몇 번 반복되자 중년인은 수산물만큼은 직접 시장에 들러 사 오고 있었다.

그 말에 입맛을 다신 주방 찬모들은 얼른 오늘 팔 음식들 준비를 시작한다.

그걸 빤히 보다가 몸을 돌리는 중년인.

자신의 역할은 여기까지. 음식 하나 할 줄 모르는 주제에 주방 일에 감 놔라 배 놔라 해선 안 됐다.

찰칵! 치이익!

"후우우."

빠앙!

점점 탁해지는 서울의 공기를 담배 연기와 함께 흡입하다 경적 소리에 고개를 돌린 중년인이 활짝 웃으며 손을 흔든다.

그리고 이윽고 그의 앞에 멈춰 선 차에서 내린 중년 여성이 한 손에 보따리를 들고서 웃으며 다가온다.

"또 아침 안 먹고 갔더라."

"다 식은 걸 먹어서 뭐해."

"데우는 게 뭐 어렵다고."

"그러니까 이렇게 우리 마누라가 따뜻한 음식을 만들어오는 거 아니야."

"에휴. 앓느니 죽지."

"흐흐. 들어가자. 이모들 배고프겠다."

"알았어요, 알았어."

그들은 엉덩이로 상대의 엉덩이를 툭툭 밀며 다시 식당 안으로 들어갔다.

"식사 왔습니다! 먹고 합시다!"

"아이고, 오늘은 빨리 오셨네!"

주방에서 우르르 몰려나온 주방 이모들이 어느새 불이 켜진 홀의 식탁에 앉아 중년 여성이 싸 온 음식들을 보며 오늘도 엄지를 치켜든다.

"우리 사장님은 사모님이 이렇게 해 주시는데, 어떻게 밤엔 열심히 봉사하시나?"

"아이구. 이 알통을 보면 몰라요?"

"호호호호!"

즐거운 식사 시간이 시작됐다.

식사를 모두 마친 사람들은 다시 주방으로 들어갔고, 그렇게 10시 30분이 가까워지자 중년인은 주방에서 만든 음식들을 식당 중앙의 테이블들에 가져다 놓기 시작했다.

"웃챠! 휴우."

"수고했어요."

엉덩이를 토닥이는 아내의 손길에 중년인은 씩 웃었고, 주방에서 고개를 빼꼼 내민 이모들이 혀를 내두른다.

"저렇게 금슬이 좋은데 왜 애는 없나 몰라."

"쉿. 쉿."

움찔!

둘이 서로를 보며 어색하게 웃는다.

자식? 있었다. 두 명이나.

"……그러고 보면 걔들이 참 복덩이긴 해."

눈을 가늘게 뜨며 작게 말하는 중년인의 모습에 아내의 입가에도 비릿한 미소가 번진다.

"그러니까요. 어떻게 딱 떼어 놓고 나니까 이렇게 복이 굴러 들어올 수 있어요?"

정말 뭐가 있었다는 듯 두 아이를 스페인에 떼어 놓고 오자마자 모든 일이 잘 풀리기 시작했다.

거기다 몇 년 전 나온 사망보험금까지.

그렇게 풍족해진 여유 덕분일까. 민호와 민정이 있을 때만 해도 매일같이 싸웠는데, 이후부터는 마치 거짓말처럼 사이가 좋아졌다.

하지만 이건 비밀.

죽을 때까지 가져가야 할 비밀이었다.

서로를 보며 눈을 빛낸 중년인은 몸을 돌렸다.

"그럼 난 PC방에 가 볼게."

이 식당 외에도 운영을 하는 PC방.

민호의 사망보험금으로 차린 것으로, 이제는 3호점 인

테리어 공사 중이다. 거기에 가 봐야 했다.

"저녁에 집에서 봐요."

쪽!

누가 먼저랄 것 없이 서로의 입에 입을 맞춘 둘은 몸을 돌렸다.

그 순간이었다.

딸랑!

"어서 오세요! 행복뷔페입니다!"

문을 열고 안으로 들어오는 남자들.

밝게 웃는 두 부부의 모습에 순간 몸을 굳혔던 남자들이 얼굴을 구기며 그들에게 다가온다.

"김종철 씨? 유미영 씨?"

"누구…… 실까요?"

"김종철 씨와 유미영 씨 맞으십니까?"

"그런데요?"

"경찰입니다. 당신들을 김민호, 김민정 유기 혐의로 체포합니다."

쿠웅!

두 부부의 낯빛이 파랗게 질렸고, 그들의 손목에 수갑이 채워졌다.

* * *

"자, 잠시만요, 형사님! 지금 뭔가 착오가 있는 것 같은…… 허억!"

본청 형사들의 손에 끌려 나오던 두 부부가 멀리 서 있는 한 청년을 발견하곤 경악을 한다.

자신들을 지독히도 차갑게 노려보고 있는 너무도 낯익은 얼굴.

"미, 민호?"

마치 귀신이라도 본 듯 질려 버린 그들이 관용차 안으로 밀쳐진다. 그 충격에 깨어난 그들이 다급히 소리를 지른다.

"미, 민호야-!"

"자, 잠깐! 민호야! 엄마야! 엄마라고! 날 보란 말이에요!"

그들은 발버둥을 쳤지만 형사들의 우악스러운 손길에 의해 그대로 태워졌고, 관용차의 문을 닫은 형사가 민호의 손을 잡고 있는 종혁에게 다가온다.

"고맙다."

"동기 좋다는 게 뭐야."

"이분이야?"

종혁은 고개를 끄덕였고, 이지용이 고개를 숙인다.

"그동안 고생하셨습니다. 저 사람들은 강력한 처벌을 받게 될 테니……."

종혁은 고개를 저었고, 씁쓸히 웃은 이지용이 다시 고개를 숙인 후 관용차로 향한다.

부르릉!

외사국 〈283〉

멀어지는 차. 두 부부가 유리창을 쾅쾅 두드리고, 민호의 눈이 흔들린다.

"미안합니다. 민호 씨는 보고 싶지 않아 했지만……."

마무리를 짓지 않고 새 출발을 할 수 있을까.

작은 못처럼 남은 미련은 새롭게 살아가려는 민호의 바짓단에 걸려 번번이 그의 걸음을 늦출 거다.

"……아니요. 감사합니다."

솔직히 다신 보기 싫었다. 하지만 저렇게 울며불며 끌려가는 모습을 보니 가슴이 뻥 뚫린 듯 시원하다.

"이제 저 사람들은 어떻게 되나요?"

저 사람들. 부모와의 인연을 완전히 끊어 버린 냉정한 말에 종혁이 담배를 권한다.

찰칵! 치이익!

"후우. 아마 교도소에서 7년 정도 썩게 될 겁니다."

연고가 없는 수준이 아니라, 심지어 대화도 통하지 않는 외국에 유기했다.

처참한 상황에 처했었지만 그마저도 운이 좋았다고 할 수 있을 만큼, 사실 어떻게 죽었어도 이상하지 않은 상황에 놓이게 만든 것이다.

형량이 가중되기엔 충분했다.

"그리고 민호 씨 앞으로 나온 사망보험금으로 사업을 벌였던 모양인데, 그것도 전부 보험사에서 회수할 겁니다."

"교도소를 나온다고 해도 알거지 신세라는 거네요."

"좋죠?"

"……네. 좋네요, 정말."

종혁의 권유를 끝까지 거부했다면, 후회를 했을 것 같다.

종혁과 최재수, 현석에게 허리를 깊이 숙인 민호는 태워 준다는 종혁을 뒤로하고 자신들의 새 보금자리인 장애인 학교로 향했다.

띠리릭!

"오빠다! 오빠앙!"

감히 자신이 평생 번다고 해도 살 수 있을까 할 정도로 넓은 집의 거실에 앉아 TV를 보며 엉덩이를 씰룩이던 민정이 달려온다.

언제나 보고 싶었던 모습. 이젠 매일같이 보고 싶은 모습.

"우왕! 치킨! 치킨이닷―!"

오빠가 온 것보다 치킨이 더 좋은지 너무 환하게 웃는 민정.

민호는 치킨 봉지를 향해 양손을 내밀며 주세요 하는 민정을 와락 끌어안는다.

"우리…… 우리 잘 살자, 민정아."

"웅? 히히힛!"

무슨 말인지 모르지만, 오늘도 오빠 품은 참 따뜻했다.

민정은 민호에게 몸을 맡기며 눈을 감았고, 두 남매는 그렇게 서로를 꼭 끌어안았다.

2장. 순직

순직

휘이이잉!

매서운 추위가 몰아치는 러시아의 모스크바.

또각또각또각!

새하얀 모피 코트를 어깨에 걸친 나탈리아가 SVR의 복도를 걷는다.

그녀의 새빨간 입술에 걸려 하얀 연기를 흩날리는 독한 담배.

언제나 입가에 걸려 있는 미소가 사라진 그녀가 하나의 문을 열고 들어간다.

드르륵! 척!

넓은 회의실. 빈자리 하나 없이 앉아 있던 요원들이 모두 일어서 그녀에게 거수경례를 한다.

마치 인형처럼 표정이 없는 그들.

나탈리아가 회의 테이블에 놓인 재떨이에 담배를 비벼 끈다. 그리고 테이블을 양손으로 짚으며 그들을 무심히 응시했다.

"우리의 친구께서 골치 아픈 폭탄을 던지셨다."

SNS와 비밀 메신저.

그들 정보기관에서 오래전부터 써 왔던 수법들이었다.

이것이 공론화되면서 현재 SVR과 CIA를 비롯한 모든 정보기관의 발등에 불이 떨어진 상태였다.

원래부터 SNS를 뒤져 보던 각국의 정보기관들은 더 미친 듯이 SNS를 검색하기 시작할 것이고, 그로 인해 많은 애로사항이 예견되고 있었다.

"이 자리에 설마 마약 거래의 새로운 패러다임이 어떻게 정보기관의 정보 전달 방법으로까지 생각이 발전하냐는 멍청한 생각을 가진 놈들은 없을 거다."

정보기관은 백사장에 널려 있는 깨진 조개 껍질로도 정보를 얻는 곳이다. 작은 방심이 요원들의 생사에, 국가 안보에 치명적인 위험이 될 수도 있었다.

"일리아."

"현재 접선 방법을 모두 들여다보고 있으며, 메신저에 접속한 요원들의 접속 위치를 재확인 중에 있습니다. 이 확인은 대략 1년 정도 걸릴 것이라 예상됩니다."

각국의 정보기관들도 타국의 요원으로 의심되는 요원들을 감시하고 있을 테니, 확인 절차는 정말 은밀하게 이뤄져야 했다.

그렇게 한 요원이 입을 열자 다른 요원들도 순차적으로 입을 연다.

"한 달 안에 기존의 메신저를 폐쇄할 예정이며, 곧 새로운 메신저가 배포될 예정입니다."

"디자인은 이것입니다. 기존 인스턴트 메신저와 똑같이 생긴 로고를 사용함으로써……."

"사이트 역시 폐쇄 후 새로운 사이트를 오픈할 예정입니다."

"사이트는 놔둬. 연락이 끊긴 요원들의 접속용으로."

"예."

"이 정보에 대해 가장 느리게 받아들일 거라 생각하는 정보기관은 어디지?"

"중국을 비롯해……."

종혁이 던진 폭탄이 전 세계 정보기관들을 뒤흔들기 시작했다.

하지만 마냥 해가 되는 것만은 아니었다. 그동안 미꾸라지처럼 그들의 손을 이리저리 빠져나간 놈들을 낚아챌 절호의 기회이기도 했다.

그들의 입가에 미소가 그려지기 시작했다.

* * *

침대에 걸터앉은 종혁이 멍하니 중얼거린다.

"휴가를 못 간다니……."

사건을 해결했는데 휴가를 가지 못하게 됐다.

정동철 국장이 반려한 거다.

물론 부국장으로 취임한 지 보름도 안 됐으니 당연하다면 당연한 일이지만 뭔가 억울했다. 힘도 나지 않았다.

"출근 안 하십네까?"

"……해야지. 그래, 해야지."

오늘은 출근하기 싫다는 욕망이 온몸을 잠식하고 있지만, 종혁은 억지로 엉덩이를 떼며 일어섰다.

"아, 그냥 미친 척 가로수라도 들이받아?"

"그만 차 키나 받으시라요."

"옛날에 형님, 형님 하던 철이를 돌려줘."

싱긋 웃은 순철은 매정히 몸을 돌려 집을 빠져나갔고, 종혁은 입맛을 다시며 그의 뒤를 따랐다.

"집은 알아보고 있어?"

"알아보고는 있는데……."

아직 아파트에서 살지, 주택에서 살지조차 결정하지 못했다.

"그냥 아래층에서 살라니까. 너 멀리 가 버리면 엄마 서운해한다."

"……생각해 보겠습니다."

강요는 할 수 없는 일이라 고개를 끄덕여 준 종혁은 순철이 골라 준 차에 올라탔고, 순철도 자연스럽게 그 옆에 있는 차에 올라탔다.

부르릉! 과르릉!

그렇게 주차장을 빠져나가려는 순간 순철에게 전화가 온다.

"왜?"

-갑자기 생각나서 그런데, 형수님은 언제 데려오십네까?

종혁은 피식 웃었다.

어머니 고정숙이 서운해하고 있다는 뉘앙스를 풍기니, 어머니를 달랠 계책을 생각했나 보다.

"흠. 글쎄다. 그냥 말 나온 김에 날 잡을까? 한정식 어때?"

-음? 저, 저희도 참석하는 겁네까? 저는 그냥 집에 데려오시면 자연스럽게 인사하는 걸로…….

"뭐 어때. 가족인데."

-…….

"아무튼 그렇게 알고 있어."

그렇게 전화를 끊은 종혁은 갑자기 눈을 끔뻑이며 배를 쓰다듬었다.

"아침을 덜 먹었나."

생각해 보니 그런 것 같기도 하다. 휴가를 못 간 충격이 그렇게 컸나 보다.

혀를 찬 종혁은 다시 순철에게 전화를 걸었다.

"철아, 김밥 먹고 가자. 청담동에 죽이는 김밥집 있어."

-아, 그 연예인들이 새벽마다 사 먹으러 간다는 곳 말입니까?

"어, 거기. 너도 좀 사서 사무실에 돌려. 아침 안 먹고 오는 직원들 많잖아."

후에 더 높은 자리로 가려면 이렇게 평소에 평판 관리를 해야 했다. 그런 종혁의 말에 순철은 고맙다는 듯 승낙을 했고, 그들은 핸들을 틀었다.

그 순간이었다.

지이잉! 지이잉!

왜인지 다급해 보이는 핸드폰 진동 소리.

갑자기 왜 그런 느낌이 들었는지 모르겠지만 종혁이 의아해하며 전화를 받는다.

"우리 직원이 이 시간에 왜……. 예, 최종혁입니다. 아……."

무슨 말을 들은 건지 종혁의 눈빛이 착 가라앉는다.

"알겠습니다. 최대한 빨리 가겠습니다."

통화를 종료한 종혁은 순철에게 전화를 걸었다.

"어, 철아. 김밥집은 아무래도 다음에 가야겠다. 우리 외사국 직원이 사망했단다."

쿵!

다시 핸들을 돌리는 종혁이 이를 악물었다.

결코 듣고 싶지 않은 비보였다.

* * *

뚜벅뚜벅뚜벅!

빠르게 복도를 가로지른 종혁이 외사국의 문을 열고 들어간다.

"충성!"

다급히 인사를 하지만, 우울한 어둠이 내려앉아 있는 사무실.

언제나 각오를 하고 있지만, 결코 듣고 싶지 않은 비보가 밝아야 할 아침을 어둡게 만든다.

"우리 직원이 사망했다는 게 무슨 말입니까."

"저희도 이게 무슨 일인지······."

오늘 오전 7시, 태국에서 그곳으로 파견되었던 경찰주재관의 사망 소식을 알려왔다.

해외에 상주하며 재외국민 보호, 범죄자 검거를 위한 수사 공조, 주재국 법 집행기관과 협력 체제 구축 등 업무를 맡고 있는 경찰.

이것이 외사국의 경찰주재관, 일명 코리안 데스크다.

"사인은요?"

"귀가를 하다 강도를 당한 것 같다고 하는데······. 하아, 이게 무슨 일인지······."

종혁도 하고 싶은 말이다.

"홀로 계시는 어머니는 어떡하라고, 이 새끼야······."

쾅!

다급히 사무실의 문이 열리며 정동철 국장이 안으로 들어온다.

"추, 충성!"

뛰어온 것인지 얼굴에 땀이 송골송골 맺혀 나오는 정동철 국장. 그가 떨리는 눈으로 종혁을 본다.

"부국장."

"예. 제가 가서 데려오겠습니다."

"……부탁하지."

이를 악문 정동철은 애써 몸을 돌려 국장실로 향했고, 종혁은 뒤이어 뛰어 들어오는 최재수와 현석을 보며 입을 열었다.

"여권하고 정복 챙겨."

귀가 도중 사망을 했다고 하더라도 파견 업무 중 사망을 한 것이다. 자신이 맡은 바 일을 열심히 하다 사망을 한 직원.

극진한 예를 표해 데려와야 했다.

"사망한 직원의 것도 챙기도록 해. 옷은 입혀 데려와야지."

경찰에게 있어 수의는 경찰복뿐.

그 직원도 그것을 바랄 것이다.

"전체 차렷! 경례!"

척!

"부탁…… 드리겠습니다, 부국장님."

고개를 끄덕인 종혁은 부국장실로 향했다.

자신도 정복을 챙겨야 했다.

* * *

기이이이잉!

방콕의 수완나품공항.

캐리어를 끌고 나오는 종혁을 향해 키가 큰 여성이 다가온다.

또각또각!

"최."

"라차논."

한때 유도 라이벌이자 태국의 유도 괴물이었으나 지금은 성전환 수술을 해서 여자가 된 태국의 친구, 라차논이다.

언제나 만날 때마다 음흉한 표정을 짓던 친구가 오늘만큼은 진지하게 종혁을 안아 준다.

종혁도 고맙다는 듯 그녀의 등을 두드려 준다.

"마중 나와 줘서 고마워. 이쪽은 내 직속 직원인 최재수와 강현석."

"사와디 카. 라차논이에요."

양손을 모아 고개를 숙이는 그녀의 모습에 최재수와 현석도 황급히 고개를 숙인다.

"사와디 캅. 최재수 경사입니다."

"강현석 경위입니더."

맑은 미소를 지어 준 그녀가 다시 종혁을 본다.

"차는 저쪽에 있어."

고개를 끄덕인 종혁은 말없이 그녀의 뒤를 따랐다.

그들은 그렇게 외사국 직원이 안치되어 있는 병원으로 향했다.

영안실로 갈수록 피부가 점점 차가워진다.

보지 않길 바라면서도 봐야 하는 더럽고 착잡한 기분.

"친한 사람이었나 봐."

"……식구니까."

지금 데리러 가는 직원은 여태껏 단 한 번도 보지 못한 직원이다. 종혁이 잠시 외사국에 머물렀다 떠났을 때 외사국으로 온 직원.

그러나 그래도 식구다.

얼굴 한 번 본 적 없어도, 자신들과 똑같이 국민의 목숨을 구하기 위해 제 한 몸 아낌없이 날리는 경찰 식구.

당연히 마음이 아플 수밖에 없다.

"너희도 그렇잖아."

"……그렇지. 여기야."

영안실의 문을 열고 들어가니 미리 대기하고 있던 의사가 냉장고에서 직원을 빼낸다.

마치 잠을 자듯 똑바로 누워 눈을 감고 있는 직원. 많이 추운 건지 안색이 파리하다.

"차렷."

그 말만 기다렸다는 듯 차렷 자세를 취하는 최재수와 강현석.

"경례."

척!

"바로."

팔을 내린 종혁이 직원을 향해 고개를 숙인다.

"고생하셨습니다."

'그러니 부디 다음 생에선 이 좆같은 일 하지 마시길.'

천직이지만, 참 좆같은 직업인 경찰.

씁쓸히 웃은 종혁의 시선이 직원의 배에 난 세 개의 칼자국으로 향한다.

"어떻게 된 일이야?"

"일단 이 사람이 움직인 동선 내에 CCTV가 없고 목격자도 없어서 부검 결과만 가지고 추정한 내용임을 감안해 줘."

10시 늦은 저녁, 술을 마시고 귀가를 하던 한국 경찰은 갑자기 후두부에 큰 충격을 받아 쓰러졌고, 또 칼에 찔렸다.

"범인은 두 명 혹은 그 이상이겠네."

"아마도 금품을 노린 범행을 당한 것 같아. 등이나 바지 뒤쪽에 먼지가 많이 묻지 않은 걸 보면 거의 동시에 후두부를 맞고, 칼에 찔린 걸 거야. 시신이 발견된 장소 주위를 샅샅이 뒤져 국과수에 넘겨 놓은 상태지만……."

아마 범인을 찾기 힘들 거다.

"그럼 이 직원이 한국 경찰이란 것은 어떻게 안 거야?"

강도를 당했다면 지갑 등 신분을 증명할 것은 모두 가져갔을 거다.

"한국 대사관에서 먼저 연락을 해 왔어. 자기들 쪽 코리안 데스크가 출근을 하지 않는 게 아무래도 이상하다면서 말이야."

순직 〈299〉

'이상하다? 성실한 타입인가 보네.'

만약 지각이나 결근을 밥 먹듯 했다면, 또 그러면서 대사관 직원들과 사이가 나빴다면 신고는 더욱 늦어졌을 거다.

고개를 끄덕인 종혁이 라차논을 향해 손을 내밀었다.

"부검서 좀."

"여기."

촤락!

부검 결과를 본 종혁의 미간이 좁혀진다.

라차논의 말처럼 직원은 둔기로 뒤통수를 얻어맞은 후 칼에 찔렸다. 그것도 세 번이나.

"최재수, 강현석. 뭐 같아?"

"뻑치기 같습니다."

"그런데 칼에 찔렸어."

"반항을 한 게 아니겠습니까?"

"여기서 추론할 수 있는 점은?"

"……인마들이 초보다?"

종혁은 고개를 끄덕였다. 같은 생각이었다.

보통 뻑치기 범죄를 저지르는 놈들은, 이것이 숙달된 놈들은 몽둥이질 한 방에 사람을 기절시킬 수 있다.

물론 심신미약인 피해자들만 고르기는 하지만 그래도 한 방. 힘이 센 장사라도 이런 기습엔 당할 수밖에 없다.

"근데 이 사람 우에 당한 겁니꺼? 늦은 밤에 누가 다가오면 경계를 하지 않습니꺼? CCTV도 없는 으슥한 곳이

라믄 더더욱 그러지 않을까예?"

"혈중 알코올 농도를 봐. 이 정도면 거의 만취한…… 음?"

부검서를 넘기던 종혁이 그대로 굳는다.

"뭐야, 이거?"

"와 그러십니꺼?"

의아해하며 다가온 현석과 최재수가 부검서를 보며 고개를 갸웃거리고, 종혁은 그런 그들을 한심하다는 듯 바라본다.

"이걸 보고도 몰라?"

"와예? 칼질이 아래서 위로 들어간 게 어때서예? 범인의 키가 작은 거 아니겠슴니꺼."

아래에서 위로, 비스듬히 대각선으로 들어간 상흔.

"최재수."

"……예. 확실히 이상하네요. 입안 좀 살펴보겠습니다."

종혁이 말하지 않아도 얼른 움직여 시신의 입을 힘주어 열어 본 최재수. 그 순간 그의 낯빛이 딱딱하게 굳는다.

"여, 여기 좀 보셔야겠습니다, 부국장님!"

걸음을 성큼 옮긴 종혁이 입술이 뒤집어 까진 직원의 입안, 잇몸을 보고 이를 악물었다.

그에 최재수가 눈꺼풀도 열어젖히며 핏발이 가득서다 못해 터진 눈을 확인한다.

"부, 부국장님. 이거……."

순직 〈301〉

"어. 이거 그냥 강도 아닌 것 같다."

잇몸과 눈에 꽤 많은 출혈이 있다.

후두부를 얻어맞은 충격이라고 볼 수 있지만, 아무래도 다른 이유 같았다.

종혁은 여전히 이해 못하는 현석을 향해 다가갔다.

"강현석, 이 악물어."

"예?"

퍼억!

"꺽?!"

갑자기 배를 얻어맞고 몸을 숙인 채 억울한 눈빛을 짓는 현석.

종혁은 그런 그를 싸늘히 보며 입을 열었다.

"네가 범인이라면, 그 상태의 피해자에게 칼을 어떻게 찔러 넣겠냐?"

"당연히 몸을 일으켜…… 어?"

현석은 눈을 껌뻑였다.

아무리 만취를 했다지만, 그래도 경찰주재관으로 올 정도면 외사국에서도 엘리트 소리를 듣는 경찰이다.

분명 반항을 했을 것이고, 이 강도들은 분명 제압을 하는 데 많은 애로사항이 있었을 거다.

그러나 부검서에 기록된 상흔은, 사인에 영향을 끼친 상흔은 고작 네 개뿐.

만약 가까이 붙어 찌른다고 해도 어지간히 키 차이가 나지 않는 이상 칼은 결코 아래에서 위로, 이렇게 가파르게 들어갈 수가 없다.

아니, 설사 그렇게 들어갔다고 해도 세 개의 상흔이 이렇게 비슷한 각도를 가질 수 없었다.

"이, 이거……."

종혁은 직원을 덮고 있는 하얀 천을 벗겨 냈다.

그에 라차논의 표정이 하얗게 질린다.

손목과 팔, 그리고 가슴에 난 희미한 상흔들. 마치 묶였던 것 같은 상흔들.

"최, 이거……."

"그래."

이 직원은 묶인 상태에서 찔린 거다. 그것도 조롱을 하듯 느릿하게 칼을 찔러 넣은 거다.

의자에 묶인 직원의 앞에 쪼그려 앉은 어떤 개새끼가.

빠드드드드득!

"사건 현장이 어디라고?"

종혁의 핏발 선 눈이 라차논을 노려봤다.

* * *

태국 방콕 딸링찬의 어느 골목 앞.

폴리스라인이 쳐진 그곳이 직원이 발견된 장소였다.

종혁이 피가 말라붙은 시멘트 바닥을 보며 눈빛을 가라앉혔다.

"역시……."

"예. 출혈이 적네요."

종혁이 주위를 둘러본다.

뿌드드등! 찌링찌링!

오토바이와 자전거 몇 대가 돌아다니는 허름한 지역.

양옆으로 상점과 주택들이 늘어서 있고, 폴리스라인 뒤 골목은 사람 네다섯 명이 나란히 지나가면 알맞은 크지도 작지도 않은 구역이었다.

'CCTV도 보이지 않고.'

상점 같은 곳엔 달아 놓을 법도 한데 외부로 빠져나온 CCTV가 보이질 않는다.

"신고를 받고 경찰이 출동했다고 했지?"

"응. 새벽 5시 20분경에 신고가 들어왔어."

그리고 부검을 통해 태국에 파견된 코리안 데스크의 사망 시각을 알아냈다. 그것이 저녁 10시였다.

그래서 그 시각 강도를 당한 것으로 추정된 것이다.

"신고자 신원은?"

"이 근처에 사는 주민인데, 아침에 출근하는 길에 발견하고 신고를 했나 봐."

"그래? 아침이 좀 빠르네?"

"더운 나라니까."

라차논의 짧은 말은 많은 뜻을 포함하고 있었다.

태국인들은 다소 게으르다는 이미지가 있다.

그들의 성향 자체가 느릿한 것도 있지만, 한낮에도 여기저기 늘어져 쉬는 사람들이 많기에 그런 인식들이 생겨났다.

 하지만 그건 일부 사람들일 뿐이고, 그런 이미지가 만들어진 원인에는 기후와 종교의 영향이 상당히 끼쳤다고 볼 수 있다.

 내세를 믿으면서도 현세의 삶을 중시하는 종교와 여름날 한낮이 되면 숨이 막힐 듯 더워지는 기후, 그리고 부족한 교육.

 이외에도 여러 가지 이유가 짬뽕이 되어 그런 이미지가 만들어진 것이다.

 '동남아에서 가장 잘 웃어 주는 나라가 태국이랬지.'

 사는 환경이 다른데 같은 잣대로 평가해서는 안 되는 것이다.

 고개를 끄덕인 종혁은 입을 열었다.

 "밤사이 다투는 소리는 못 들었고?"

 "그런 소리는 못 들었대. 여기 거리를 보면 알다시피……."

 저녁 10시 경이면 불이 모두 꺼져 버릴 만큼 허름한 구역이다.

 아마 그 시간이면 이곳에 사는 대다수의 주민들이 잠을 청했거나 드라마 같은 걸 보고 있었을 거다.

 "하긴 술집처럼 생긴 곳은 안 보이네."

 일반 식당이나 슈퍼, 의류 판매점 등이 보이긴 하지만, 그 흔한 편의점조차 보이지 않는 구역이다.

 '주류 판매 금지법도 한몫했겠지.'

태국은 특이하게도 편의점이나 슈퍼에서 주류를 구매할 수 있는 시간이 정해져 있다. 저녁 12시가 넘어가면 자국인이건 외국인이건 술을 구매할 수 없는 거다.

불교와 관련된 공휴일에는 하루 온종일 술을 구매할 수 없다.

다시 고개를 끄덕인 종혁은 최재수와 현석을 봤다.

"재수랑 현석이는 골목과 저쪽을 뒤져 봐."

정황으로 미루어 봤을 때 다른 곳에서 살해를 한 후 이곳에 시체를 유기한 것이라 짐작됐다.

하지만 그 다른 곳이라는 게 이 근방일지, 아니면 제법 거리가 있는 곳인지까지는 유추조차 할 수 없는 상황.

일단 모든 가능성을 열어 두고 수사를 진행해야 했다.

"태국어는 안 되지?"

"음. 영어로 물어보면 안 되는 겁니꺼?"

"우리나라처럼 영어가 기본 교과인 나라가 아니니까."

번화가나 젊은 사람들 중에는 영어를 하는 사람이 제법 있지만, 번화가만 벗어나도 거의 드물다.

그럴 땐 어설픈 태국어 몇 마디와 손짓, 발짓으로 의사소통을 해야 한다.

둘이 미안한 표정을 지으며 고개를 숙인다.

"당연한 거니까 미안할 건 없고."

그래도 외사국에 왔으니 세계 어딜 가도 간단한 회화 정도는 할 줄 알아야 했다.

"또 그게 진급에 도움도 되고."

회귀 전 종혁이 그랬듯 말이다.

다른 경찰들은 할 수 없는 외국어들을 유창하게 한다는 메리트로 꽤 여기저기 불려 다니며 인사고과를 쌓았던 종혁.

그렇기에 순경 출신이 경정까지 올라갈 수 있었던 거다.

종혁이 라차논을 바라봤다.

"부탁 좀 할게."

"알았어. 넌…… 괜찮겠구나."

태국어가 방콕에서 나고 자란 사람처럼 유창한 종혁이다.

"여기 라차논이 영어를 할 줄 아니까 묻고 싶은 게 있으면 라차논을 통해 물어봐."

"예, 알겠습니다."

종혁은 지갑을 꺼내 그들에게 돈을 한 움큼 안겨 줬다.

"내 스타일 알지? 탐문 조사에 돈 아끼지 마."

"예!"

힘차게 대답한 현석과 최재수는 라차논과 함께 움직이기 시작했고, 그걸 보던 종혁도 반대 방향으로 몸을 돌렸다.

그러며 땅바닥을 바라보는 그.

'핏자국은 안 보이네…….'

종혁은 곧바로 사건 현장 바로 옆에 있는 식당으로 들어갔다.

"어서 오세요……."

순직 〈307〉

그렇지 않아도 어제 발생한 살인 사건 때문에 뒤숭숭한 동네.

그 사건 현장 앞을 얼쩡거리며 무슨 작당모의를 하는 것처럼 보이던 사람이 들어오니 식당 여주인은 떨떠름한 표정을 지을 수밖에 없다.

종혁은 그런 그녀를 향해 양손을 모아 고개를 숙이며 싱긋 웃어 줬다.

"안녕하세요. 한국에서 온 경찰인 최종혁입니다."

"아니, 난 아무것도……."

"배가 고파서 그런데 음식 좀 주실 수 있겠습니까? 제가 태국 음식을 잘 몰라서 그러니 이 돈에 맞춰서 주시며 감사하겠습니다. 술도 함께요."

턱!

그러며 그녀의 손에 쥐어지는 천 바트 지폐 열 장.

환율로만 따지면 천 바트에 3만 원 언저리지만, 이곳 태국 사람들이 체감하는 물가로만 따지면 10만 원 그 이상. 동네 밥장사라 만 바트면 거의 일주일 매출이다.

여주인의 눈이 번쩍 떠진다.

"저, 정말 아무것도 모르는데…… 큼. 여기에 앉아요. 방금 청소해서 제일 깨끗한 자리예요."

"하하. 감사합니다."

종혁은 여주인이 가리킨 자리에 앉으며 테이블에 놓인 물병을 따서 입으로 가져갔다.

"음. 아무리 봐도 모르겠네."

직원의 사진을 본 여주인이 고개를 젓는다.

큰손이 왔으니 도우라고 위에서 식당 2층, 집에서 TV를 보다 끌려 나온 여주인의 남편도 고개를 젓는다.

"음. 한 번도 보지 못한 겁니까?"

"이렇게 피부가 하얀 사람이 돌아다니면 모를 리가 없죠. 그렇지?"

"그럼. 여자보다 더 피부가 하얀데······."

"지난 밤사이에 무슨 소리를 들으신 적도 없고요?"

"그렇죠?"

"하. 아, 건배하시죠."

"어휴. 식당 여는 시간엔 술을 마시면 안 되는데······."

"얼마면 되는데요? 제가 오늘 이 가게 매출 다 쏘겠습니다! 자, 우리 사장님도 한 잔 받으시고."

"어이쿠!"

"호호호호호! 한국분이 우리나라 말을 잘하시네! 아, 원! 원-!"

가게 밖을 지나던 오십대 남성이 놀란 눈을 한 채 가게 안으로 들어온다.

"우와. 뭔 음식들을 이렇게 많이 차렸어? 드디어 가게 내놓는 거야? 여기 이분은 가게를 사실 분이고? 일본인이신가? 중국?"

"헛소리 말고. 이 사진 좀 봐 봐. 너 혹시 이 사람 본 적 있어?"

순직 〈309〉

"……글쎄?"

"그러면 어젯밤에 이 앞에서 무슨 소리 듣거나 본 적도 없지? 살인이 일어난 곳 말이야. 외국인이 죽은 곳."

"없는데……."

미간을 좁히는 오십대 남성의 모습에 종혁이 술병과 잔을 들고 일어선다.

"안녕하십니까, 한국에서 온 경찰입니다. 이 앞에서 저희 동료가 살해당했는데, 혹시나 아시는 분이 계실까 이렇게 여쭙고 다니고 있습니다."

"오! 까울리! 응? 우리나라 사람이 아니고? 딱 방콕 사투리인데?"

"하하. 일단 한 잔 받으시죠."

꼴꼴꼴!

"어어?"

"자리에도 앉으시고. 제가 음식을 너무 많이 시키는 바람에 난처하거든요. 좀 도와주십쇼!"

"그래, 앉아! 우리 세 사람이 먹어도 다 못 먹어! 아니 아직도 이만큼 더 만들어야 해!"

4인이 앉을 테이블을 꽉 채우다 못해 3단으로 쌓인 접시들.

눈을 빛낸 오십대 남성이 슬그머니 엉덩이를 붙인다.

"큼. 그렇다고 그냥 얻어먹으면 마음이 좀 그런데……."

그렇게 말하며 맥주를 쭉 들이켠 남성이 잠깐 기다려

보라는 말을 남기곤 가게 밖으로 뛰쳐나간다. 그리고 10초도 안 되어 다른 사람을 끌고 온다.

그리고 사진을 보며 고개를 저은 사람이 또 다른 사람을 데려오고. 그렇게 식당에서 동네잔치가 열려 버렸다.

"나 봤어! 내가 본 것 같아!"

사람들로 꽉 차 와자지껄하던 식당에 갑자기 침묵이 내려앉는다. 종혁은 다급히 그 사람에게 다가갔다.

"보셨다고요?"

"응. 새벽 3시였나?"

갑자기 소변이 마려워 화장실을 다녀오다 담배를 피우기 위해 창문을 열었는데, 웬 승합차 한 대가 다가와 뭔가를 내려놓고 가 버린 걸 본 것 같다.

"아니, 그걸 왜 이제 말해!"

"잠결이라 헛것을 본 줄 알았지!"

그러다 오늘 아침에야 알게 됐다. 살인 사건이 일어났다는 걸.

"그걸 말이라고 해?! 그런 걸 봤으면 바로바로 말해야지!"

"헛것을 본 줄 알았다니까! 그 시간에 우리 농네를 돌아다니는 차가 어디 있다고!"

종혁은 얼굴이 발갛게 달아오른 둘을 말렸다.

"그래서 어떤 승합차인지, 차종은 기억나십니까?"

"차종은 잘 모르겠고. 은색인가 흰색인가…… 아무튼 뭐 그런 색상에 차량 번호는…….."

꿀꺽!

종혁의 목구멍으로 마른침이 넘어간다.

"기억이 안 나네요. 뭐, 방콕을 굴러다니는 차들 대부분이 일본차이니 그중 하나일 겁니다."

"감사…… 합니다."

아쉽긴 하지만, 정말 귀중한 정보를 얻었다.

모래사장에서 바늘 찾기였는데, 어느 정도 수사 범위를 좁힐 수 있는 단서를 얻은 거다.

이를 악물며 남성의 손을 꼭 잡은 종혁은, 그에게 사례금을 쥐여 준 종혁은 식당 여주인을 향해 크게 외쳤다.

"2만 바트 더 쏩니다! 음식하고 술, 아니 그냥 셔터 내리세요!"

"우와아아아아!"

"최! 최! 최!"

종혁을 열광하는 사람들.

그 순간이었다.

"내가 이럴 줄 알았지……."

귀를 때리는 한국어에 고개를 돌린 종혁이 가게 앞에 서 있는 3명을 보곤 낯빛을 굳혔다.

"하, 나도 이렇게 잔치를 벌였어야 했는데……."

"흰소리 그만하고."

최재수를 타박한 종혁이 입을 열었다.

"특별한 점은?"

"없습니다. 부국장님은……."

"어."

티끌만 하지만 그래도 찾았다.

"확실히 우리 예상이 맞는 것 같다."

사망한 직원이 누군가에게 원한을 샀고, 잔인한 보복을 당한 것 같다.

"사망한 직원의 관사로 가야 할 것 같아."

사망한 직원의 소지품이나 사건 현장에서 수거한 증거물 중에서 없는 게 있었다.

사라진 핸드폰과 지갑 외에 또 다른 무언가가.

'만약 그걸 품에 가지고 있지 않았다면……'

놈들이 수거를 했든가, 아니면 숨겨 놓았을 거다.

이건 사망한 직원의 관사에 가 봐야 알 것 같다.

"그러니 조금만 더 수고해 줄 수 있을까?"

"얼마든지."

"고마워."

라차논의 어깨를 두드려 준 종혁이 최재수와 현석을 다시 봤다.

"한국에 연락해서 직원들 불러."

원한 및 보복이 확실시된 이상, 자신들 3명으로는 부족했다. 손발이 되어 줄 사람들이 더 필요했다.

* * *

달칵!

금속으로 된 문을 열고 들어간 종혁이 낯빛을 가라앉힌다.

"이, 이게 무슨……!"

문을 열어 주던 관리인과 한국 대사관의 직원이 기겁을 하고, 최재수가 다급히 종혁을 본다.

마치 도둑이 든 듯 모두 열어진 서랍장과 바닥에 널브러진 옷가지 등의 물품들.

"부국장님!"

"아무래도 나랑 같은 걸 찾았나 보네."

"가, 같은 거 말입니꺼?"

사진이나 형사수첩, USB 등 어떤 기록물.

이 사건은 단순 원한 사건이 아니다. 분명 어떤 일에 연루가 된 거다.

"그게 뭔지는 모르지만, 사망한 직원은 분명 그 뭔가를 기록했을 것이고……."

그건 형사수첩에 남겼을 확률이 높았다.

형사라면 무조건 몸에 지니고 다니지만, 형사수첩이란 게 워낙 작은 크기라 대부분 키워드만 적어 놓기에 남이 본다면 그냥 낙서로밖에 보이지 않는다.

그게 보이지 않기에 혹시나 해 봐서 와 봤는데, 방이 이 모양 이 꼴이다.

"몸에 지니고 있었다면 이렇게 방을 뒤집진 않았겠네요."

"그렇지."

그런 기록물이 있을 확률이 가장 높은 컴퓨터가 보이지 않는 것을 보니 놈들이 가져간 것 같다.

"그렇다면……."

"그래. 아마 고문을 당한 것 같다."

묶인 상태에서 느릿하게 칼을 찔러 넣은 것으로 추정되는 자상.

이건 단순한 조롱이 아니라, 직원이 남긴 기록물을 찾아내기 위해 고문을 한 것임이 분명했다.

빠드드드득!

"이 개새끼들이……."

이를 가는 최재수와 현석을 일견한 종혁이 방 안을 다시 둘러본다.

"태국 경찰들이 여긴 아직 조사 안 한 거지?"

"있어 봐. 부를게."

"고마워."

그나마 다행이다. 혹시 몰라 문손잡이를 직접 만지지 않았으니 말이다.

종혁은 뒷걸음질 쳤다.

"지금부터 감식반이 도착할 때까지 아무도 안으로 들어갈 수 없습니다. 제 통제에 따라 주세요."

관리인과 한국 대사관 직원은 망연자실하며 방을 다시 빠져나갔고, 종혁은 관리인을 바라봤다.

"어젯밤부터 오늘 아침까지 이곳에 출입한 사람은 없었습니까?"

"그, 그게……."

솔직히 잘 모른다.

자신이 관리인이긴 하지만, 24시간 상주하는 것이 아니기 때문이다.

저녁엔 퇴근을 하고, 아침에 출근을 하는 그. 아침에 출근을 해도 근처의 사무실에서 지내고 있다.

"그럼 누군가 열쇠를 가지러 오지도 않았겠군요."

"그렇습니다."

종혁은 핸드폰 플래시를 켜 열쇠구멍을 비췄다.

"강제로 따고 들어왔네."

놈들 중에 이런 재주를 가진 놈이 있나 보다.

'대체 어디를 기웃거리다가…….'

"아니, 뭘 봤으면 재깍재깍 보고를 해야지. 파트너도 없는 양반이 왜…….'

종혁은 무거워지는 관자놀이를 누르며 한숨을 내쉬었다.

* * *

웅성웅성.

"수고하셨습니다."

하얀 옷을 입은 태국 경찰의 감식반이 라차논에게 인사를 하자 종혁이 입을 연다.

"다 끝난 겁니까?"

당황해 라차논을 보는 감식반 경찰.

라차논이 고개를 끄덕인다.

"끙. 예. 머리카락 하나, 지문 하나까지 모두 다 수거했으니 증거가 나온다면 여기서 나올 겁니다."

"감사합니다. 부탁드리겠습니다."

"그럼……."

그렇게 감식반들이 우르르 몰려 나가자 최재수와 현석이 다가온다.

"부국장님, 외사국 식구들은 공항에 도착했다고 합니다."

"오케이."

종혁이 현석을 본다.

"주변 탐문 결과 별다른 건 없었는데, 대신 CCTV는 구했심더!"

종혁과 최재수의 눈이 번쩍 떠지고, 현석이 드디어 공을 세웠다며 빠르게 입술을 달싹인다.

"차량은 도요다 승합차. 차량 색깔은 흰색. 차량 번호는…… 이놈아들이 작정하고 가린 것 같심더. 테이프를 붙였어예."

흰색 승합차. 시체를 유기했던 놈들이 타고 있었다던 차량에 대한 증언 정보와 일치한다.

뒤이어 현석은 핸드폰으로 찍은 CCTV 화면을 보여 줬다.

"네 놈이네……."

모두 복면을 썼고, 점퍼를 입었다.
'태국 놈들이네.'
아니면 태국에서 제법 오래 산 사람들이다.
아직 2월, 겨울이다. 한국 사람이야 따뜻하다고 느낄 테지만, 이런 동남아에서 산 사람들은 충분히 추위에 떨 계절이다.
"시간은 11시 42분."
사망한 직원의 사망 추정 시각과 그리 큰 차이가 없다.
아무래도 사망한 직원을 통해 알아낸 게 없자 그 뭔가를 찾기 위해 이곳으로 온 것 같다.
"영상 확보해서 한국에 보내고…… 감식반 갔지?"
"잠시만예. 예, 갔습니더."
고개를 끄덕인 종혁이 감식반이 휩쓸고 간 관사를 가리킨다.
"엎자."
"예?"
"책상 뒤, 침대 아래, 행거 안. 싹 다 뒤지…… 응?"
문가에서 느껴지는 인기척에 고개를 돌린 종혁은 눈을 껌뻑였다.
단발머리를 한 작은 체구의 이십대 초반의 여성이 얼떨떨해하면서도 겁먹은 모습으로 서 있다.
"미, 민은 어디 갔나요?"
"……누구?"
사망한 직원의 이름은 우승민.

종혁은 미간을 좁히며 그녀에게 다가갔다.

새하얀 셔츠에 검은색의 치마를 입은 여성.

'대학생?'

태국 대학교의 교복이다.

모든 대학교 교복의 색상과 디자인이 동일한, 대학생의 교복이 의무화되어 있는 태국.

"한국 경찰입니다. 실례지만 누구신지 여쭤봐도 되겠습니까?"

그리고 사망한 직원, 우승민 경사와의 관계도 말이다.

쿵!

"네?"

깜짝 놀란 여성이 종혁을 보며 멍하니 눈을 껌뻑인다.

마치 자신이 제대로 들은 게 맞는지 잘 이해하지 못하는 듯한 모습.

"일단 안으로 들어오시겠습니까."

"아, 네……."

종혁은 그녀가 안으로 들어서자 라차논을 바라봤고, 그 의도를 알아차린 라차논이 앞으로 나서며 양손을 모았다.

"안녕하세요. 태국 경찰청의 라차논이에요."

본래는 국가정보부 NIA 소속인 라차논. 그러나 그걸 밝힐 수는 없기에 경찰이라 자신을 소개한 것이었다.

"오, 오이예요."

대부분이 이름이 길고 부르기 어렵기에 예명을 하나씩

가지고 있는 태국인.

오이라는 이름도 아마 예명일 터였다.

"방금 들으셨다시피 이 방의 주인이자 한국에서 파견된 코리안 데스크, 우승민 경사가 어젯밤 안타깝게도 사망하셨습니다."

"어, 어쩌다?"

"집으로 귀가를 하시던 도중 강도를 당하셨습니다."

후두둑!

"아."

오이의 눈에서 갑자기 눈물이 쏟아져 내린다. 스스로도 놀란 것인지 그녀는 당황하며 눈물을 닦아 냈지만, 그녀의 눈에서 흘러내리는 눈물은 결코 멈추지 않았다.

"죄, 죄송해요. 저, 저는……."

"혹시 우승민 경사와 연인 관계셨나요?"

움찔!

오이의 몸이 굳자 종혁의 눈빛도 가라앉는다.

"……아, 아니요. 하우스 키퍼예요."

하우스 키퍼. 쉽게 말해 가정부다.

오이가 자신을 소개하는 사이, 라차논은 그녀를 위아래로 슥 훑으며 눈을 가늘게 떴다가 이내 원래대로 되돌렸다.

교복에 어울리지 않는 명품백. 이미테이션이라 해도 똑같은 원단, 재질로 제작되기에 꽤 가격이 나가는 편이었다.

"혹시 어느 대학을 다니시는지 물어도 될까요?"

"쭐랄롱꼰이요."

라차논의 두 눈이 다시 한번 가늘게 떠진다.

쭐랄롱꼰 대학교. 태국 내에서 수위를 다투는 명문대다.

"좋은 학교를 다니시네요."

"제, 제가 다니는 학과가 인기가 없는 학과라 운 좋게도……. 그리고 늦게 입학해서 학년도 낮고요……."

겉으로 보기엔 이제 겨우 이십대 초반으로 보이는 그녀. 꽤 동안이라고 할 수 있었다.

완전히 이해했다는 듯 고개를 끄덕인 라차논이 눈빛을 가라앉힌다.

이제부터 중요한 질문이었다.

"그러면 며칠에 한 번씩 오는 건가요?"

"나흘에 한 번씩 와서 청소를 하고, 음식을 해 둬요. 민은 잘생긴 외모와 달리 꽤 방을 험하게 쓰거든요."

옷을 여기저기에 아무렇게나 벗어 놓고, 누가 밥을 해 놓지 않는다면 그냥 편의점에서 술과 안주, 컵라면만 사서 먹는다.

"그렇게 받는 돈이 한 달에 8천 바트고요."

"꽤 받네요?"

어지간한 아르바이트 월급을 상회하는 수준.

나흘에 한 번 와서 일하는 것치곤 상당히 많이 받는다고 할 수 있었다.

순직 〈321〉

그에 의문을 느꼈으나 라차논은 먼저 확인해야 될 문제부터 묻기로 했다.

"아, 서론이 길어졌네요. 혹시 이곳에 일하러 오셨을 때 혹시 우승민 경사가 뭔가 기록하는 모습을 봤다거나, 아니면 수첩, USB 같은 걸 보신 적 있으신가요?"

오이는 잠시 생각에 잠기는 듯하니 갑자기 눈을 크게 떴다.

그 모습을 본 종혁과 라차논은 동시에 생각했다.

'있구나.'

있었다. 기록물이.

오이는 라차논을 비롯한 네 사람의 눈치를 보더니 입을 열었다.

"제가 본 게 질문하신 건지는 잘 모르겠는데……."

자신이 일을 하러 갔을 때 뭔가를 하던 우승민이 깜짝 놀라며 뭔가를 책상 서랍이나 베개 뒤에 숨기는 걸 본 적이 있었다.

"저기 책상 서랍이요?"

"네."

"그것 말고 다른 기억에 남는 건 없으신가요?"

"특별히 기억에 남는 건……."

"요 근래 자주 연락을 하거나 연락을 받은 적은요?"

곰곰이 생각을 하던 오이는 고개를 저었다.

"흠."

오이를 빤히 바라보던 라차논은 고개를 끄덕였다.

"알겠습니다. 감사합니다."

혹시나 다음에 또 물어볼 것이 있을 수 있기에 본명과 연락처를 받은 라차논은 그녀를 밖으로 내보냈고, 종혁은 그런 그녀를 향해 다가갔다.

종혁의 눈이 가늘게 떠졌다.

"우승민 경사가 잘생겼다고?"

부리부리한 눈매에 두꺼운 입술과 주먹코였던 우승민 경사.

남성미 넘치는 외형이라고는 평가할 수 있겠지만, 아무리 좋게 표현해도 잘생겼다고는 말할 수 없는 얼굴이었다.

종혁의 눈이 의심으로 물들어 있다.

"피부가 하얗고 눈썹이 송충이처럼 짙잖아. 그러면 우리 태국에선 충분히 미남이야. 너도 마찬가지고."

"그거 무슨 말이야?"

종혁의 물음에 라차논은 어깨를 으쓱였고, 종혁은 얼굴을 와락 구겼다.

하지만 그것도 잠시. 이내 진지한 얼굴로 돌아온 종혁이 라차논을 본다.

"태국은 명문대생이 하우스 키퍼로도 일하나 봐?"

"뭐, 집안 사정에 따라 다르겠지. 이번 일 같은 경우엔 페이도 잘 준 거 같고."

일일 최저 임금이 215바트밖에 되지 않는 방콕의 임금. 최저 임금을 받는 경우엔 한 달 내내 일해도 7천 바트도

순직 〈323〉

벌지 못한다.

그런데 나흘에 한 번, 길어야 서너 시간 일해서 한 달에 8천 바트를 받을 수 있다면, 누구라도 욕심을 낼 조건이었다.

그런 그녀의 설명에 종혁은 이내 고개를 끄덕인 뒤 최재수와 현석을 봤다.

"뒤지자."

오이가 가리켰던 책상 서랍과 베개 뒤를 중점적으로 뒤져 봐야 할 듯싶었다.

한편 건물을 빠져나오다 순간 현기증을 느끼곤 휘청거리는 오이.

"민……."

뒤를 돌아본 그녀는 하염없이 흐르는 눈물을 닦을 생각도 못한 채 비척비척 거리를 걸었다.

그리고 건물 근처에 세워진 어느 차 안, 남성들이 그런 그녀를 바라보다 고개를 돌려 다시 건물을 바라봤다.

* * *

'없어.'

오이가 가리킨 곳뿐만 아니라 방 전체를 샅샅이 뒤졌지만, 그들이 찾는 것은 나오지 않았다.

태국 경찰청의 감식반이 모두 휩쓸어 간 건가 싶어서

연락을 해 봤지만, 그곳에서도 원하는 게 나오진 않았다.

"대사관 직원들의 증언에서도 특별한 점은 없었고······."

아침부터 낮까진 대사관에 출근을 하고, 오후엔 여행객들이 가장 많이 찾는 지역인 수쿰빗과 카오산 로드의 관할서들, 그리고 태국 경찰청에 출근해 코리안 데스크로서의 업무를 하던 우승민 경사.

하루에 세 곳의 경찰기관을 모두 도는 게 아니라 오늘 수쿰빗의 관할서에 출근을 하면, 다음 날엔 카오산 로드를 관내 지역으로 둔 관할서에 출근을 하는 식이었다.

흔히 볼 수 있는 경찰주재관의 모습일 뿐이었다.

웅성웅성.

"아, 도착했나 보다."

우승민 경사의 방을 나가니 낯빛이 딱딱하게 굳은 외사국 식구들이 다가온다.

"충성. 김동철 경위 외 4명, 지금 막 방콕에 도착했습니다."

"충성. 모두 와 주셔서 감사합니다. 사건 내용은 오면서 들었죠?"

"예······."

빠드득!

"승민이가 입막음을 당했다고요."

"아무래도 그런 것으로 판단됩니다. 시간이 늦었으니 일단 오늘은 쉬고 내일부터 움직이자고 말하고 싶지만······."

벌써 저녁 10시다. 뭔가를 하기엔 너무 늦은 시각이다.
하지만 식구가, 그것도 몇 년 동안 같은 테이블에 둘러앉아 같은 찌개를 나눠 먹었던 식구가 죽임을 당했다.
비행이 피곤했다고 잠을 잘 만큼 무신경한 경찰은 없었다.
"김 경위랑 재수는 이 건물을 다시 탐문을 주시고, 나머지는 숙소로 이동해 태국 경찰청에서 넘겨준 CCTV를 검토합니다. 다들 태국어는 할 줄 아시죠?"
"예!"
태국어를 할 줄 아는 식구들만 보내 달라고 해서 그런지 다들 얼굴에 자신감이 넘친다.
종혁은 라차논을 봤다.
"우 경사와 파트너였다는 너희 쪽 직원 지금 만날 수 있을까?"
"안 그래도 곧 도착하기로 했어."
이틀 전 치앙마이로 휴가를 떠났던 우승민의 태국 현지 파트너.
우승민 경사의 사망 소식 연락이 닿자마자 비행기를 타고 방콕으로 왔다고 했다.
'공교롭다고 해야 할지, 우연이라고 해야 할지······.'
뭐든 만나 보면 알게 될 거다.
종혁의 눈이 매섭게 빛나기 시작한 순간이었다.
똑똑!
눈썹이 짙고 눈빛이 부리부리한 삼십대 초반의 동남아

남성이 안으로 들어서다, 종혁을 비롯한 외사국 형사들의 시선이 일제히 쏠리자 주춤거리며 물러난다.

"큼. 미스터 우 때문에 절 부르셨다고 들었습니다."

"혹시……."

"반갑습니다. 태국 경찰청 소속 깐 아타판입니다."

계급은 러이 땀루엇 뜨리, 한국으로 치면 경위 계급이다.

"반갑습니다. 한국 경찰청 외사국 부국장 최종혁 경무관입니다. 상황에 대해선 들으셨을 거라 생각합니다."

"……예. 그 소식을 받고 바로 날아왔으니까요. 후우."

순간 표정이 무너진 깐 아타판이 마른세수를 하며 짙은 탄식을 뱉어 낸다.

그리고…….

"이거 아무래도 그 사건 때문에 미스터 우가 살해당한 게 아닌가 싶습니다."

쿵!

"사건이요?"

'뭔지 알고…… 있다?'

종혁과 라차논의 눈이 가늘게 떠졌고, 깐 아타판은 그런 그들의 시선에 씁쓸히 웃으며 입을 열었다.

* * *

"으하핫! 반갑습니다! 한국에서 온 우승민 경사입니다!

태국 경찰 계급으로 치면 답 땀루엇 정도 되겠네요!"

첫 만남부터 밝고 유쾌했던 우승민은 굉장히 성실한 사람이었다.

"하아암. 미스터 우, 좀 쉬엄쉬엄하라니까. 여긴 한국이 아니라 태국이라고."

보통 점심시간인 12시부터 2시가 되면 거의 대부분이 늘어지는 태국의 공무원들. 그건 태국 경찰들도, 그리고 한국에서 온 다른 외사국 경찰들도 마찬가지다.

전기세를 아껴야 하기에 제대로 틀지 못하는 에어컨. 햇볕의 뜨거움이 가라앉는 3시까지는 거의 반죽음 상태다.

어쩔 땐 한국 대사관에서 나오지 않는 경우도 허다했다.

하지만 우승민은 달랐다.

"내가 부지런해야 우리나라 사람들이 입은 피해가 빨리 해소되지. 자, 그럼 나가자! CCTV 영상 얻어야 해!"

"또?!"

"가자니까. 내가 오늘 저녁에 술 살게."

싱긋 웃으며 팔을 잡아끌던 그는 언제나 한국 피해자들의 사건 서류를 달고 살았고, 또 그들을 직접 찾아가 고충을 듣거나 힘들어하는 한국인들을 위로했다.

일어나면서부터 잠이 드는 그 순간까지 태국에 있는 한국인들의 안위를 걱정했던 우승민 경사.

관사나 대사관보다 경찰서들과 경찰청에 있던 시간이

더 길었던 그.

그런 그가 갑자기 변하기 시작했다.

"어떻게 변한 겁니까?"

"한 석 달 전부터였나요? 퇴근을 일찍 하기 시작했습니다."

근무 시간이 끝나면 언제나 밥을 사 줄 테니 조금만 더 있다가 가는 게 어떻겠냐고 자신을 잡던 우승민이 퇴근 시간이 되자 바로 자리를 털고 일어나기 시작했다.

일과 결혼을 했던 우승민이 말이다.

"아니, 갑자기는 아니라고 할 수 있겠군요."

한 다섯 달 전부터 가끔씩 그러기는 했다. 그러다 석 달 전부터는 퇴근 시간이 되자마자 곧바로 퇴근을 해 버렸다.

"처음엔 연애를 하는 건가 싶었습니다. 태국에 온 한국 경찰들 중 다수가 현지 애인을 만들었으니까요."

우승민은 같은 경찰로서 본받을 정도로 훌륭한 경찰이자 파트너였기에 현지 애인을 만든 거라면 소개를 시켜 달라고 했었다. 진심으로 축하해 주기 위해서 말이다.

"그런데 그런 거 아니라고 하더군요."

그리고 그날 이후 나날이 낯빛이 어두워져 갔다.

그래서 날을 잡고 진지하게 물어봤다. 깐 아타판 자신을 정말 파트너로 생각한다면 무슨 일인지 알려 달라고 말이다.

"그러니 미스터 우가 그러더군요. 요새 신경이 쓰이는 일이 있다고요. 한국인 피해자도 다수 발생한 것 같은 사건이라고요."

'한국인 피해자도?'

"잠깐. 그러면 한국인뿐만 아니라 태국인과 다른 외국인도 피해를 입은 사건이라는 겁니까?"

"예. 분명 그렇게 말했습니다."

아무래도 그런 것 같다며 자신 없게 말했다.

"그래서 더 자세히 말해 달라고 하니, 아직은 잘 모르겠다며 조금이라도 구체화된다면 말해 준다고 했습니다."

"자세한 내용은 모르시고요."

"아내가 임신을 하는 바람에……."

"아."

우승민도 사건이 보이면 무작정 달려드는 그런 경찰이 아니라 굉장히 신중한 경찰이었기에 약간 안심을 한 것도 있었다.

"그러다…… 이번 휴가도 입덧에 힘들어하는 아내를 위해 고향에 갔던 건데……."

가지 말 걸 그랬다.

아내가 치앙마이 음식을, 장모님 음식을 먹고 싶다고 했어도 아내 혼자만 치앙마이에 보냈을지언정 자신은 우승민의 곁에 남아 있어야 했다.

"그랬어야 했는데……."

주륵!

'아.'

그의 눈에서 흐르는 한 방울의 눈물에 종혁이 탄식을 한다.

마치 그 눈물 한 방울이 시작인 듯, 꽉 막혀 있던 슬픔이 그 눈물에 터져 버린 듯 하염없이 쏟아지기 시작한 눈물.

한숨을 내쉰 종혁이 그의 어깨를 두드리며 손수건을 내밀었고, 외사국 형사들은 고개를 돌리며 붉게 달아오르는 눈시울 감춘다.

그렇게 약간의 시간이 흐르자 어깨를 들썩이며 흐느끼던 깐 아타판이 겨우 진정을 한다.

"후우. 죄송합니다."

"아닙니다."

함께한 지 고작 1년도 안 된 외국인을 위해 울어 주는 것만으로도 그와 우승민 경사의 사이가 얼마나 가까웠는지 알 것 같다.

"그럼 혹시 그 사건에 대해 아타판 씨가 아는 사람은 없는 겁니까?"

"……아, 한 명 있긴 합니다."

"누굽니까!"

"미스터 우의 여자친구입니다."

쿵!

"예? 방금 여자친구가 없다고……."

"현지 애인이 없다고 했지, 좋은 마음으로 사귀는 사람이 없다고는 안 했습니다."

자신도 우연히 둘이 손을 잡고 걸어가는 모습을 목격해서 추궁한 결과 알게 된 거다.

"미스터 우가 조사하던 사건의 피해자 때문에 알게 된 사람이라고 했는데, 예명이……그래요. 아마 오이였을 겁니다."

쿠웅!

종혁과 라차논은 벌떡 일어났다.

오이. 아까 오후에 왔던 그 하우스 키퍼였다.

"어쩐지!"

우승민의 죽음에 눈물을 흘리던 그녀. 단순히 고용주와 고용인의 관계처럼 보이지 않았었다.

종혁의 표정이 딱딱하게 굳었다.

(회귀 경찰의 리셋 라이프 41권에서 계속)